KB260630

그대가 꿈꾸는 **영국**
우리가 **사는** 영국

김·인·성·의·영·국·문·화·시·리·즈·❶

그대가 꿈꾸는 **영국**
우리가 **사는** 영국

김·인·성·의·영·국·문·화·시·리·즈·❶

평민사

글을 시작하며

영국에서 가장 아름답다는
도셋지방.
한 여름을 장식하고 있는
도로 표지

　원래 이 글은 출판하려는 의도에서 쓴 글이 아니다. 낯선 땅에서 낯선 사람들과 어울려 사는 우리 아이들을 보면서 좋든 나쁘든 이 생활의 기억을 전할 수 있는 기록이 필요하다는 생각으로 혼자 쓰던 조각글들이었다. 남들은 영국에서 사니 얼마나 좋겠느냐고 철없는 말들을 하지만, 처음부터 한국 사람들 없는 곳에서 지내다 보니 지금까지도 우리 가족은 늘 '맨 땅에 헤딩하는' 기분으로 살고 있다. 영국에서 한국인들끼리 모여 살면서 영어 한 마디 안 쓰고도 끄떡없이 살아가는 사람들을 보면 부럽기도 하다.

　한창 자라면서 친구에게 힘과 위로를 얻어야 하는 나이에 있는 아이들은 차가운 서양살이가 좋기만 할 수 없다. 변화가 빠른 세상에 기운 넘치는 사춘기 남자아이들로서는 영국 시골 생활의 '평화(!)'와 고독이 긍정적인 것만도 아니다. 친구를 만나러 가도 언제나 약속을 먼저 해야되는 '예의바른' 문화다 보니 우리 나라의 자연스럽고 넘치는 정을 느끼기 어렵다. 이웃끼리 만나면 반드시 인사를 하

고, 늘 상냥하게 지내지만, 쉽사리 문을 열고 수다를 떨면서 시간을 보내지 않으니, 사람 사이의 깊이가 또 우리 같지 않다. 그렇지만, 떨어져 홀로 사는 사람의 고적한 품위도 그런 대로 괜찮다고 고집을 부리며 이렇게 지낸 시간이 적지 않다.

굳이 설익은 글을 출판하려고 한 까닭은 넘쳐나는 외국 생활기에 사람 사는 현실감을 주고 싶다는 생각이 들어서다. 외국 생활을 한 사람들의 체험담들은 대개 일회에, 그것도 단기간에 그친 생활을 근거로 했을 때가 많다. 외국 생활에 대해 가벼운 관찰위주로, 잘 사는 선진국에 잠깐 손님으로 머물다가 가면 찬사 일변도의 느낌을 가지기 쉽다. 아니면 그 반작용으로 지나치게 부정적으로 흐를 때도 있다. 혹은 개인 체험담의 간사하고 얄팍한 느낌을 떨쳐 버리고자 한껏 자신의 모습을 감추고 근엄하게 제도와 역사, 문화 따위를 강론하는 태도를 견지하기도 한다. 거대담론이 들어서면 웬지 뭔가 대단한 일을 한 것 같고, 사소한 일상을 다루면 웬지 미덥지 못한 것 같다고 느끼는 사람들은 이런 류의 저술방식을 선호하게 된다.

어떤 형식이나 내용이든 체험을 담았거나, 체험을 근거로 한 글들에는 공통적인 큰 위험이 있다. 즉, 경험의 강도와 의미는 시간에 따라 변하게 되어 있다는 점이다. 거대담론을 빙자하여 내가 불변의 사실인 것처럼 어떤 제도와 정책을 전하지만, 막상 시간이 지나면

제도나 공간, 사건들이 바뀔 수가 있다. 또 시간이 가면 바뀌는 것이 당연하다. 그건 한국이라고, 외국이라고 예외가 아니다. 변화 없는 곳은 사람이 사는 곳이 아니다. 특히 선진국에, 외국인의 드나듦이 우리보다 훨씬 급한 곳이라면 변화의 물결도 그만큼 빠를 수밖에 없다. 단지 변덕스럽지 않을 뿐, 세상의 변화에 유연하지 않은 땅의 선진국에 서 있었던 역사는 없다. 그런데 외국에 나가 사는 사람들, 특히 얼마간 살다가 한국으로 돌아온 사람들의 글에는 이런 변화성이 전제되어 있지 않을 때가 많다. 일회적인 경험을 고정불변의 사실인 것처럼 주장한다. 독자들도 외국생활은 마치 움직이지 않는 풍경인 것처럼 오해하는 수가 많다.

사람이 사는 공간은 어디나 마찬가지로 변화하고 있다. 이 글을 쓸 때의 사정과 이 글이 출판될 때의 사정도 바뀌어질 게 분명하다. 지금 현실과 정 반대되는 일도 일어날 수 있다. 따라서 이런 체험 위주의 글을 읽을 때에는 세세한 사항보다는 근본적인 줄기, 즉 그 사회 속에서 과연 가정, 또 개인이 어떤 의미를 가지는지 놓치지 않는 게 중요하다.

아이들은 아직도 자라고, 우린 계속 늙어 가는데, 그 사이 영국도 변하고, 한국도 변한다. 움직이는 시간의 한 자락을 잘라 쓴 글이니 당연히 부족하고 어색한 점이 많다. 그렇더라도, 우리 아이들에게

는 우리 생활의 작은 기록으로, 또 다른 아이들과 가족들에게는 외국 생활의 간접 체험담으로 남기를 바라며, 글을 보낸다.

마지막으로 출판사에 감사를 전한다면 사람들은 쉽게 의례적인 말이려니 생각하겠지만, 잦은 이메일에 일일이 답장을 하며 세심한 부분까지 신경 써주신 평민사의 이정옥 사장님께 받은 은혜는 허사(虛辭)가 아니다. 인터넷의 시대라고 함에도 불구하고, 막상 서로 얼굴을 마주하지 않은 채 책을 맡아 출판한다는 건 쉽지 않은 일이다. 그리고 오로지 멀리 있는 친구를 둔 인연으로 귀찮은 일들을 마무리해주었던 경미와 의경이에게 글을 통해 감사를 전한다.

2002년 1월

서쪽의 작은 마을에서

김인성

차 례

2부. 남 사는 이야기

3부. 남들 틈에 우리 사는 이야기

I
우리가 서쪽으로 간 사연

미국 유학하던 친구는 영국 와서 여기 저기에서 커피를 먹어 보더니,
'영국 커피는 걸레 빨은 물' 같다고 해서 사람 민망하게 했던 적이 있다.
커피조차도 간을 봐 가면서 맛있게 먹어야 하는 우리 입맛으로야
영국 커피가 맞지 않겠지만, 그렇게까지 심하게 말할 수는 없다.
그냥 '행주 빤 물' 정도 된다고 하면 될 걸.

달마대사는 동쪽으로 가셨다는데, 우리 가족은 어찌된 연유로 서쪽의 섬나라, 영국으로 왔는지, 나를 위해서도 설명이 필요하다. 벌써 영국과 한국을 오간 것이 네 차례나 된다. 외교관도 아니고, 영국 정벌의 엄청난 음모를 가진 것도 아닌데, 한 나라에만, 그것도 이 지방, 저 지방에 걸쳐서 살게 된 시간이 벌써 10년을 넘어 선다.

3월에 개학하고 2월에 학기가 끝나는 한국과 9월에 개학하고 7월에 학기가 끝나는 영국을 왔다갔다하는 동안, 아이들의 학력도 기구해졌다. 큰아이 우섭이는 한국의 초등학교와 영국의 초등학교에 모두 입학식을 하고, 모두 졸업식을 하는 '또 입학, 또 졸업'의 화려한 경력을 자랑하고 있는데 비해, 작은아이 우준이는 '엄마 아빠 때문에 난 초등학교도 졸업 못했다'고 징징댄다. 우준이는 영국에서 5학년, 한국 오면 3학년, 다시 영국에서 중학생, 돌아오니 초등학교 5학년이 되는 어지럼증 나는 생활을 했다.

우섭이의 '또 입학, 또 졸업'의 운명은 초등학교에서 끝나지 않는다. 98년에 잠깐 서울에 있던 동안 6개월 만에 날쌔게 중·고등 검정고시를 치르고, 멋지게 합격까지 하면서 우리 나라 중·고등학교 졸업 자격을 얻었다. 그런데 영국에 오니 '우린 그런 시험 모른다'고 발뺌이다. 아니, 한국의 검정고시를 모르다니, 무식한 인간들, 별러봤자 우리만 열세다. 선생님들이 '좋은 학교 가자면 나이대로 하는 게 어떠냐'고 권하는 바람에 우섭이는 다시 '또 졸업'의 영광을 갖게 되었다. 오나가나 입시가 기다리고 있었던 우섭이는 '아무래도 난 시험 보자고 태어난 인생 같다'고 짜증이다. 지금까지 운 좋게 무식을 보존해 오던 우준이도 이제 영국에서 입시와 경쟁의 길목을 피하지 못하는 나이가 되었다.

　이 모든 사건의 근본에는 그들의 아빠가 있다. '부모가 열심히 살면 자식은 당연히 잘된다'는 전혀 근거 없는 자녀교육관에 철저했던 사람답게 남편은 이 왕복 여행을 순전히 자기 식대로 주도해 왔다. 자기 연구의 결과를 인정받고 싶고, 더 넓은 세상에서 경력을 쌓고 싶다는 대한청년의 황당한 포부로 우리 가족 모두를 '뿌리 없는 나무'에 '샘이 얕은 물'로 만들었다.

　물론 영국이라는 나라를 택한 데에는 내 탓도 없지 않다. '팔팔' 올림픽이 끝나고 남편은 플로리다를 갈거나, 에딘버러로 갈거나 고민을 했었다. 그는 공학도라 미국에 가고 싶어했는데, 나는 그때까지도 나의 정체성이 영문학에 있다고 즐거이 오해하던 때였기 때문에 당연히 영국에 가야 한다고 우겼다. '품위 없이 무슨 플로리다, 우리가 지금 디즈니랜드 가게 되었느냐'고 아주 근엄하게 미국생활의 가능성을 무시했다. 그리고 지금까지 그 무식한 오만에 대한 값을 톡톡히 치르고 있다.

　내가 그리도 고상한 포즈로 가서 살아야 한다고 우겼던 에딘버러는 사실 영국의 도시가 아니다. 스코틀랜드의 수도가 에딘버러다. 그렇다고 내 무식만 탓하면 곤란하다. 내가 에딘버러(Edinburgh)에 간다고 말씀드렸더니 친절하게도 "오호, 에딘버그"라고 내 발음을 교정해주시던 교수님도 계셨다. 물론 영문과 교수님이었다는 말도 첨가해야겠다. 10년이 넘는 세월이 지나면서 그리도 한국 사람이 귀하고 그립던 에딘버러에서도 여름이면 한국 사람으로 그득하니, 이 모든 실수는 이제 호랑이 담배 먹던 시절의 일이다.

쉽사리 경험이라는 말을 하지만, 경험은 '실수'와 동의어일 때가 많다. 영국에 사는 우리들의 경험도 실수와 오류 투성이다. 가끔은 웃기는 실수도 있었지만, 치명적인 실수도 있었다는 고백을 아니 할 수가 없다. 한국인끼리 모여 살면 그 사이에 축적된 체험담과 노하우도 있을 텐데, 남편은 그런 식으로 미리 편견을 가지고 외국 생활에 접근해서는 안 된다는 또 다시 근거 불충분한 생활관을 신봉하고 있었다. 그렇게 한국인끼리 모여 살 거라면 차라리 한국에서 사는 게 낫다는 고집을 부렸다. 대개의 경우, 남편은 온화하고 순한 사람인데, 일단 어떤 관점을 받아들이면 도저히 수정이 불가능한 인식구조를 가지고 있다. 그는 그런 점에서는 '인조인간, 남의 말 안 들어, 3호'라고 할 만하다. 그 덕분에 우리 인간 가족들은 무지 죽을 고생을 하고 있다. 내가 보니 인조인간도 예외는 아닌 것 같다.

언뜻 보면 사소한 일이지만 늘 불편하고 갑갑하게 만드는 일들이 있다. 큰 일은 오히려 많이 준비하고 조심하면서 실수를 줄여 가는 데 비해, 작은 일에서 갑자기 당황해 할 때가 많다. 살면서, 또 살수록 우리를 외롭고 불편하게 만드는 것이 자잘한 일상의 차이들이다.

1.

영국에서 나를 소개하자면

그간 여러 가지 사건, 사고들이 많았지만 이름에 얽힌 사연만큼 기막힌 건 없다. 너무나 단순해 보이지만, 사실은 너무나 복잡하고, 아무리 오래 살아도 여전히 아리송하다. 이건 국가차원의 대책과 연구가 필요한 일이 아닌가 생각이 들 때도 있다.

우선 내 이름을 영문으로 어떻게 쓸 것인가, 우리끼리 정한 규칙이 없다는 사실이 살수록 아쉽게 느껴진다. 내 이름은 한글로 '김인성'이다. 하나뿐인 이 한글 이름이 영문으로 어떻게 바뀌는가는 순전히 당사자 마음대로다. 내가 알고 있는 표기 방법만 나열해도 이렇다.

우선 발음의 다양성을 감안해서, '인성'은 In Seong도 되고, In Sung도 된다. 아니 어떻게 써도, 서양 사람들로서는 둘 다 발음이 안 되긴 마찬가지다. '인새웅'이라고 하거나, '인숭'이라고 하는 게 최근접 발음이다. 표기도 쉽지 않다. 일단 어느 하나를 정했다고 해도 문제는 남는다. In Sung이라는 영문 표기를 정해도 여전히, In-Sung으로 할거냐, In Sung으로 할거냐, 아니면 Insung으로 할거냐, 정리가 필요하다.

흔히들 In Sung Kim이라고 쓰면 간단하다고 생각하겠지만, 생각처럼 단순하지 않은 일들이 벌어진다. 그런 경우에 기독교 문화권의 서양 사람들은 가운데 이름, Sung을 'Christian name(세례명)' 과 같다고 여겨서 쉽사리 빼버린다. 누구나 아는 이름을 예로 들면 그들의 명명습관을 잘 알 수 있다. 모차르트의 원래 이름은 울프강 아마데우스 고트리브 모차르트(Wolfgang Amadeus Gottlieb Mozart)다. 가운데 두 이름은 소위 세례명이라고 하는 것이라, 어릴 때나 가까운 사람들끼리 부르는 수가 많다. 몇 해 전에 〈아마데우스〉라는 영화는 모차르트의 가운데 이름을 제목으로 내세웠는데, 그만큼 그 영화가 음악가 모차르트보다는 인간 모차르트에 초점을 맞추었다는 암시를 준다. 게다가 아마데우스는 '신의 사랑', '하느님이 사랑하는 사람' 의 뜻을 담고 있어서 모차르트의 음악성이 타고난 재능이었고, 그러한 은총으로 인해 어떤 세속의 대가를 치뤘어야 했는지도 알려준 셈이다. 그런 문화 맥락에 따라 졸지에 나는 In Kim이 되고 만다. 잘해 봤자 In S. Kim이 된다.

Insung Kim이라고 쓰면 항상 '인성' 이라고 불릴 수 있다는 장점이 있다. 그렇지만 머리글자, 즉 이니셜(initial) 쓰기 좋아하는 영미인들은 금세 편지나 이메일의 나를 I. Kim이라고 줄여준다. In Sung Kim이나 Insung Kim은 모두 I. Kim으로 줄여지기 때문에 이름보존에 열렬한 우리 가족들은 또 다른 비책을 마련해야 했다. 가끔 우리 나라의 대학 교수나 지식인들 중에 지금도 왕년에 유학 갔다 온 것이 큰 자랑인 줄 아는 사람들이 있다. 그분들 가운데 중간 이름 없는 기형적인 영어 이름을 즐거이 쓰는 분들도 있으니, 참 사람 마음 알다가도 모르겠다. 이름을 잘라가도 좋다니.

우리가 고른 타협책은 프랑스식 표기에서 왔다. 이름 글자들을 하이폰으로 잇는 방법이다. 즉 In-Sung이라고 쓰고, 'I-S' 라는 머릿글자를 보유하겠다는 강력한 의지를 만나는 사람들한테 우겨대는 방법이다. 혹시 정신 안 차리고, 미처 우기지 못한 경우에는 꼼짝없이 그냥 '인(In)' 이라고 불리게 된다.

우리만 이름 발음에 대해 야단스러운 건 아니다. 서양인들 역시 한국인뿐 아니라 자기들끼리도 이름을 어떻게 불러야 하는지 먼저 묻는 경우가 많다. 예를 들어 똑같이 'Reagan' 이라고 쓰고, 어떤 이는 '레이건' 이라고 불러 달라고 하고, 어떤 이는 '리건' 이라고 불러 달라고 한다. 표기도 마찬가지다. '존슨' 이라는 발음은 같은데, 표기는 서로 달라, 'Jonson', 'Johnson', 'Jhonson' 까지 있다. 내 이름을 이렇게 쓰고, 이렇게 발음하라고 가르쳐 주는 건 따라서 예의에 어긋나는 절차는 아니라고 해도 옳다.

우리 작은아이의 이름은 한우준이다. 영어로 Woo Joon Han, W. J. Han, Woo-Joon Han, Woojoon Han 중에서 골라 쓸 수 있다. 선택의 자유가 많아 좋아 보이지만, 선택 사항 자체가 마땅한 것들이 아닐 때에는 자유란 아무 도움이 안 된다. Woo Joon Han을 선택하면 W. J라는 머릿글자를 보존할 수는 있지만, 공식적인 표기는 꼼짝없이

Woo J. Han으로 된다. 이리 되면 출석 부를 때는 '우 한'이 되고, 평상시 친구들 사이에는 '우(Woo)'라고 불릴 약점이 있다. '우'자를 돌림으로 쓰는 형제다 보니, 그렇게 되면 형도 '우', 아우도 '우'가 되는 일이 벌어진다.

'우준'이라는 발음을 보장받는 표기법은 Woojoon Han이다. 그렇지만 이 때 영락없이 표기는 W. Han으로 될 각오를 해야 한다. 최선의 타협책으로 고안해 낸 우리들의 표기법대로 우준이는 Woo-Joon Han으로 쓰고, '우준 한'이라고 불러달라고 고집을 부린다. 새 선생님이 오시면 반드시 그 사실을 숙지시켜야 한다. 그나마도 우준이와 좀 가까워진 친구들이 우준이한테 그냥 '우'라고 부르게 해달라고 했다. 서양 아이들은 '우'라는 중국 이름에 많이 익숙해 있다. 우준이가 단호히 '절대로 안 된다(no, never)'고 한 덕분에 학교에서는 '우준'이라는 이름을 보존하고 있다. 그래도 그런 저런 사정 모르는 곳에 가면, 예를 들어 병원에서 기다리다 차례가 되면 반드시 간호사는 '우'를 불러 우리들의 전략을 무색하게 만든다.

내 이름을 섬세하게 알려주는 데 익숙해지다 보니 우린 늘 이름을 두 번씩 말하는 버릇이 있다.

"내 이름은 '한'입니다. '우준 한'이지요."

"내 이름은 '김'입니다. '인성 김'이지요."

그러다 보면 떠오르는 인물이 있다.

"내 이름은 본드, 제임스 본드입니다." 아니던가?

제임스 본드는 첩보원으로 유일하게 자기 이름을 실명으로, 그것도 또박또박, 두 번씩 말하는 정직한 인물이다. 이름을 물으면 우리

는 제임스 본드식대로 대답하고, 제임스 본드처럼 이름을 고수하고
있다.

남자 여자를 구별하는 길

영미인들은 이름을 줄이는 데에는 가히 신기의 경지에 이르렀다.
자칫 방심하면 남는 이름이 하나도 없게 된다. 가운데 이름을 빼먹는
데만 그치지 않고 앞 이름도 줄여 말하는 게 그들의 상례다. 어릴 때
부터 친한 사이일수록 이 생략이 심하다.

남자들의 이름을 보면 이렇게 된다. 니콜라스(Nicholas)는 닉
(Nick, Nic), 로버트(Robert)는 롭(Rob), 로드포드(Rodford)는 로드
(Rod), 필립(Philip)은 필(Phil)이라고 불린다. 오거스투스(Augustus)
는 '거스(Gus)'로 줄어들고, 에드워드(Edward)는 에드(Ed)나 테드
(Ted)로, 스튜어트(Stewart)는 스튜(Stew)가 된다. 스튜(stew)는 원래
낮은 불로 오랫동안 뭉근하고 진하게 끓인 요리를 말한다는 사실을
감안하면 이들의 이름 줄이기가 얼마나 무차별적으로 쓰이고 있는지
짐작이 될 거다. 어떤 오해와 왜곡이 생기더라도 줄이고야 만다는 원
칙에 철저하다.

리차드(Richard)는 릭(Rick, Ric)이나 딕(Dick)이 되고, 윌리암
(William)은 윌(Wil, Will)이나 빌(Bill), 빌리(Billy)라고 불린다. 빌 클
린턴 대통령의 이름이 윌리암이었던 것도 이런 까닭이다. '딕'이나
'빌리'는 남자아이들의 '고추'라는 의미로도 쓰인다. 과일을 별로
안 먹는 두 아이의 도시락에 바나나를 넣어주었더니 둘 다 "애들이

왜 넌 ‘딕’을 싸왔냐?”고 했다고 투덜댄다. 이튿날은 고민 끝에 반씩 나누어서 넣어주었더니 우준이 왈,

“애들이 왜 넌 ‘half dick’을 싸왔냐고 그러더라고요.”

헨리(Henry)는 이름을 줄이는 대신 발음을 쉽게(그들 식에 따르면) 바꾸어 부르는 경우다. 헨리보다는 해리(Harry)가 더 흔하게 불린다. 찰스 왕자의 두 아들은 윌리암과 헨리인데, 영국인들은 둘째 왕자를 ‘헨리 왕자’라고 하기보다는 ‘해리 왕자’라고 부른다. 찰스(Charles) 도 이런 경우에 해당한다. 찰리(Charlie)라는 발음을 찰스의 애칭으로 생각한다. 그렇게 ‘프린스 찰스’와 ‘찰리 채플린’이 같은 이름을 다르게 발음하는 일이 생긴다.

이름을 줄여 말하고 바꾸어 말하는 데에는 남녀의 차이가 없다. 여자 이름도 예외 없다. 레베카(Rebecca)는 베키(Becky)로 줄어들고, 발레리(Valerie)는 발(Val), 바바라(Barbara)는 바(Ba), 엘레노어 (Eleanor, Eleanore)는 엘렌(Ellen)으로 된다. 다이애나(Diana)의 줄임은 특히 더 심하다. 다이아나를 줄여 흔히 다이(Di)라고 한다. 다이애나 비가 사망하는 불행한 사건을 보도하면서 영국 신문들이 다이 (Di)라는 이름과 ‘죽다(다이, die)’의 음울한 운율을 놓쳤을 리 없었다.

이름을 줄이면서 오히려 이름이 더 많아지는 경우가 엘리자베스 (Elizabeth)다. 우선 엘리자베스라는 이름 자체가 가운데 철자를 z로 Elizabeth라고 하든가, s를 써서 Elisabeth로 쓸 수 있다. 그리고 나면 다양한 애칭이 따라온다. 다른 이름들처럼 앞 철자를 강조해서 일라

이자(Eliza, Elisa)라고 할 수 있는데, 앞 모음까지 생략해서 리자(Lisa, Liza)나 리즈(Liz)라고 부르기도 한다. 엘리자베스 테일러가 리즈 테일러도 될 수 있는 연유다. 그 할머니보다 훨씬 더 어린아이들에게는 리지(Lizzi)라고 귀여운 이름을 줄 수 있다. 아니면 뒤의 이름을 강조해서, 베스(Beth), 혹은 베찌(Betsy, Betsey)라고도 한다. 지금의 영국 여왕도 엘리자베스이지만, 이 여왕보다 더 유명한 여왕은 헨리 8세의 딸, 엘리자베스 1세 여왕이었다. 당시 여왕의 별칭은 '착한 여왕 베스(Good Queen Beth)' 였다. 그 별칭에서 쉽게 상상하듯 여왕이 국민들의 사랑을 받았다고 해석할 수도 있지만, 다른 한편으로는, 부디 착한 여왕이 되어 달라는 국민들의 바램이 그 이름에 담겼다고 보기도 한다.

이런 식으로 줄이다 보니 남자 이름과 여자 이름의 구별이 없어질 때도 있다. 예를 들어 크리스(Chris)는 남자 크리스토퍼(Christopher)나 여자 크리스티나(Christina,), 크리스틴(Christine)에 다 쓰인다. 여자 알렉산드라(Alexandra)나 남자 알렉산더(Alexander)도 모두 알렉스(Alex)를 쓴다. 댄(Dan)이나 대니(Danny)는 남자 다니엘(Daniel)이나 여자 다니엘라(Daniella)를 가리킬 수 있다. 그럼 어떻게 남자, 여자를 구별하냐는 나의 질문에 아이들은 아주 쉽게 대답했다.

"보고요."

우문(愚問)에 현답(賢答)이다.

세월이 익어가자 우준이 이름도 줄여 부르고 싶었던 친구들은 이제 우준이를 '우즈(Wooj)', 혹은 더 다정하게 '우지(Woojy)' 라고 부른다. 자기 이름이 잘려 나가는 데에 몹시 민감한 우준이도 '우즈' 는 참아주는데, 이유인즉 '우즈(uzi)'는 이스라엘산 권총이라나 기관단총이라나 유명한 무기라는 이유 때문이란다.

송인경의 편지

이제는 모음 10개를 자랑하는 국어 환경의 이름이 모음 5개의 조합권인 영어에서 겪는 발음상의 고민을 털어놓을 차례다. 우선 인경이 이야기부터 해야겠다. 송인경은 내가 사랑하는 제자들 중 하나다. 너무나 사려 깊고 영리하면서 건방지지 않고 점잖은 사람이다. 인경이는 몇 해 전에 미국 유학을 갔다. 나는 영국에 있고, 인경이는 미국에 있으면서 우리는 자주 편지를 주고받았다. 물론 한국말로.

송인경의 이름은 영어로 In-Kyung Song이다. 늘 그렇게 써 보내던 사람이 어느 날 내게 편지를 보내며 겉봉에 Ink Song이라고 썼다. 그래서 '너도 서양 사람들이 이름 다 잘라먹었구나' 하고 편지를 보냈더니 인경이가 이렇게 썼다.

"Ink Song은 그냥 제가 줄인 거예요. 내 이름을 애들이 너무 망쳐놔서 더 이상은 참을 수가 없었죠. '인컹' 까지야 spell 따라가면 어쩔 수 없으니까 이해를 하지만 '인콩' 에, '인큥' 까지 완전히 킹콩된 기분이에요. 그래서 Ink라고 하면 친구들도 덜 미안한지 좋아하고…"

'킹콩' 이 나은 건지, '잉크' 가 나은 건지 모를 일이지만, 사람 이름 망쳐 놓기는 서양인들이 저지르는 죄 중에 가볍지 않은 것에 속한다.

우리 집의 사연도 인경이 만만치 않다.

큰아이의 공식적인 이름은 한우섭이라, 영어로 Woo-Sup Han으로 쓴다. '우썹'이라고 부르면 아주 준수하다. '우스프'(무슨 스프?), '우싸', '우샤'까지 가면서 다양한 발음을 자랑한다. 드디어 런던의 초등학교에서 도저히 그 발음이 안 되던 담임 선생님이 '그냥 넌 필립이라고 해라' 명령을 내렸다. 이유인즉 그 반에는 필립이 없더라는 거다. 아이들의 아빠가 또 나섰다.

"절대 안 된다. 아무리 선생님이지만 감히 이름을 바꾸다니. 그냥 '우샤'라고 해. 차라리."

그래서 우섭이는 가만 가만 필립도 됐다가 '우샤'도 됐다가 탈바꿈을 했다. '우샤'가 너무 입에 익다 보니 애들 아빠는 서울에서도 어쩌다 '우사' 하고 농담을 할 때가 있었다. 까다로운 장모님이 사위의 이 농담을 참을 리가 없었다.

"아니, 자네는 어떻게 애 이름을 그렇게 부르나. 우사라니, 우사(牛舍)는 소 축사(畜舍)가 아닌가."

그러면서 엄마는 사위의 상스러움에 혀를 끌끌 차셨다.

우섭이 또래들은 이제 제법 나이가 들었기 때문에 나름대로 '우썹'이라는 이름을 흉내내려고 애쓴다. 그러다 보니, '우썹'과 리듬이 맞는 인사말이 우섭이의 별명이 되었다. 아이들은 우섭이한테, "우썹, 왓썹(What's up, 별일 없지)?"이라고 한다. 또 '와습(wasp, 말벌)'도 한동안 우섭이의 별명이었다. 재미있는 것은 WASP은 'white Anglo-Saxon Puritan'을 줄인 말로도 자주 이해된다는 점이다. '백인 앵글로색슨 계통의 신교도'는 다민족 국가 미국에서 미국의 주인이

라는 의식과 편견을 가지고 있는 배타적인 상위 백인 집단을 지칭한
다. 우섭이야 황인종이니 물론 그들과는 무관하다.

우섭이의 별명은 맥주 광고의 변천과도 관계가 있다. 한동안 버드
와이저라는 맥주회사가 TV광고를 하면서 'What's up?' 이라는 말만
으로 재미있는 장면을 만들었던 적이 있어, 우섭이는 무슨 대단한 맥
주 상인인 양 대접을 받았다. 요즘 그 광고가 바뀌었다. 버드와이저
맥주는 세계 어느 나라 음식과도 잘 어울려서 심지어는 일본 스시와
도 곁들일 수 있다는 암시를 깔고 있는 광고가 나왔다. 등장 인물들
이 'what's up?' 대신 '와사비(wasabi)' 를 열 번도 넘게 외쳐대는 통
에 우섭이는 졸지에 '와사비' 로 통용되고 있다.

우준이의 추락은 이보다 심했다. Woo-Joon이라는 영어로 '우쭌',
'우정', '우쩡' 까지 가고, '오존', '오중', '오줌' 까지 갔다. 이쯤 되
면 이건 무슨 국가적인 음모가 개입되어 있으리라는 의심을 아니 할
수 없다. 외국인을 모욕시키겠다는 비밀 프로젝트가 있는 게 분명하
다. 지금 살고 있는 곳에서만 3년을 넘게 살다 보니 이젠 우준이의 계
도로 이름을 제대로 발음하는 영국 아이들도 많아졌다.

이름의 '스타 워즈'

그 동안 고대하던 〈Star Wars〉가 나왔을 때다. 온 상가와 아이들
장식이 영화 출연 소품들로 뒤덮고, 남자 아이들은 특히 스타워즈 열
병이 심했다. 그 영화 이래로 우준이에게 새로운 주문이 들어왔다.
친구들 중에 우준이를 '우준 한' 대신에 '우한 준' 으로 바꾸라고 치

근대는 녀석들이 있다. 〈스타 워즈〉의 '콰이-콘-진'과 비슷하지 않느냐는 이유다. 녀석들은 우준이를 '우한 준'이라고 부르고는 서로들 〈스타 워즈〉의 그 소리, '부웅 부웅' 하면서 광선검이 지나는 소리를 내는 모양이다.

우준이는 생일조차 〈스타워즈〉라 아이들의 감탄과 선망을 받고 있는 모양이다. 우준이의 생일은 5월 4일이다. 영국식으로는 'Fourth of May'라고 읽거나 'May the fourth'라고 할 수 있다. 표기야 다르지만 발음만 가지고 보면 '메이 더 훠스'는 〈스타워즈〉의 유명한 대사의 첫 부분이다. 제다이(jedi)들이 전투를 하러 가거나 고난을 감내해야 할 때마다, 알렉 기네스는 유명한 그 목소리로 이 우스꽝스러운 대사를 읊었다.

"May the force be with you!(메이 더 훠스 비 위드 유)"

그러니 어찌 내 생일을 잊을 수 있겠느냐는 우준이의 기염이다.

우섭이, 우준이라는 이름에 '우'가 함께 쓰인다는 사실을 알게 된 친구들이 우섭이에게 "너네 식구는 엄마, 아빠도 '우'를 쓰느냐?"는 천하무식의 질문을 했다. 같은 세대인 경우에만 돌림을 쓸 수 있다고 우섭이가 설명하자 아이들이 이 형제의 이름 뜻을 묻더란다. 우섭이는 한자어로 '집 우(宇)', '물 건널 섭(涉)'을 쓰고, 우준이는 '빼어날 준(俊)'을 쓴다. 우섭이의 설명은 '난 우주를 건너다니는 사람(space walker, sky walker)이고 내 동생은 우주에서 제일 센 사람, 지배자(space ruler)'이었단다. 야, 중국 사람만 공감하는 줄 알았는데, 한국 사람 뺑도 대단하다는 표정으로 듣고 있던 아이 중 하나가 차마 우섭이한테 묻지 못하고 우준이에게 질문을 했다.

"넌 형이 건너다닐 때 통행세 받냐?"

그럭저럭 모두들 데이비드니, 존이니, 토니라는 이름을 돌려쓰는 문화에서 보면 우섭, 우준이라는 이름이 꽤 '쿠-울(cool)' 해 보인다는 아이도 생겼다.

어떤 경칭으로

여왕님이 살아있는 영국이야 미국에 비하면 훨씬 노골적으로 계급 경계가 분명한 나라다. 언어사용에서도 두 나라가 다르다. 기껏해야 대통령을 Mr. President라고 부르고, 경칭이라고 해 봐야 재판관들에게만 간신히 쓰는 나라가 미국인데 비해, 영국은 Dr, Professor, Sir, Lord도 심심치 않게 통용된다. 게다가 적어도 하루 한 번 이상 뉴스에서 '전하(His Royal Highness)' 의 연애담을 듣거나 '폐하(Her Majesty)' 의 의상이 바뀐 걸 봐야 한다.

이런 영국이라고 도발적인 미국식 대중민주주의의 무제한 영향권에서 벗어날 수가 없다. 헨리왕자가 그저 해리(Harry)라 불린 지도 꽤 되었고 학교에서 선생님께 존칭을 넣지 않는 경우도 많다. 여자 선생님을 '매앰(Ma' am)', 남자 선생님을 '서어(sir)' 라고 부르는 것이 관례지만, 지금은 선생님의 이름, 즉 성이 아니라 이름을 부르는 학교들도 있다. 예를 들면 나를 Mrs. Han이라고 부르지 않고, In-Sung이라고 부르는 식이다. 우리처럼 존대말이 발달한 언어권에서는 상상할 수 없는 일이지만, 어쩔 때는 아이나 어른이나 모두 같은 인격체임을 상기시키는 장점도 있다.

우섭이는 학교 학부모 모임에서 친구 아버지를 소개받았다. 그 아저씨 첫 인사는 영국식대로였다.

"날 마크라고 불러라. (Call me Mark.)"

그렇지만 '동양의 조용한(?) 아침의 나라'에서 온 우섭이는 머리에 피도 안 마른 '젊은 놈'이 사십이 넘은 친구 '아버님'의 이름을 부른다는 걸 상상하고 혼비백산했다. 우리 나라의 경칭 구조에서는 그건 살인죄에 버금간다는 식으로 상황을 설명하고 나서야 우섭이는 간신히 '미스터 앤더슨(Mr. Anderson)'과 정서적인 안정을 느끼며 이야기를 나눌 수 있었다.

제법 마음을 나누고 지내는 이웃집 아줌마의 이름은 '니나(Nina)'다. 나보다 나이 많은 분이니 우리 가족 사이에서 당연히 '니나 아줌마'로 통한다. 그런데 서양 애들은 전부, 말을 갓 시작한 나이부터 노령으로 말을 잃어 가는 노인까지 다 그 아줌마를 그냥 '니나'라고 부른다. 어느 날 우준이가 형의 무례함을 고발했다.

"형이 니나 아줌마한테, 'Thank you, Nina.'라고 했어요."

억울한 형의 변명.

"그럼 뭐라고 불러?"

우준이의 해결.

"안 불러야지, 그냥 thank you만 해야지."

그러다 보니 이름을 부르면서 가까워지는 느낌이 없는 것 같다.

우섭이와 우준이는 영국 친구가 끼여 있다거나 영국인들이 많은 자리에 가면 영어를 쓰지만 평소에는 당연히 한국말을 쓴다. 우준이가 형에게 전략적으로 영어를 쓰는 경우는 싸울 때다. "형이 이렇게 했잖아" 보다는 "Woo-Sup, did you do it, didn' t you?" 하면 훨씬 무게가 실린다는 사실을 간파한 모양이다. 여기는 형이고 아우고 모두 이름을 부르니까, 우준이의 전략에 맥놓고 휘말리면 우섭이의 전세가 불리한 건 당연하다. 한동안 몰리던 우섭이가 어느 날 날쌔게 한 방 되받았다.

"아니, 누가 누구 이름을 불러?"

드디어 우섭이는 한국어가 자동적으로 만들어 내는 노인만세 상황을 파악했던 거다.

한국말의 발달된 존칭 구조는 언어의 맛을 돋우고, 사람 사이의 격을 만드는 장점이 있다. 그렇지만 사람 사이의 간극을 너무 크게 부각시키는 단점도 무시할 수 없다. 또 상호간의 의사 소통보다는 일방적인 전달에 쓰이기가 쉽다. 그렇다고 '심슨 가족' 의 아빠 '호머' 와 아들 '바트' 처럼 서로 이름을 부르는 것도 우리말 상황에서 해결은 아니다. 애 어른이 다 반말을 쓰자면 상말로 가기도 쉽고, 그런 식의 언어 폭력은 곧 미국식의 노골적 공격사회로 가는 길이 된다. 존대말, 고운 말을 사용하면서도 어른들과 아이들, 형과 아우, 과장님과 박 대리가 '의견을 나눌 수 있는' 쌍방간 대화술이 필요하지 않을까.

여자의 경칭

서양 문화에 살면서 혼란스러운 명명 중의 하나가 여자에게 붙이는 경칭이다. 나는 '한' 이라는 성을 가진 남자와 결혼한 여자이기 때문에 공식적인 자리, 예를 들어 아이들 학교에서나 은행 거래에서는 '미씨즈 한(Mrs. Han)'으로 통한다. 동네 사람들이나 친구들 사이에서는 결혼 전의 성, 킴(Kim)을 편하게 사용하고 있다. 서양 여자 이름 중에 킴벌리(Kimberley)라는 이름을 줄여서 킴(Kim)이라고 부른다. '인성'이라는 발음에는 혀를 고문당하는 표정을 짓던 서양인들도 '킴'에는 아주 반가워한다. 게다가 '킴 노박'이니 '킴 베신저'니 IQ는 의심스러우나 미모는 빼어난 여자들과 이름이 같다 보니 나도 늘 즐거운 마음으로 이 '킴'을 받아들이고 있다. 그런데 우리 나라 사람들끼리 영어 경칭을 붙이면 여기에 혼돈이 더해진다. 나는 '미씨즈 한(Mrs. Han)'이 아니라 '미씨즈 킴(Mrs. Kim)'이 된다. 외국에 사는 한국 사람들에게는 한국 문화와 체재국 문화가 마구 엉켜져 있는 모양이다.

그러다 내가 다니는 학교에 가면 나의 일은 나의 결혼 유무와 아무 관계없다는 것을 강조하기 위해 '미즈 김(Ms. Kim)'이나 '닥터 김(Dr. Kim)', '프로페서 김(Prof. Kim)'이 된다. 서양 여자들은 결혼하면 남편의 성을 따르는 것이 원칙이지만, 1970년대 여성 운동의 영향으로 이젠 결혼 여부와 무관하게 남자가 '미스터(Mr.)'를 쓰듯 여자도 '미즈(Ms.)'를 많이 쓴다.

여배우라면 문제는 사뭇 달라진다. 여배우는 아이를 10명 낳았어도 여전히 '미스(Miss)'로 통용된다. 연예 잡지에서는 '미스 파멜라 앤더슨이 아이를 낳았습니다.(Miss Pamela Anderson gave birth to a son.)' 같은 혼동된 영어를 자주 볼 수 있다. 7번인가 8번인가 결혼했던 엘리자베스 테일러는 나이 칠순을 바라보는 현재까지 언제나 Miss

Elizabeth Taylor라고 불린다. 결혼을 여러 차례 하면 여자 이름 뒤에 남편, 혹은 남편들의 성이 죽 이어져 있는 것이 원칙이지만, 평상시 부를 때는 현재 같이 살고 있는 남편의 성만 존중하는 게 보통이다. 하지만 전 남편의 이름이 유명하다 보면 예외가 없는 것도 아니다. 재클린은 오나시스와 결혼하고 나서도, 이혼하고 나서도 언제나 '미씨즈 재클린 케네디 오나시스(Mrs. Jacqueline Kennedy Onassis)' 라고 불렸다.

우리 나라는 결혼 후에도 여자들이 결혼 전 성을 그대로 가지고 있다는 점을 들어 우리들의 명명 문화가 훨씬 더 여성보호 차원이 있었던 양 열렬히 주장하는 사람들이 있다. 그렇지만 거기에는 뭔가 음험한 의도가 숨어 있는 것이 아닌가 하는 게 나의 의심이다. 우리가 결혼 후에도 여자들의 성을 보유하게 한 데에는 언제라도 여자를 친정으로 돌려보낼 수 있다는 비겁한 '애프터서비스' 조항이 혼인관계에 암묵적으로 있었던 까닭은 아니었을까.

또 지역에 따라 다르겠지만, 옛날 우리 나라 여자들의 명칭도 서양식과 유사한 곳이 있다. 여자는 결혼하면서 남편의 성을 따르고 성 뒤에 '실(室)'자를 붙였다. 한씨 성을 가진 남자와 결혼하고 아직 아기가 없는 동안에는, 한씨의 '안사람' 이니, '한실' 이라고 불리는 식이다. 이는 바로 영어의 '미씨즈 한(Mrs. Han)' 과 동의어가 된다.

우리들이 '부인' 이라고 쓰는 단어의 애매함도 동서양을 오해하게 만드는 요인이다. 부인이라면 으레 결혼한 여자를 지칭한다고 짐작하기 때문에 '백작부인(countess)', '남작부인(baroness)' 이라고 하면 백작과 결혼한 여자, 혹은 남작과 결혼한 여자를 생각한다. 우리 나라의 '정경부인' 은 바로 이런 경우가 된다. 정경대감의 정실부인이 정경부인이 된다. 여자 혼자만의 감투로 정경부인이라 불리지는 않는다. 그렇지만, 서양에서는 여자가 남편 없이 혼자서 그 작위를 가지는 경우가 있었다. 이 때에도 같은 단어를 쓰는데, 대신 그 해석은 '여백작', '여남작' 이라 해야 될 거다. 이러고 보면 서양의 결혼은 거의 생득적인 권리나 신분의 획득에 버금가는 행사가 된다. 이 때문에 우리들의 친정에 비해 '애프터서비스' 부담이 가벼운 편이다.

돼지고기에 얽힌 사연

처음에는 열심히 자기의 성씨 앞에 '닥터(Dr.)' 를 붙이던 남편도 애 어른 없이 모두 '너(You)' 로 통하는 문화에서 살다 보니 어느새 그 경칭을 심드렁해 한다. 백화점 카드나 보험회사 상대할 때는 '닥터 한(Dr. Han)' 이라는 모자를 휘두르지만, 이름으로 장사될 거 같지 않은 상황이면 그저 '미스터 한(Mr. Han)' 이라는 경칭으로 만족해 한다. 더 나아가 직장 동료나 친구들은 성보다는 서로의 이름을 부른다. 나이가 적고 많고 상관없이 이름을 부르면서 가까운 느낌을 얻는 모양이다.

그런데 그의 여유와 민주적 접근을 조롱하는 일이 왕왕 있다. 가끔 그를 '닥터 햄(Dr. Ham)' 이나 '미스터 햄(Mr. Ham)' 이라고 부르는 사람들을 만나게 된다. '햄이라니.' 아무리 고쳐줘도 별로 개의치 않고 다음에 만나면 또 햄이라고 한다. '미스터 팬티쉴드(Mr. Panty-shield, 팬티가리개 선생님)' 라든가, '미스 키친(Miss Kitchen, 부엌

양)’ 같이 너무나 색다른 성씨를 자랑하는 나라다 보니 ‘햄’이라는 영국 성씨가 없지도 않다. 실제로 스카이 방송에서 아프간 사태를 보고했던 기자의 이름은 팀 프렌드(Tim Friend)였다. 즐겨 읽는 옵저버지의 컬럼니스트 중에는 스튜아트 허즈번드(Stewart Husband) 씨가 있지 않느냐고 위로해도 남편은 “이 인간들은 사람하고 돼지도 구별 못하냐”고 불만이다. 우리 가족에게는 돼지고기에 얽힌 기막힌 사연이 있어 이 불만의 역사성이 있다.

한우섭이 초등학교 2학년쯤 되었을 때다. 내가 굳이 아이 이름을 성까지 붙여서 말하는 것을 보고 눈치챘겠지만, 아이 친구들이 너무나 당연하게(!) 우리 아이를 ‘한우고기’라고 불렀다. 아이로서는 기분이 좋을 리 없었다. 우리는 아이 기분을 풀어 주느라, “야, 자기들은 무슨 수입고기나 되냐. 한우고기가 얼마나 비싼데” 하면서 전 인류를 정육점에 걸린 고기 취급을 했다. 그 당시 동생 우준이 별명은 ‘한우고기 투(two)’였다.

어느 주말 오후 아이들 아빠가 애들이랑 아파트 단지 공원에서 쉬고 있었다. 지나가던 아이 친구들이 우리 애들을 불렀다.

“야, 한우고기.”

모범생인 아빠는 그 애들을 불러 타일렀다.

“아니, 사람한테 고기라고 하면 되겠냐.”

그중 한 아이가 무슨 외국어를 하시느냐는 표정으로 이상해하며 그러더란다.

“저는 돼지고긴데요.”

같은 사건을 영국에서도 겪었다. 어떤 아이가 우준이에게 '하이, 햄(Hi, Ham.)' 이라고 하자 우준이는 당당하게 수정을 요구했다.

"난 햄이 아니라, 한이다. (No, I'm not Ham, I'm Han.)"

친구는 발음 교정을 받고 헤어졌다. 이튿날, 그 친구가 우준이를 만나자 신경을 써서 잘 불렀다.

"하이, 헨. (Hi, Hen.)"

돼지고기에서 암탉까지 가는 이름이라, 내가 '너 화났겠다' 그랬더니, 우준이는 오히려 나를 위로한다.

"아니예요. 여기 애들도 그래요, '비프(Beef)' 도 있고, '포키(Porky)', '포크(Pork)' 도 있어요."

그런고로, 영국의 시인 워즈워드가 노래했다.

"아이는 어른의 아버지라" 라고.

그 말은 나라가 바뀌어도 진리였다.

이름의 저작권

우준이에게 이 세상에 유일한 적이 있다면 그것은 바로 우섭이다. 우섭이도 나이는 많으면서 역시 마찬가지다. 그의 적은 우준이다. 그런데 우섭이는 우준이를 무시하고 깔보지만, 우준이는 우섭이를 무시는 못한다. 분명 적군인데도 불구하고 어느새 우섭이 하는 대로 따라하고, 말투도 비슷해진다.

형제간에 이름의 저작권에 관한 일이 있었다. 아빠가 우섭이한테

‘필립은 안 된다’ 고 하자 우준이가 물었다.

“그럼, 형은 이제부터 필립이 아니에요?”

“언제 형이 필립이었냐?”

“그럼 내가 필립해야지.”

우준이가 말했다.

이게 무슨 소리. 한국에 돌아와 있던 때였기 때문에 우준이의 결심은 더욱 비현실적으로 들렸다. 이곳에서 필립이라는 이름을 쓸 일이 언제 있겠나 싶어 우준이의 의견은 곧 잊혀졌다.

어느 날 우준이가 쓰던 일기장을 보았다. 내용도 짧은 데다가 영어도 들어 있고, 국어도 들어 있는 그야말로 순전히 자기 기분 내키는 대로 쓰던 쪽지 글모음이었다. 일기장 표지에 우준이는 소유주의 이름을 밝혔다.

‘필립 투 (Philip Two)’

이젠 우준이도 나이가 들어 ‘필립 투’ 라든가 ‘한우고기 투’ 라고 절대 말하지 않는다. 당당히 자기 이름으로 불리고, 또 그렇게 불리기를 원한다.

발음하기도 어려운 이름을 가지고 생김새도 다르고, 문화나 식생활까지 다른 사람들이 낯선 곳에서 살다 보니, ‘남다름’ 에서 오는 ‘구별’, 더 나아가 ‘차별’ 은 각오해야 했다. 이름도 서양 사람들과 다르다 보니, 우리는 영국 땅에 발을 디디는 순간부터 ‘왕따’ 인 셈이다. 그래도 아이들이 이름을 ‘쫑’ 이라든가, ‘메리’, ‘플루토’ 같은 개 이름으로 바꾸자고 조른 적이 없어 다행이다. 오히려 우준이나 우섭이의 학교 친구들은 아이들의 이름에 아무런 시비도 걸지 않고, 그 이름을 그대로 받아들이고 있다.

한국 고유의 이름을 가지고 살기 어려운 경우는 오히려 어른들의 세계에서다. 얼마 전 학교 모임에 예약을 하면서 겪었던 일이다. 예약하면서, 또 확인하면서 매번 직원은 나의 '기독교식 이름(Christian name)'을 물었다.

"기독교식 이름은 없습니다. (I haven't got any Christian name at all.)"

전화로 몇 번씩 이 문장을 반복했다. 전화 받는 직원은 분명 내 이름이 심상치 않다는 것을 알고 있었다. '메리'니 '엘렌'이니 '수우' 그런 이름이 아니지 않은가. 내 이름은 분명하게 내가 영국인이 아님을 드러내고 있다. 외국인일 것이 뻔한 사람에게까지 자기들의 명명 방식을 따르기를 요구하는 건, 글쎄 그것도 일종의 편협함 아닐까, 의구심이 든다.

영국에서 만나 본 동양인들 중에 중국인들이 가장 많이 서양 이름을 병용했다. 심지어는 서양 이름만 가진 중국인들도 많다. 중국인은 세계 어디에 가든 중국말을 잊지 않는다는 미신은 도대체 누가 만든 건지, 순진하게 그 미신을 신봉하던 우리로서는 황당하기 짝이 없는 발견이었다. 도대체 이 미신의 근거는 어디인지 모르겠다. 필시 외국에서 중국음식점 외에는 중국인을 본 적이 없는 사람들이 만들어낸 거짓말인가 보다. 우리 동네 근처에는 중국 아이들을 위한 중국어 과정 학교도 있다. 그곳에서 만난 중국 아이들은 서로 영어만 썼다. 영어밖에 할 줄 모르니 어쩔 수 없는 노릇이다. 중국인들은 아주 실용적인 사고방식을 가지고 있다. 중화사상이 필요하면 중화 사상을 들고 나올 때도 있지만, 태반의 경우는 살아가기에 가장 편하고 유리한 길을 택한다.

의외로 자기 이름에 고집스러운 동양인은 일본인들이다. 와까무라도 나까무라도 그냥 그대로 와까무라, 나까무라라고 자기를 소개한다. 서양 사람 편하게 하자고 이름을 바꾸려고 하지 않는다. 그뿐 아니다. 서양인들도 기꺼이 아삭한 일본어 발음을 해내려고 애를 쓴다. 일본인들은 서로 만나면 사람이 붐비는 큰길 한복판에서도 45도 넘게 허리를 구부리는 일본식 인사를 한다. 구경하는 사람들에게 조금도 부끄러운 기색도 없다. 쪼그마하고 땅딸한 몸집에 일본인 특유의 작은 미소를 띠고 조용조용 일본말을 건넨다. 이야기 내내 양손을 아래 배 앞에 가만히 잡고 머리를 간간이 숙이는 제스처도 잊지 않는다.

일본인들 다음으로 이름을 보존하는 사람들이 한국인일 거다. 아님 일본인들보다 더 앞서나? 누가 일등인지, 그건 모르겠다. 우리 이름에는 받침이 있어 일본어보다 발음하기 더 어려울 텐데도 불구하고, 서양 사람들은 그럭저럭 한국 이름 흉내를 낸다. 서양인들의 발성 구조를 통해 나오는 우리 이름을 듣고 있노라면 과연 언제 우리도 영어 이름을 가지려고 할는지 모르겠다. 지금으로서는 한국 이름 하나로 버텨볼 생각이다.

2.
우리가 철학적이지 못한 까닭

　처음 영국으로 오던 해는 '팔팔' 올림픽이 끝난 다음 해였다. 당시 주거지는 에딘버러의 주택가였다. 우준이는 그때 아직 만 2살 정도였다. 남들은 말이 늦다고들 걱정했지만, 엄마인 내가 보기에는 당연히 그저 성격이 '과묵한' 아이였다. 행동도 굼뜨다는 설이 있었지만, 엄마인 내가 보기에는 당연히 '점잖은' 아이였다. 영어를 못하다니, 그건 틀린 말이고 당연히 국어를 '안' 하듯이 영어도 '안' 했을 따름이었다. 그런데도 불구하고 어찌나 밥에 대한 탐심이 컸는지 그에 대해서는 엄마인 나로서도 가끔 놀랐다. 우준이는 선택을 할 수만 있다면 어떤 경우에도 빵보다 밥을 먹으려고 들었다.

　다시 또 한 사오 년 있다 영국에 가야 했는데 그때 우준이는 7살이었다. 우준이는 밥 잘 먹고 노는 거 많은 서울을 떠나고 싶어 하지 않았다. 우준이를 아주 어렵게 설득하면서, '가서 밥도 맛있게 해주겠다' 고 간신히 달랬다. 그리고 2월에 런던에 도착했다. 겨울에는 절대 유럽 여행만은 하지 말아야 한다. 차다고는 할 수 없지만, 음산하고 축축하고, 어두운 유럽의 겨울은 열이 펄펄 나는 20대 젊은 사람들의 열기를 가라앉히기에는 좋을지 몰라도 우리처럼 늘 따뜻한 걸 찾아다니는 약간 썰렁한 식구들에게는 반가운 곳이 아니었다.

보통 동양에서 서양으로 여행했을 때가 서양에서 동양으로 갈 때보다 시차(time gap) 극복에 편리하다는 학설(?)이 있고, 우리들의 경험으로 미루어 보아 이 주장에는 일리가 있는 것 같다. 아마 해님을 거슬러 가기보다는 해님을 따라 움직이는 것이 인간에게는 더 자연스러운가 보다. 어느 쪽으로 이동하든 비슷한 패턴은 귀국 첫날이나 이튿날은 오히려 긴장 때문에 괜찮다가도 사흘째부터 힘들어진다는 점이다. 보통 도착한 지 사흘이 지나면서 도리어 여독이 몰려들어 초저녁부터 자고, 한새벽에 깨는 일이 벌어진다.

그 해도 마찬가지여서 도착한 당일과 그 이튿날까지는 우리 식구 모두가 혼절한 듯이 자고, 제시간에 깨어서 그럭저럭 조절이 되나 보다 여겼다. 낮에는 시차를 극복해 보느라 깨어있는 동안 열심히 걸어다녔다. 그런데 사흘째 되는 날, 우준이조차 저녁에 먹는 것도 마다하고 곯아떨어졌다. 새벽 2시, 3시경이 되자 우섭이만 빼고 세 식구가 모두 눈을 뜨고, 밝아 오지 않는 영국 겨울의 새벽을 하염없이 기다리며 앉아 있었다.

영국식 아침

집을 구할 때까지 어쩔 수 없이 호텔에 묵다 보니, 아침이 되면 분주히 식당으로 내려가서 '영국식 아침(fully English breakfast)'을 먹었다. 이 식사는 우선 오렌지 쥬스와 우유로 시작한다. 다음, 여러 종류의 시리얼(cereal) 중에서 골라 먹을 수 있다. 따뜻한 음료로는 커피나 홍차 중에서 고른다. 영국인들은 커피크림을 따로 쓰지 않는다. 대신 우유를 커피나 홍차에 타서 마신다. '모닝 커피, 아프터눈 티(morning coffee, afternoon tea)'로 표현되듯이 아침 식사에서는 커피를 주로 마시고 오후 3시, 4시경의 티 타임(tea time)에는 과자나 간단한 케익을 곁들여 홍차를 마신다.

하지만 영국인이 좋아하는 것은 아침이나 낮이나 커피보다 홍차인 것 같았다. 잎사귀를 달여 먹는 것이 나은지, 열매를 볶아 먹는 것이 나은지는 모르겠지만 역시 우리는 50년대 이래 미국 문화의 영향 아래 있어서 그런지 홍차보다는 커피를 더 좋아하는 편이다.

더구나 영국의 커피는 무슨 공정 기준이 있기라도 하듯 모두 이상하게 떨떠름한 맛이다. 미국 유학하던 친구는 영국 와서 여기 저기에서 커피를 먹어 보더니, '영국 커피는 걸레 빨은 물' 같다고 해서 사람 민망하게 했던 적이 있다. 커피조차도 간을 봐 가면서 맛있게 먹어야 하는 우리 입맛으로야 영국 커피가 맞지 않겠지만, 그렇게까지 심하게 말할 수는 없다. 그냥 '행주 빤 물' 정도 된다고 하면 될 걸. 일본 사람들도 커피 한잔 타줄까, 물으면 우유 말고 커피크림을 넣어 달라는 간청을 한다.

영국 아침 식사의 주식은 베이컨이다. 계란 프라이나 스크램블드

에그(scrambled egg)를 곁들여 살짝 익힌 베이컨이 두어 조각 나오고, 그 곁에 익힌 토마토가 웬일인지 같이 나온다. 토마토를 익히다니! 아무튼 그런 음식을 한 접시에 담아 식빵 몇 조각을 구워서 따로 내 놓는다. 거기에다 준비된 버터나 잼을 발라서 먹으면, 아니면 서양인들이 하듯이 버터 바르고 그 위에 잼을 발라먹으면 아침 내내 그런대로 견딜 만하다. 나처럼 베이컨 안 먹는 사람은 소시지를 선택할 수도 있지만, 베이컨이나 소시지나 우리 나라 가공 식품보다 짜고 기름지기는 마찬가지다.

호텔이나 여관에서 '대륙식 아침 식사(Continental breakfast)' 라고 그럴듯하게 불리는 아침을 주겠다고 할 때도 있다. 이 근사한 이름에 속아서는 안 된다. 간단히 크로와쌍과 쥬스, 혹은 커피정도만 제공되는 것이 고작이기 때문이다. 크로와쌍은 초승달 모양의 버터가 많이 든 빵인데, 그 발음만 들어 봐도 원산지가 프랑스라는 걸 알 수 있다. 영국에서는 그걸 '크레센트(crescent)' 라는 영어로 발음하는데, 똑같은 모양의 빵인데도 발음 그대로 영국의 '크레센트' 는 프랑스의 '크로와쌍' 보다 운치도 없고 맛도 없다.

영국식이든 대륙식이든 간에 그리운 것은 '밥' 이다. 아니, 냉면인가, 아니면 불갈비인지도 모른다. 드디어 우준이는 사흘째 되던 날 까실까실한 식빵에 버터를 욕심스럽게 몇 겹씩 바르면서 한 마디 했다.

"영국에 오지 말고 할머니랑 살 걸. 그럼 밥이라도 먹을 텐데."

이제 겨우 8살을 바라보는 우준이조차 밥이 그리운 데야, 우리 네 사람 중 누구도 즐거이 코스모폴리탄으로 살기는 틀렸구나 라는 생각이 든다. 우준이 아빠 역시 지지 않는다.

“어떻게 음식이라고 먹는데 물기라고는 없냐. 정말 ‘국물도 없는 나라’ 로구만.”

그러면서 아침 식탁에서 이렇게 물기 없는 서양식으로 먹어 버릇하면 변비에 걸리기 십상이고, 결국은 대장에 부담이 간다면서, 식사 시간과 너무나 잘 어울리는 교훈을 알려준다.

인간은 무엇으로 사는가

사람 초대를 돈 지출로 쉽게 계산할 줄 아는 영국인들로서는 누구를 초대하고 밥을 먹이는 일은 드물다. 이렇게 황량하고 썰렁한 영국에 도착하자마자 우리 가족을 불러 저녁을 대접한 영국인이 있다. 세 번째로 영국에 갔던 때 남편과 공동연구를 하기로 했던 ‘웹 박사님 (Dr. Webb)’ 이 바로 그 아저씨다. 우린 그냥 웹 아저씨라고 부르는데, 웹 아저씨는 직접 빵을 굽는다. 웹 아저씨의 부인, 제니 아줌마는 영국 여자치고는 요리를 잘하는 사람이지만, 그 집의 빵만큼은 아저씨 담당이다.

다섯 시경 약속이라 간단한 다과를 겸한 식사겠구나 생각했다. 우리가 묵고 있는 호텔까지 아저씨는 우리를 데리러 와 주셨다. 너무나 얌전하게 생긴 영국 신사가 막상 차의 핸들을 잡으니 운전경기대회 참가자로 변했다. 나중에 알고 보니 이건 영국인들 일반에게 해당되는 변신이었다. 안전벨트를 왜 매야 되는지 절감하면서 구불구불한 영국 시골길에서 차 문을 열고 튀어나가는 불상사가 없기를 기원했다. 새침하고 잘난 척하는 다른 영국 아줌마들과는 달리 제니 아줌마는 아주 털털하고 사교적이었다. 아줌마의 엄마가 미국 사람이라는 말에, 이 사교성의 비밀을 순식간에 알 수 있었다.

제니 아줌마는 고등학교에서 영어를 가르치는 선생님이라 우리 아이들을 데리고 이 음식 저 음식 친절히 설명해 주었다. 여러 가지 빵과 과자도 준비했고 차를 대접했다. 아저씨는 정말 다양한 모양의 빵을 만들었는데, 모양도 모양이려니와 맛도 좋았다. 아저씨가 만든 빵은 가게에서 파는 빵보다 훨씬 맛있었지만, 아저씨 빵이든 가게 빵이든 이상하게도 영국 빵에는 공통점이 있다. 유럽이나 우리 나라의 빵보다는 영국의 빵이 단단하고 까실거린다. 제니 아줌마는 우리 아이들에게 이게 영국식의 '아프터눈 티(afternoon tea)'라는 설명을 덧붙였다.

영국에서 '오후의 차'는 곧 주식과 동의어가 될 수도 있다. 특히 소식(小食)을 좋아하는 취향에서는 이른 저녁시간에 빵과 다과를 곁들여 우유를 듬뿍 넣은 차로 끼니를 마감하기도 한다. 웹 아저씨 부부가 그날 우리에게 '치즈 보드(cheese board)'까지 대접했던 걸로 보아, 그걸로 저녁을 대신하려고 했던 것이 분명하다. '치즈 보드'는 말 그대로 여러 종류의 치즈 조각들을 둥근 치즈 도마 위에 모양 좋게 배열해 둔 것이다. 유제품에 익숙한 식문화에서는 치즈야말로 미각의 정점이다. 또 치즈가 싸지도 않다. 조금씩이지만 값비싼 치즈를 보기 좋게 먹음직스럽게 준비하려면 적지 않은 돈을 쓰게 되니, '치즈 보드'가 나온 대접은 그래도 신경쓴 편에 속한다.

아쉬운 점은 우리 가족은 전혀 치즈에 감동하는 가족이 아니라는 사실이었다. 그저 다양한 빵에 신기해 한 정도였다. 게다가 집에서

굽다니, 그것도 저렇게 큰 아저씨가 이렇게 예쁜 빵을. 거기에 감동하고 있었다. '갓 구워 낸 빵'이라는 표현은 언제 들어도 흐뭇하고 너그러워지는 말이다. 푸근하고 은은하게 퍼져나가는 빵 익는 냄새를 맡으면 절로 마음이 편안해진다. 우리 나라 음식 역시 만들 때 특유의 냄새가 나고, 또 그 냄새 때문에 군침이 돌기도 한다. 그렇지만, '된장 끓이는 냄새'라고 할 때의 느낌과 '빵 굽는 냄새'의 느낌은 좀 다르다. 그게 막연한 서양숭배에서 온 것만은 아니다. 우리 음식 냄새는 양념 때문인지 몰라도 집안 전체로 냄새가 꽤 깊이 배이고, 또 오랫동안 진하게 남아 있다. 빵 굽는 냄새는 문을 꼭 닫고 있지 않으면 금세 날아가 버려 오히려 아쉽게 만든다.

그런데 아무리 근사하고 품위 있다고 하지만, '갓 구워낸' 빵만 앞에 두고 저녁을 때우라고 하니, 그렇게 섭섭할 수가 없었다. 우리로서는 묻지 않을 수 없는 상황이었다.

"근데, 이렇게 저녁을 먹나 보네요?"

물론, "참 좋네요"라는 말을 잊지 않았다. 하지만, 아무런 양념도 없이, '빠다'와 치즈 몇 조각을 놓고, 밥 한 톨도 없이 오로지 차와 빵으로 저녁을 나다니. 그것도 프랑스나 이태리의 그런 기름지고 말랑말랑한 빵이 아니라, 까슬거리고 단단해서 탁자 모서리에 대고 부서뜨려야 할 판인 빵을 눈앞에 두고 나니 '빠삐용'이 따로 없었다. 차를 다섯 잔쯤 먹었지만 그래도 배는 안 찼다. 더 있어봤자 먹을 게 없겠다는 걸 확인하고 상냥하고 예절바르게 인사를 나누었다.

아저씨가 다시 자동차 경주 선수처럼 모는 차를 타고 호텔로 돌아오자마자 우리는 식당부터 살폈다. 뜨거운 걸 먹고 배를 채우지 않으면 도저히 잠을 이룰 수 없다는 생각에 애, 어른이 각자 흩어져 호텔을 다 뒤졌지만, 유럽의 식당들은 정해진 시간 지키는 데에는 아주 귀신 같았다. 우리는 결국 그 밤 내내 어른이나 애나 모두 주린 배를 움켜쥐고 괴로워했다. 배를 채우자고 마셔댔던 차 때문에 잠도 오지 않아 그 밤의 기아는 더욱 선명한 기억으로 남아 있다.

런던으로 이사오고 나서 다시 한번 웹 아저씨로부터 저녁 초대를 받았다. 절대로 그 집에는 안 가겠다는 우준이를 달래서 간신히 출발했다. 우준이뿐 아니라 우섭이도, 나도, 남편도 마치 오지 여행을 가는 사람들마냥 비장한 각오를 했다. 우리 모두 기필코 살아 돌아와야 한다는 일념이었다. 우리는 한국인의 체면과 기아 방지책으로 그 집에 들어서기 전에 맥도널드에 들렀다. 따뜻한 햄버거를 먹으며 우리의 존재 이유를 아주 행복하게 확인했다.

'역시 사람은 살기 위해 먹는 것이 아니야. 먹기 위해 사는 거지.'

섬나라의 먹고 사는 이야기

기왕에 먹는 이야기를 하던 중이니 먹는 이야기를 마무리할 필요가 있다. 간간이 영어를 곁들이면 먹는 이야기라도 좀 그럴듯해 보일런지 모르겠다.

우리도 세 끼 먹고 영국인들도 세 끼 먹는다. 그래서 '아침', '점심', '저녁'을 영어로 옮기기가 그다지 어렵지 않다. 'breakfast', 'lunch', 'dinner' 라는 영어 단어를 쓰면 된다. 그런데 정말 그럴까. 그럼 'supper' 라는 저녁은 뭘까, 'luncheon' 이라는 점심은 뭘까. 의문이 생긴다.

언제 저녁을 먹느냐

문제는 '디너(dinner)'라는 단어 때문에 생긴다. 엄밀하게 말해서 '디너'는 식사시간으로 정해지는 것이 아니라 식사의 규모에 대해서 쓴다고 보면 된다. 그날 중 가장 잘 먹는 식사가 '디너'가 된다. 따라서 영어 문장, "When do you have your dinner?"라고 물으면 "언제 저녁을 드십니까?" 보다는 "하루 중 언제 제일 잘 먹습니까?"라는 의미가 된다.

"When do you have your dinner in the afternoon or in the evening?"

혹시 누군가 상세하게 물으면 "점심때 잘 먹니, 저녁때 잘 먹니?"라는 뜻으로 받아들일 수 있다. 그렇다고 생전가야 저녁을 언제 먹느냐는 영어 질문을 못할까봐 걱정할 필요는 없다. 그 때의 문장으로 적절한 건 이렇다.

"When do you have your evening meal?"

아주 단순하게 나누어 보면, '디너'가 정식 식사(square meal)가 되고 '서퍼(supper)'는 저녁 식사가 될 수 있다. 그렇지만 이것도 아주 정확한 편가르기는 아니다. '디너'를 저녁에 먹는 사람은 점심으로 '서퍼'를 먹는다. 낮에 디너를 먹게 되면 아침과 점심 디너 사이의 간단한 식사가 '서퍼'가 된다. 이 때의 서퍼는 늦은 아침식사, 즉 브런치(brunch)보다는 간단한 점심 식사, 런천(luncheon)에 가깝다.

학교 급식(school meal)은 '스쿨 런치(school lunch)'라고 불리기도 하지만 '스쿨 디너(school dinner)'라고 하는 것이 더 일반적이다. 그만큼 학교 급식이 좋다는 느낌을 주고 싶은 건데, 물론 이미지와 현실은 어느 나라나 다르다. 아이들 급식은 그야말로 '쓰레기 음식, 정크 푸드(junk food)'의 총집합일 때가 많다. 온갖 냉동식품, 가공식품, 즉석식품, 간이식품들이 색상도 화려하고, 기름기도 그득하게 준비되어 있는 것이 '학교 정식'이다.

이런 식으로 '디너'가 점심도 되었다가 저녁도 된다. 사람에 따라, 경우에 따라 점심을 '디너'라 하기도 하고, '서퍼'라 하기도 한다. 제법 차려 놓고 분위기를 낸 모임이나 식사는 '디너'가 되고, 한 끼 때우는 의미로 간단하게 먹고 마는 건 '서퍼'가 된다. 어떤 형태로든 저녁을 때웠는데 다시 또 밤참을 먹어야 할 경우가 있으면 그때의 식사는 '서퍼'로 불린다.

우리는 밤에 무슨 음식을? 하고 의아해 하겠지만 유럽의 겨울을 생각하면 야참이 낯설지 않다. 영국을 포함해서 유럽의 겨울은 길고도 지루하고 음산하다. 독일이나 오스트리아 지방 사람들은 음악으로 음산하고 쓸쓸한 겨울밤을 견디는 동안, 영국인들은 연극으로 축축한 그 밤을 이겨냈다.

영국에서 연극을 보는 곳은 물론 '극장, 씨어터(theatre)'다. 연극은 고급 오락이지만 영화는 저급 오락이라는 건방진 차별이 영어 사용에서도 나타난다. 영국에서 영화를 보는 곳은 '영화관, 시네마(cinema)'다. 미국 사람들은 편리하게도 이것을 '연극관, 씨어터

(theatre, 혹은 미국식 표기로는 theater)’와 ‘영화관, 무비 씨어터 (movie theatre)’로 나눌 뿐이다.

영국에서는 연극 공연장과 그 근처의 분위기는 사뭇 역사적인 풍모를 자랑하면서 영화관의 경박한 오락을 비웃는다. 역사적이라는 건 그들의 관점이고, 고물이라는 건 우리들의 관점이다. 의자도 삐걱 삐걱, 환기도 안 되고, 오래된 장식들은 바랜 색깔로 기괴하다. 그 정도의 불편을 견디지 못하는 인간은 야만인이지, 결코 문화인이 아니라는 걸 우리도 모를 리 없다. 우리 역시 항상 교양 가득한 얼굴로 좁은 의자에서 떨어지지 않으려 안간힘을 쓰며 연극 공연장의 역사적 풍모에 찬사를 보낸다.

연극은 대체로 늦은 시간, 7시 이후에 시작해서 두어 시간 정도, 혹은 그 이상 진행된다. 연극을 보러 들어가기 전에 저녁을 먹고, 보고 나와서 다시 연극평을 하며 야식을 먹는다. 이 때 음식은 모두 ‘서퍼’가 된다. 연극 공연장마다 크고 작은, 또 역사적인 음식점이나 찻집이 즐비한 이유는 공연 전과 공연 후의 ‘서퍼’ 수요 때문이다. 이쯤 늘어놓았으니 ‘디너’와 ‘서퍼’를 구분하는 것은 식사시간이 아니라, 음식의 양과 분위기라는 데 이의가 없을 거다.

‘최후의 만찬’이 아닐 걸

그런 의미에서 예수가 제자들과 함께 한 마지막 식사를 우리 식의 번역대로 ‘최후의 만찬’이라고 해서는 안 된다. 영어식 표현을 따르자면 그건 ‘The Last Dinner’가 아니라 ‘The Last Supper’가 된다.

이는 '최후의 만찬'이 아니라 '최후의 식사', 혹은 '최후의 소식(小食)' 정도가 되어야 하지 않을까.

보통 교회에서 준비하는 모임이나 회식에는 '디너'라는 단어보다는 '서퍼'를 선호한다. 영적인 일을 명상하기 위해서는 검소하고 소박한 환경이 요구되는 건 당연하다. 화려한 백화점에서 번쩍이는 장식품이나 옷을 고르면서 갑자기 이승과 저승을 나누는 생각을 할 수 있다면 그 사람은 거의 달라이 라마 수준의 영적 차원을 지닌 사람이다. 보통 사람들은 소박한 가운데 영적 생명의 힘을 느끼기 마련이다. 카톨릭이나 성공회 교회의 미사, 혹은 신교도들의 특별한 행사에 행하는 성찬식에는 포도주와 얇은 빵 조각이 등장한다. 영어로 그 성찬(聖餐)은 'Lord's Supper'이지, 'Lord's Dinner'가 아니다. 가난하고 소박한 것이 성스러운 것과 닿아 있을 수 있음을 이 간단한 단어들의 차이에서 다시 느껴본다.

'딱 한 잔 마셨어'

종교적인 분위기로 들어선 김에 영국인의 식사 습관 중에 가히 종교적이라고 할 만한 걸 얘기해 보자. 영국인들에게 '차(tea)' 마시기는 거의 종교에 가까운 일이다. 전쟁 중에도 오후에 차 마시는 시간만은 지켰다는 국민이 영국인들이다. 하긴 이건 과장이다. 이 소문이 생기게 된 배경에는 2차대전 당시 몽고메리 장군의 차 애호가 많은 역할을 했다. 몬티(Monty)라는 애칭으로 불렸던 자그마하고 마른 몸집의 이 장군은 작전 회의중이나 혼자 있을 때 늘 찻잔을 가까이 했다. 그렇지만, 참호 속에서 사격을 하고, 전장을 뒹굴던 병사들에게 영국식 '오후의 차' 는 아무 해당 사항이 없었다.

영어에 '티(tea)' 만큼 다양한 의미도 없는 것 같다. 우리는 보통 '티' 라고 하면 홍차, 엽차, 녹차, 옥수수차 따위의 차를 마시는 것만 생각한다. 이것도 당연히 '티' 다. 하지만 영국인들이 말하는 '티' 는 보통 가벼운 식사에 해당한다. 아침을 먹기 전에 드는 간단한 식사를 'early tea' 라 한다. 이 때에 차 한잔에 간단한 빵이나 비스킷을 먹는다. 아침 식탁에서 우리가 진한 커피로 아침을 깨우려고 마시는 것과는 달리, 이 사람들은 커다란 아침 찻잔(a breakfast cup)에 차를 따라 마신다. 찻잔이 유별나게 커서 우리가 처음 그 잔을 보았을 때, '야, 영국 밥그릇에는 손잡이도 달렸구나' 생각했다. 기민한 한국인의 합리성을 동원해서 '하긴 이렇게 많이 퍼담으려면 손잡이도 있어야겠지' 나름대로 수긍도 했었다.

'오후의 차(afternoon tea)' 라고 하면 보통 '5시경에 마시는 차(five o' clock tea)' 를 말하는데, 요즈음에는 아이들이 학교에서 돌아오는 시간쯤에 맞추어 3시경부터 5시 사이에 차를 마신다. 사실 영국인들이 유별을 떨어서 그렇지 이런 간식시간이 없는 나라는 거의 없다. 프랑스에도 있고, 또 우리 나라에도 있다. 우리도 아이들 돌아올 때에 맞추어 과자도 준비하고, 라면도 끓인다. 차이는 영국인들이 그 과정을 아주 정교하게 공식화했다는 점이다. 영국이 너무 잘 살던 19세기 시절에 베드포드 공작부인이 이 '오후의 차' 행사를 시작했다는 설이 있다. 차 마시는 데에 무슨 학설, 운운하면 벌써 영국 사람의 게임에 진 게 된다. 그이들은 아무 일도 아닌 일을 아주 그럴듯한 행사로 만드는 데에는 세계 최고다.

베드포드 공작 가문은 지금도 영국 제일의 부자에 속한다. 부동산 소유로는 10위 안에 들고, 게다가 그 대부분이 런던에 있다. 동산도 만만치 않다. 19세기 베드포드 공작부인이 정확하게 누구라고 내가 알아야 될 이유는 없고, 또 세대를 이어오는 많은 베드포드 공작부인들간의 생활과 인품에 그다지 큰 차이를 찾을 수 없으니, 그저 베드포드 공작부인이라 해도 문제는 없다. 하여간 베드포드 공작부인은 공작부인답게 저녁 늦게까지 파티와 사교, 쇼핑과 소문에 묻혀 지냈다. 그러니 아침에 잠이 깰 리 없다. 또 공작부인이니 아침에 일찍 깨어야 할 이유도 없다.

공작부인의 기상시간은 대체로 12시를 훨씬 넘었다. 그러고 나면 치장하는 데 두어 시간 지나고 오후가 된다. 한 상 크게 받아먹자니 공작부인답지 않다. 그래서 공작부인은 '티'를 마시기로 했다. 어쩔 때는 혼자서도 마셨지만, 자기와 비슷한 시간에 깨고 자는 다른 귀족 부인들을 불러 함께 마시기도 하면서 이 유행이 귀족들 사이에 퍼져 나갔다. 귀족이 하면 나도 꼭 하고 말아야 되는 '신흥부자'들이 있기 마련이니, 이 '오후의 차' 유행이 찻잔에서 찻물이 넘치듯 영국의 전 계층사이로 스며들어간 건 순식간이었다.

술독에 빠졌다 나오면서도 '딱 한 잔 했다'는 사람들이 있다. 거짓말은 아니다. 단지 잔의 크기가 예상보다 컸을 뿐. 베드포드 공작부인도 '차를 마셨다.' 그렇지만 그 규모의 차이를 상상할 수 있어야만 영국 귀족의 허풍을 따라갈 수 있다. 우선 '차'가 있어야 차를 마셨다고 할 수 있다. 뽀송뽀송한 식탁보 위에 반짝반짝 윤이 나는 은 주

전자, 설탕과 우유그릇이 가지런히 놓여있고, 화려하고 날렵하면서
도 상스럽지 않은 본 차이나 찻잔이 차려져 있다. 그리고 차에 '간단
하게' 곁들일 수 있는 다과가 준비된다. 우선 다양하게 속을 넣은 샌
드위치를 얇게 잘라 장식한다. 다음 따뜻한 스콘(scone)과 그에 곁들
이는 크림과 잼이 나온다. 매일 매일 새롭게 구워내는 케이크 조각들
이 보기 좋게 담아 나온다. 그리고 빼놓으면 안 되는 것이 각양각색
의 화려함과 달콤함으로 유혹하는 작은 케이크 과자들을 '그저 한 열
개 정도만' 선보인다. 그렇게 공작부인들은 서로를 청했다.

"차 한 잔 하러 오시지요."

이렇게 모이면 중요한 내용을 아니 주고받을 수 없다. 지금까지도
영국인들을 분열시키고 있는 문제는 여기에서부터 시작되었다.

"우유를 먼저 부어야 될까요, 차를 먼저 따라야 할까요?"

영국인들은 차에 우유를 타서 마신다. 아주 가끔 레몬을 띄우는 사
람도 있다는데, 난 지금까지 그런 영국인은 한 사람도 못 봤다. 차만
마시는 사람들이 있기는 하다. 웹 아저씨와 우리 집의 큰아들, 우섭
이가 그렇다. 남편의 관찰로는 영국인들이 차에 우유를 그렇게 많이
부어서 마시는 이유는 단지 너무 배가 고파서라고 한다. 믿을 수 없
는 학설이다. 어쨌든 그의 직장 동료들은 모두 차에다 우유를 '부어
마신다'고 한다. 내가 만난 영국인들은 대부분 차에 우유를 '넣어 마
셨다.' 그런데, 우유를 먼저 따라야 한다고 주장하는 학파가 있나 보
다. 속물들이 분명하다.

우유를 먼저 할거냐 뒤로 할거냐, 라는 고민보다 더 많은 고민을 안
고 사는 보통 사람들은 좀더 단조로운 차 시간을 갖는다. 오후 시간

이 되면 홍차와 함께 간단한 다과를 든다. 사람이 얼마나 잘 사느냐에 따라 다과의 종류도 다양해지는 건 당연하다. 보통 수준의 살림으로는 가게에서 사 온 과자나 빵이면 흡족한 다과가 된다. 그것도 우리식으로 과자 한 통 털어서 먹는 게 아니다. 딱 2개 정도 꺼내서 먹는다. 우리 상황으로 바꾸어 말하자면, 새우깡을 봉지로 먹지 않고, 딱 2개만 꺼내서 보리차와 정해진 시간에 마신다는 얘기다.

이런 식의 '차' 와 공작부인의 '차' 가 같을 수는 없다. 엄밀한 구별을 위해 '하이 티(high tea)' 라는 단어가 있다. '하이 티' 가 있으니 '로우 티(low tea)' 가 있냐고 하면 그건 아니다. 그냥 '하이 티' 만 있다. '상류층(high class)' 의 차라는 의미도 되겠고, 계층 상관없이 제대로 잘 차려낸 차를 말할 수도 있다.

실제로 나와 남편은 전통적인 영국의 '오후 차' 를 마시러 간 적이 있었다. 런던의 오래된 호텔이 전통적인 영국 차를 대접한다는 사실을 알았지만, 1인당 4만원에 육박하는 가격을 보니 도저히 우리 4인 가족이 다 갈 수는 없는 노릇이었다. 런던에서 공부하던 성호 아빠의 명언대로 '애들은 먹을 날이 많으니까' 어른들만 가면 안 될까 고민하던 중 다행히 우섭이, 우준이는 그 계획에 아무런 흥미가 없다고 밝혔다.

"그냥 햄버거나 사주세요. 무슨 물 마시자고 런던에 가나요…"

3시부터 시작된 '차 한잔' 은 손님이 특별히 재촉하지 않는 한 5시까지 이어졌다. 주문한 차가 나오고, 그리고 순서대로 샌드위치와 스콘과 다과가 나왔다. 샌드위치도 남겼고, 스콘도 남겼다. 초코렛을 너무나 좋아하던 남편조차 초코렛 케이크를 남겼다. 모든 것이 좋았지만, 모든 게 좀 지나치게 달았다. 스콘에 발라먹는 덩어리 크림은 너무 진해서 머리가 어찔했다. 샌드위치는 4종류나 나왔지만, 소고기는 기피 재료고, 튜나는 여전히 비릿했고, 오이는 축축하고, 치즈는 빽빽했다. 나로서는 이 모든 것이 너무 지나쳤다. 그래도 문화 경험으로는 해볼 만했다고 스스로를 위로하고 있을 때 남편이 한 마디 잊지 않았다.

"우리가 월급쟁이라는 걸 잊지 말아야 될 거 같지?"

누가 공작부인이라고 했던 적이 있나.

돌아오는 길에 갑자기 〈차와 동정(Tea and Sympathy)〉이라는 옛 영화가 떠올랐다. 존 카가 유약하고 여성적인 학생 톰의 역을 했고, 깎아 놓은 듯 아름다운 모습을 보이는 데보라 카가 그의 스승의 부인으로 연상의 여인, 로라 역을 했다. 처음에는 톰에 대한 동정에서 시작된 로라의 관심이 점차 애정으로 변해가는 모습이 때로는 쓸쓸하고 때로는 처연하게 보이던 영화였다. 시작부터 두 사람의 관계는 '차' 이상으로 나아갈 수 없었다. 식사로 비유해서 보면 끼니가 될 수 있는 관계가 아니고, 단지 그 사이에 간식일 뿐이었다. 몽롱하게 아름답고 은근하게 사치스럽지만 그렇다고 '차'로 끼니를 대신할 수는 없지 않겠는가.

너는 너, 나는 나

나는 먹는 건 좋아해도 음식 만들기는 서툴다. 서울이든 지방이든 한국에 살면 그런 대로 음식 만들기의 고통을 벗어날 길이 많다. 아파트 상가 전화번호부만 있으면 대강 아이들 생일상도 차리고, 간단한 점심도 찾아 먹을 수 있다. 번거로운 김장도 친정 엄마가 있으면 된다. 그도 안 되면 슬쩍 사다 먹어도 된다. '사다 먹는 일'에 유일한 부담이 있다면 신문이며 TV며 온갖 잡지들에서 간편식품이나 시장 음식의 위험성을 고발하면서 게으른 주부들의 죄의식을 자극하는 것뿐이다.

외국에 살면 이런 심리적인 갈등이 전혀 없다. 아파트 상가 전호번호부가 없기 때문이다. 겨우 찾아서 시켜 먹을 수 있는 건 피자가 고작이다. 그것도 피자 가게 반경 얼마 내에 살 경우에만 해당된다. 그렇지 않은 경우에는 직접 가서 먹던가, 아니면 가게에서 사서 집에 가져와서 먹는 것이 유일한 선택이다. 햄버거 가게에서 점원이 통상적으로 질문하는 대로 선택은 두 가지다.

"여기에서 먹을래, 아니면 가져갈래? (Eat in, or take away?)"

지루하게 식당에 앉아 음식 되기를 기다리기가 끔찍하게 싫으면 미리 전화로 시키고 음식 되었을 때쯤 식당에 가서 가져오는 정도의 여유가 고작이다. 시켜서 집에서 먹는 음식이라고 해봐야 느끼한 중국음식이나 수상스러운 향내의 인도음식, 아니면 기름이 감겨있는 튀긴 생선과 감자(fish and chip)가 전부다. 선택의 폭이 이 정도니 외국에 살면 내가, 아니면 최소한 우리가 음식을 만들어 먹을 수 없으면 굶어 죽는 일이 생긴다.

'필요는 발명의 어머니'라고 이럭저럭 이제는 나도 음식 만들기에 익숙해졌다. 이상하게도 서울에서는 김치도 안 먹고 된장도 우습게 보던 식구들이 영국에만 오면 된장, 고추장을 먹으려고 덤벼든다. 김치나 된장, 고추장은 한국인에게는 아마 음식 이상의 어떤 의미를 가지고 있는 것 같다. 우리 음식의 매콤하고 짭짤한 맛을 느끼면서 느끼한 버터와 인공착색의 콜라에 지지 않겠다는 주체성을 확인하는 건 아닐까. 그렇지 않고서는 외국에 사는 한국인들이 김치나 된장, 고추장에 대해 다소 가학적이라고 할 정도의 집착을 품고 있는 걸 설명할 길이 없다.

설탕과 소금

물론 우리 식구도 예외가 아니다. 영국에만 오면 기를 쓰고 한국음식을 먹어대는 통에 이제 영국으로 나올 적마다 고추장이나 된장을 메고 지고 오는 건 당연한 일이 되었다. 서너 차례 나오다 보니 이젠 왕소금까지 들고 온다. 서양의 소금으로는 배추를 절일 수 없다. 서양 소금은 대부분 암석에서 채취한 돌소금(rock salt)이다. 돌소금은 하얗게 정제되어 입자가 골라서 좋지만, 바다 소금(sea salt) 같은 무기질이나 천연 향이 없다. 특히 우리 나라의 염전에서 재래식으로 만들어내는 왕소금은 세계에 수출해도 손색이 없는 물건이다. 실제로 프랑스의 어떤 교사는 재래식 염전이 사라져 가고 점점 인공 소금으로 대치되는 데 반발해서 안정된 교사직을 그만두고 지금 염전을 하고 있다.

우리가 왕소금을 들고 다니는 까닭은 이런 인류 문화재 보존 차원이 아니다. 그보다 훨씬 더 현실적이다. 정제된 돌소금이나 인공 소금으로는 배추를 절일 수가 없다. 밀가루처럼 고운 이 소금을 한 움큼 배추에 뿌려놓고 하룻밤을 자고 나도 배추는 그 모양 그대로다. 오히려 더 뻣뻣해진다. 그렇다고 배추가 원래 맛 그대로인 것은 아니다. 뻣뻣한 배추를 맨입으로 간을 보면 물 한 독을 먹어야 할 지경으로 짠맛이 진하다. 이러니 서양 소금으로는 '짜게 절인다'는 표현을 쓸 수 없다. '짜게 살린다'고 해야 할 판이다. 그렇게 뻣뻣한 배추로라도 김치를 못 담글 것은 아니지만, 우리 김치 맛은 아니다.

우리가 소금에 유심한 만큼 서양 사람들은 설탕에 지긋한 관심을 가지고 있다. 우리 눈으로 보면 서양에는 설탕 종류가 너무 많다. 우리야 기껏 흑설탕, 백설탕, 황설탕 해가며 색깔 따라 나누는 정도고, 특별 용도라고 해야 커피 설탕이 전부다. 서양에는 설탕 종류가 대충 열 가지는 넘는 모양이다.

여러 가지 설탕 중에서 가장 일반적인 설탕은 그저 '백설탕(white sugar), 황설탕(brown sugar)'으로 나뉘어진다. 황설탕은 또 색상의 강함에 따라 '흐린 황설탕(soft brown sugar), 진한 황설탕(dark brown sugar)'으로 달라진다. 일반 설탕과 같지만 데머라라 지방 원산지인 설탕만은 꼭 드머라라 설탕(demerara sugar)이라고 구별한다. 맛이 부드러우면서 정제도 잘 되어 같은 용도의 설탕이라도 드머라라는 좀 비싼 편이다.

이들보다 입자가 조금 더 굵은 설탕이 '입자설탕(granule sugar)'이다. 이 설탕은 음식을 만들 때도 쓸 수 있지만 커피나 차에 넣는 용도로도 쓰기 좋다. 캐스터 슈가(caster sugar)는 이보다 입자가 훨씬 고운 가루 설탕이다. 입자가 아주 고와서 다른 것들과 잘 섞이기 때문에 케이크나 과자를 만들 때 많이 쓰인다. 우리 나라에서 특히 구하기 어려운 것 중에는 과일향을 섞은 과일 설탕(fruits sugar)과 케이크 장식용으로 사용되는 아이싱 슈가(icing sugar)가 있다. 아이싱 슈가는 캐스터 슈가보다 입자가 더 곱기 때문에 빵이나 다과류의 윗 장식용으로 살살 설탕을 뿌릴 때 주로 쓰인다.

모든 종류의 설탕마다 색색깔로 다르게 준비되어 있다. 원하는 색이나 향에 따라 우리 식대로 흰색 캐스터 슈가, 황색 캐스터 슈가를 고를 수 있고, 황설탕, 백설탕의 '입자 설탕'도 있다. 단지 '머스코바도(muscovado)'라는 설탕만큼은 진한 황색이나 연한 황색밖에 없다. 이 설탕은 비교적 원료에 가깝게 정제가 덜 된 상태라 설탕입자끼리 서로 진득하게 붙어있다. 우리 나라의 흑설탕이 이에 해당한다. 음식의 진한 색을 내고 싶을 때 이 설탕을 쓰면 좋다. 약식이나 약밥을 만들 때 특히 이 설탕이 많은 역할을 한다.

이외에도 용도별로 다양한 설탕들이 나와 있다. 잼을 만들 때, 아기 이유식을 만들 때, 커피의 맛을 돋울 때 등등 설탕의 종류는 무궁하다. 서양 음식에 들어가는 설탕의 양이나 종류를 보면 그들의 삶이 참으로 달콤한, 어쩔 때는 지나치게 달콤한 인생이라는 느낌이 든다.

우리는 이 많은 설탕들을 가지고 뭘 해야 하는지 몰라 우왕좌왕하지만, 설탕의 원산지 동남아, 특히 인도네시아 사람들은 마음에 드는 설탕이 없다고 불만이다. 우리가 고국에서 소금을 실어 나르듯 동남아 사람들은 설탕을 가져오기도 한다. 아미 아줌마는 인도네시아에서 왔는데, 제법 여유 있는 분이었다. 아줌마는 자기가 직접 가져온 인도네시아 산 설탕을 보여주면서 영국이 얼마나 미개하고 열등한가를 열변했다.

아미 아줌마 말로는 정제된 설탕이 아니라 누릇한 색깔의 원산지 설탕 덩어리를 쓰면 훨씬 덜 달면서도 향이 좋아진단다. 유독 색이 더 진한 설탕은 코코넛에서 만들어진 것이라고 하는데 여느 설탕 덩어리와 다르게 깊고 은은한 향을 낸다. 설탕 하면 사탕수수밖에 모르는 한국 사람에게 인도네시아의 부자 아줌마는 사탕수수에서 나오는 설탕은 그다지 고급 설탕이 아니라고 가르쳐 준다. 직경이 대략 10센티미터 가량 되는 둥글고 단단한 설탕 덩어리들을 건조한 곳에 보관하다가 필요할 때마다 조금씩 떼어서 빵을 만들기도 하고, 인도네시아 고유 음식들을 만들 때도 썼다.

서양도 20세기 초가 될 때까지만 해도 이런 식으로 설탕 덩어리를 가져다 썼다. 크고 작은 돌 모양의 설탕을 부엌창고나 집안 구석진 곳에 모셔두고 필요한 만큼 긁어서 음식에 사용했다. 서양의 옛 조리기구 중에 지금은 쓰지 않는 '설탕긁개' 가 있다. 지금처럼 설탕을 가루로 정제하기까지는 많은 발전과 시설 투자가 필요했다. 이 과정에서 설탕부자가 생겼다. 설탕회사들은 워낙 오랫동안 시장을 잡고 있으면서 다른 경쟁자들의 시장 진입을 차단했기 때문에 기름회사 못지않게 거인들이다.

설탕장사로 영국에서 가장 유명한 사람은 테이트(Tate)다. 지금도 '테이트 앤드 라일(Tate and Lyle)' 이라는 상호로 좋은 설탕이 나오고 있다. 테이트는 설탕으로 번 돈을 그림과 문화 사업에 투자했다. 테임즈 강가를 끼고 서 있는 런던의 테이트 화랑이나 새로운 전시로 각광을 받고 있는 테이트 모던 화랑, 또 콘월지방의 작은 마을에 자리한 테이트 화랑까지 모두 이 설탕장사의 이름을 기억하게 한다.

그러고 보면 우리가 기억할 만한 소금장사는 없나? 옛날 이야기에 등장하는 봇짐 진 소금장사 말고. 우리들의 재래식 염전 소금을 세계에 팔 '짠돌이'가 있을 법한데.

물과 기름

설탕 이야기를 했으니 케이크까지 생각해 보면 좋다. 케이크를 만들 때 가장 기본으로 지켜야 할 점은 절대 물을 쓰지 말아야 한다는 것이다. 김치를 담글 경우와 케이크를 만드는 경우를 비교해 보면 우리와 서양의 차이를 아주 실감나게 느낄 수 있다. 김치를 만들려면 물과 씨름을 해야 한다. 배추를 소금물에 절이고, 또 몇 번이고 물로 씻어야 한다. 좁은 아파트에서 김치 담그기가 어려운 까닭은 물과 씨름하기가 만만치 않아서이다.

좁은 공간에서 케이크 만들기도 쉽지 않기는 마찬가지다. 하지만 이 때의 불편은 김치 담글 때와는 다른 양상이다. 케이크를 만들려면 가능한 물에서 떨어져야 한다. 처음부터 끝까지 물을 쓸 일이 없을 뿐 아니라 물이 들어가면 원하던 맛을 낼 수 없다. 외국 영화나 잡지에서 볼 수 있듯이 씽크대 근처를 피해 작업대를 두거나 아예 '섬(아이랜드, island)'이라는 이름대로 혼자 동떨어져 있는 작업대를 쓰면 케이크나 다과류를 만들기에 훨씬 좋다. 또 김치를 비롯해서 우리 음식을 만들 때에는 전기를 쓸 일이 거의 없지만 서양 음식을 만들 때에는 전기 제품을 쓸 일이 많아서 작업대 근처에 전기 콘센트까지 달려 있는 경우가 많다.

물론 서양 음식에도 물을 쓰는 경우가 있다. 스프나 스튜도 그렇고, 특히 빵에는 물을 넣어야 한다. 그렇지만 이때 물은 우유로 대치될 수도 있다. 우리 나라에서도 국을 끓이면서 우유를 넣는 경우가 없지 않은 모양이다. 사골이나 맑은 국의 색과 맛을 내기 위해 우유를 넣는 것이 장사하는 사람들 사이에는 공공연한 비밀이란다. 그렇지만 그건 어디까지나 '비밀'이다. 노골적으로 밝히기에는 뭔가 뒤가 캥기는 부분이 있다. 그만큼 우리 음식의 근본은 물이어야 어울린다.

우리는 물을 아주 좋아한다. 밥 먹기 전에 물 마시고, 밥 먹는 동안 국이나 찌개 국물을 떠먹어야 하고, 밥 먹고 나서 다시 물을 마셔야 한다. 서양 사람들 음식에는 국이 없다. '스프'는 '국'이라기보다 '죽'이라고 해야 한다. 게다가 스프는 주식도 아니다. 주식으로 나오는 음식에는 물기가 전혀 없다. 고기나 생선이 어떤 식으로 조리가 되어 나오든 소스가 좀 발라 있어서 음식이 건조해지는 걸 막아주고 간을 맞추는 정도지, 우리같이 본격적으로 떠먹어야 하는 음식은 없다.

우준이가 처음 런던의 학교에서 급식을 먹던 때였다. 아이는 자리를 잡으면서 숟가락을 손에 들었다. 친구들이 모두 '아니야' 손을 가로 저었다. 숟가락 없이 어찌 밥을 먹나 고민하면서도 우준이는 굳세게 음식을 먹었다. 친구들처럼 전부 포크와 나이프만 썼다. 숟가락은 음식의 제일 마지막 순서, 후식에 쓰였다. 아이스크림이거나 케이크거나, 젤리거나, 후식에서는 듬뿍 숟가락으로 떠먹으며 그 단맛을 즐기는 게 서양식이었다. 그래도 물기는 없다. 단지 후식에서는 흐물거리는 음식이 많아 숟가락을 쓴다.

물과 상극인 음식을 만들다 보면 서양 문화와 자연의 거리가 새삼스럽다. 우리는 무엇이든 마지막에는 물로 헹구는 걸 당연하게 생각한다. 그릇을 세제로 씻고 나서도 깨끗한 물로 헹구고, 목욕 후 비누로 씻고 나서도 깨끗한 물로 헹군다. 외국 영화를 몇 편이라도 본 사람들은 거품 목욕을 즐기는 미인들 한두 명 정도는 기억할 것이다. 동화의 나라처럼 가득한 거품에 잠겨 있던 이 아가씨들은 거기에서 그대로 걸어 나와 수건으로 몸을 닦는다. 나는 영화에서나 저렇겠거니, 실제로는 저 여자들도 이태리 타올로 때를 밀고 수건으로 몸을 닦을 거라고 생각했었다. 그런데 실제로도 서양 사람들은 그 거품 속에서 그냥 걸어 나온다. 거품이 여기저기 묻어 있는 채로 나와서 그대로 큰 수건으로 닦고 말린다. 우리로서는 이해가 안 되는 일이지만 그 사람들은 그 거품을 다시 물로 헹구어 내는 우리가 이해가 안 되는 모양이다.

그릇을 씻을 때도 이렇다. 이 사람들은 세제로 그릇을 씻으면 그대로 건져서 접시걸이에 꽂아 둔다. 물이 빠지기를 기다리거나 아니면 마른 행주로 그릇을 닦아서 쓴다. 헹군다는 법이 없다. 깨끗하라고 세제로 씻었는데 왜 물로 다시 헹구어서 더럽히느냐고 오히려 반문한다. 참 가까우면서도 먼 사람들이다.

추운 날씨에 함께 외출을 하고 돌아와 차 한잔 주겠다는 이웃이 있었다. 산책을 나서기 전에 아저씨가 식기세척기를 작동시키는 걸 잊었던 바람에 마땅한 찻잔이 남아 있지 않았다. 아줌마가 차를 끓이는 동안 아저씨는 부지런히 그 그릇들을 꺼내 씻었다. 그 집에서는 아저씨가 식기세척기 담당이었기 때문에 세척기가 작동을 안 할 시에는 아저씨가 세척기가 되기로 했었던가 보다. 인간 세척기가 된 아저씨가 세제로 만드는 거품이 봉글봉글 일었다.

여러 차례 영국인들의 거품 설겆이를 보아 온 나는 마음속으로 '제발 이번만은 헹구어 주시기를' 간절히 바랬다. 아저씨는 습관대로 거품이 보글거리는 접시를 그대로 꺼내서 선반에 꽂았다. 그리고 나서 마른 행주로 닦고 그 잔에 차를 따랐다. 마실 것이냐 말 것이냐. 그 순간은 가히 햄릿의 고민이었다.

외교 관례상 원주민들의 문화를 정중히 받아들이고 나자 우리 식구는 모두 인간 거품기가 된 기분이었다. 그 차를 마시고도 우리 모두 살아 있는 걸 보니 그런 대로 그 세척방법이 생각보다 위험하지는 않은 모양이다. 살아나긴 했지만, 집에 돌아와 애매한 우리 그릇만 물로 씻었다. 살면 살수록, '너는 너, 나는 나' 라는 생각이 든다.

천국과 지옥

영국인들은 유럽 전체에서 음식 못 만들기로 유명하다. 유명할 뿐 아니라 실제로 못 만든다. 못 만들기도 하지만 만들려고 하지도 않는다. 영국 특산 음식이라고 해봐야 기름에 튀긴 생선과 감자가 고작이다. 친구는 여행 와서 영국에서는 '피시 앤 칩(fish and chip)'을 꼭 먹으라고 관광안내서마다 써 있다면서 그걸 열심히 찾았다. 그 음식의 진짜 모습을 보고, 몇 번이나 "이게 전부야?" 물었다. 물론 다른 음식들도 있다. 처칠이 가장 좋아했다는 '콩팥 파이(kidney pie)' 도 있고, 믿거나 말거나 앤드류 왕자가 즐겨 먹는다는 토마토에 푹 삶은

강낭콩도 있다.

영국인들에게 음식 맛을 묻거나 음식 타박을 하면 안 된다. 인생에는 그보다 더 중요한 것이 있다는 것이 그들의 대답이다. 그러면서 TV마다 요리 프로가 극성이고, 좋다는 음식점은 돈 많은 사람들로 넘치고, 동네 주점은 마을 사람들로 넘치는 곳이 영국이다.

영국에서 먹는 일로 절망하던 사람들은 친절하고 예의바른 영국 경찰에게서 위로를 얻을 때가 많다. 영국 경찰은 구미 어느 나라와 비교해도 능력과 태도에서 단연 앞서간다. 이제는 바뀌었지만, 곤봉 이외에는 무기를 가지고 다니지 않았고 절대로 뛰지 않았다. 경찰이 높다란 모자를 쓰고, '미스터 빈' 처럼 발목이 약간 보일 정도의 짧은 바지를 입고 좀 느릿한 분위기로 걷는 모습에서 영국인들은 안전에 대한 희망과 현실을 보는 모양이다.

그래서 생긴 농담 한 마디!
유럽인들이 가는 천국은 이렇다.
영국 경찰이 있고, 프랑스 요리사가 있고, 독일 엔지니어가 있고, 이태리 연인이 있는 곳.
유럽인들이 죄를 많이 저지르면 지옥에 간다.
그곳에는 영국 요리사가 있고, 프랑스 엔지니어가 있고, 독일 연인이 기다리고, 이태리 경찰이 질서를 잡아준다.
필경 갈 곳이 못 된다.

원고 다 써 놓고 난 저녁

영국 경찰을 한참 칭찬하고 나니, 나를 울리는 사건이 발생했다.

경찰이 타고 가던 차가 보행자를 다치게 한 사건이 발생했다. 있을 수 있는 일이다. 있을 수 없는 일은 경찰들이 바로 그 교통사고로 다리를 다친 사람을 돕기는커녕 발로 툭툭 차면서 욕설과 농담을 했다는 사실이다. "맛 좀 더 볼래?", "야, 일어나!" 낄낄거리면서 아프다고 호소하는 사람을 서로 이리저리 굴려가며 발로 찼다. 이 행동과 사건 전부가 근처에 장치된 비밀카메라에 그대로 잡혔다. 사고를 당한 사람은 경찰이 떠난 후 간신히 앰뷸런스를 불러 병원에 갈 수 있었고, 경찰을 고소했다. TV 뉴스마다 신문마다 경찰 폭력을 알리는 내용으로 가득하다.

미국의 '로드니 킹' 사건은 미국 경찰의 흑백간 인종 문제로 뿌리 깊은 원인을 찾았지만 영국의 이 경우는 '백백' 간의 문제라 결국 영국 경찰의 전반적인 자질 문제로 귀결이 된다. 그럼 도대체 유럽인이 갈 수 있는 천국은 없는 건가?

외국 생활에 대한 글은 늘 이런 위험이 있다. 천국이니 지옥이니 뭔가 완결판인 듯한 이야기를 하고 나면 꼭 미결이었음을 알리는 사건이 발생한다. 어디나 없이 사람 사는 일은 진행중이다. 영국이나 한국이나 변하고 바뀌기는 마찬가지다. 더 나은 곳을 향해가든, 더 못한 곳으로 떨어지든, 어떤 움직임이 없다면 그건 사람 사는 세계가 아니다. 혹시 성질 나쁜 영국 경찰을 만나게 된다면 어디에선가 음식

잘하는 영국 요리사가 보상해 주리라 믿으며 사는 수밖에. 여기는 불
행히도 천국은 아니지만, 다행히 지옥도 아니기 때문이다.

II
남 사는 이야기

영국의 귀족이니 상류층도 돈을 좋아한다는 점에서는 예외가 아니다.
단지 '미국식' 으로 노골적이지 않을 뿐,
어느 면에서는 금전 만능주의가 우리보다 더 깊게 배여 있다.
귀족들이라고 으스대고, 영국 신사라고 힘을 주지만, 돈이 없고 재산이 없는
영국 귀족, 영국 신사는 없다. 귀족이란 일찍부터 돈이 제일이라고 깨달아
그걸 움켜 쥔 사람들이다. 돈이 오래 묵으면 계급이라는 이름도 단다.
그런 이들이 이제 돈이 제일이 아니라고 우기며 '새로운 돈' 을 조롱한다.

10년도 넘게 연락이 끊겼던 고등학교 친구와 간신히 소식을 주고 받기 시작했다. 친구는 미국 가서 12년을 보내고 왔다. 그러면서 하는 말이 '만약 외국에 갔다면 넌 영국에 갔을 거라고 생각했었다' 고 했다. 왜 그렇게 생각했느냐고 물으면, 그저 그렇게 느껴질 때가 있고, 또 그걸 구구히 말로 설명하기도 누추하다. 요즘 아이들 말대로 '그냥' 그렇게 느껴지고, 되어지는 일들이 살다 보면 많이 있다.

그나저나 난 한 번도 영국에 나와 살리라고 기대했던 적은 없었는데 남은 그런 인상을 받다니 그게 기이하다. 미국에 못 가서 인생이 잘아졌다고 생각하는 남편은 기회만 있으면 나의 영국병이 이 모든 문제의 원인이라고 비난한다. 크게 선심까지 써서 '영문학을 하다 보니 그리 되었겠지만' 이라는 악어의 위로도 잊지 않는다. 첫 외국 생활의 경험을 미국이 아니라 영국에서 시작한 건 내 탓이지만, 그렇다고 우리 고달픈 인생의 모든 책임을 내가 다 질 수는 없다. 나는 미국 관련의 온갖 나쁜 소식을 이 잡듯이 뒤져서 '천박한 미국인' 의 어리석고 잔인한 만행을 고발하는 전략을 도입했다. 이 모든 고발의 배경에는 교양과 품위의 영국을 택한 나의 선견지명을 찬양하는 암시도 잊지 않았다.

그런데 영국에 직장을 구하고, 영국에 집을 사고, 아이들을 영국 학교에 보내면서 세월이 지나는 동안 나도 내게 병이 있었는지 모르겠다는 의심을 한다. 병은 아니라 하더라도 최소한 무엇인가 각성과 치료의 느낌을 받을 때가 있다. 그건 내가 원래 영국에 대해 뭔가 잘못 알고, 잘못 기대했기 때문에 뒤늦게 생기는 자각이다. 어떤 환상과 오류인지 딱 꼬집어지지 않으면서도 역시 내게 병적 오해 성향이 있었던 모양이다.

　살다 보니 영국에 대한 이런 오해를 하는 사람이 나뿐만은 아니라는 걸 알았다. 영국과 독립전쟁을 치르고 개국을 선언한 미국인들도 심하게 이런 오해를 한다. 영국의 식민지로 죽을 고생을 하다가 독립하고, 여전히 영연방 클럽에 남아 있는 동남아 사람들이나 아프리카, 캐나다인들의 병도 깊다. 유럽인들은 좀 덜하지만 그렇다고 완전히 건강한 건 아니다. 일본의 영국 사랑은 영국의 일본 사랑만큼 깊고도 질기다. 심지어 영국인들의 자기 오해도 없지는 않다. 이렇게 전세계적인 질병에 우리 나라 사람들이라고 면역일 리 없다.

　'영국' 하면 으레 여왕님, 의장대 사열, 곰털 모자 병사, 이튼스쿨, 옥스포드와 케임브리지가 떠오른다. 조금 더 나가면, 영국 귀족들은 전쟁에 기꺼이 참전하여 목숨을 초개처럼 버린다는 모험담을 듣게 되고, 위대한 셰익스피어의 고향에서 왕립극단의 연극을 봐야 영국의 진짜 맛을 안다는 교양안내도 있다. 세계에서 제일 오래되었다는 헤롯 백화점의 겨울 세일에 못 가보면 영국 살았다는 이야기도 말라는 쇼핑 강경파가 있는가 하면, 영국에서 골프 배우지 못하고 돌아가면 미개인이라는 열혈 골프당원도 있고, 아이를 영국 사립학교에 보내는 걸 가문의 영광이요 가족의 의무라고 우기는 골수 사립서당파도 있다.

　이렇듯 영국이라는 코끼리를 더듬는 방법은 장님마다 다르지만 우리 가족을 포함한 모든 장님들을 공통적으로 묶어주는 한 가지 (눈먼) 관찰이 없지 않다. 그건 뭐니뭐니해도 영국 왕실에 대한 환상과

세계에서 가장 오래되었다는
헤롯 백화점답게 박물관 같은
위엄이 있다.
밤이 되면 휘황찬란한
야경으로 런던의 분위기를
한껏 살리는 곳이다.

영국의 상징인 사자상

현실이다. 다이아나 왕자비가 살아 있을 때는 어느 나라 사람이든 영국인을 만나기만 하면 옷 잘 입고, 말썽 많고, 연애로 시끄러웠던 이 왕자비의 안부를 먼저 물었다. 우리라고, 아니 나라고 예외일 리 없었다. 웬만한 영국인, 혹은 영국에서 만난 외국인이라도 상관없이 조금만 익숙해지면 우선 왕자비 소식을 물었다.

우선 내가 들었던 몇 가지 오해 가운데 가장 대표적인, 또 가장 분노에 쌓인 주장은 '왕자가 보모랑 결혼했다'는 설이다. 아무리 여자 팔자가 바가지 팔자라고 퍼담기 나름이라지만, 어떻게 보모 주제에 감히 왕자님과 결혼을 한단 말인가. 신데렐라도 유분수지 이건 너무 지나친 거 아니냐. 이렇게 흥분하는 사람들은 대개 결혼 적령기의 여자들로, 다이아나만 아니었으면 자기가 왕자님과 결혼할 수 있었다고 굳게 믿고 있는 사람들이다.

여기에 덧붙여 한국식 학력제일풍토가 끼여들면 점잖게 이런 위로도 한다.

"직업의 귀천이 없으니 보모라고 왕자랑 결혼하지 말라는 법이 있겠어. 그렇지만 그 여자는 고등학교밖에 안 나왔잖아. 그래서야 어떻게 왕자님이랑 말이 되겠어. 왕자는 케임브리지를 나왔잖아."

나이 40이 되고 70이 되도록 변변한 책 한 권을 읽지 않으면서 20대 대학 졸업장을 코에 걸고 사는 사람들은 케임브리지 나온 왕자님이 고졸의 보모 아가씨와 결혼을 했다는 사실에 갑자기 심술이 동하는 모양이다.

이 소문이나 이 분노가 모두 틀린 건 아니다. 그렇지만 맞는 것도 아니다. 왕자의 결혼과 파경은 영국 사회라는 코끼리를 좀더 찬찬히 더듬어보는 계기를 준다. 우선 대부분의 유럽 나라들이 아직도 보존하고 있는 (입헌) 군주제의 현실성으로 시작해 보자.

그곳에 화성인이 있다

남의 나라 왕족이 사는데 내가 기웃거려서 좋을 건 하나도 없는데, 영국 이야기를 하다 보면 아니 할 수 없는 것이 이 영국 왕족들 이야기다. 그중에서도 다이아나 왕자비에 얽힌 오해들은 너무나 잘못된 것이 많다 보니 젊은 여자들 중에는 무지에서 오는 정신착란과 우울증을 겪는 일도 있다. 영국에 살고, 영국의 구조를 겪었다는 이유만 가지고서야 내가 그 치료에 도움이 되리라고 크게 주장할 수 없다는 건 알고 있다. 그렇더라도 이렇게 잠깐 그들 이야기를 하면서 새로운 오해와 질병의 발생을 막을 수 있기를 기대한다.

'푸른 피(blue blood)'

우리로서는 낯설지만 영국인들에게 2차대전 후 재임한 알렉 더글러스-홈 수상에 대한 기억은 강렬하다. 그는 스코틀랜드 홈 백작가문의 후계자였다. 이튼을 나와 옥스포드에서 공부하면서 당시까지 전형적인 보수당 정치인의 길을 걸었다. 2차대전 중에 내각에 들어 여러 요직을 거쳤다. 그러다 1951년 14대 백작으로 작위를 이어받았다. 21세기에 들어오기 직전 영국은 상원에서 세습 귀족들을 모두 몰아내는 일을 마쳤는데, 이렇게 되기 전까지 상원은 국민의 대표기관이라기보다 귀족을 포함한 상류층의 클럽 활동과 비슷한 성격을 갖고 있었다. 홈 백작이 활동하던 20세기 중반이야 세습 작위를 가진 정치인들이 적지 않았고 그들의 정치 수완이나 활동도 일반인들이 따라갈 수 없이 노련했다. 홈 백작은 당시 관례대로 상원에 들어 뛰어난 정치 행적을 남겨 주목을 받았다.

그러던 중 맥밀란 수상이 사임하는 일이 생겼다. 보수당의 당수 자리가 비었고, 수상을 다시 뽑아야 하는 상황이 되었다. 백작이 된 지 12년만에 홈 백작은 작위를 포기했다. 영국의 수상은 평민을 대표하는 자리이기 때문에 평민이 아니면 수상이 될 수 없다. 선거를 통해 정치인의 길을 시험받기로 작정하자면 백작이든 공작이든 세습 작위를 포기하는 길밖에 없다. 이건 군주제 유럽 국가에서 지금도 해당되는 사실이다. 얼마 전 사망한 메릴본 경도 수상에 나갈 야심으로 세습작위를 포기했었다. 그렇지만 역사상 세습 귀족이 평민들의 '야바위' 시장으로 나가기 위해 작위를 포기한 일은 극히 드물었다. 게다가 선거에 될런지, 수상이 될런지 모르는 상황에서 작위 포기를 선택해야 했으니 이 일이 커다란 사회 사건이 되었던 건 당연했다.

홈 백작은 백작 작위를 포기하고 알렉 더글러스-홈이라는 평민이 되어 중간 선거에 나가 의원직을 얻었다. 그리고 보수당의 당수가 되어 맥밀란을 잇는 수상으로 활동했다. 역대 수상들이 정계에서 은퇴하고 어느 정도 시간이 지나면 기사 작위를 받는 것이 보통 영국의 관례인데, 더글러스-홈 수상도 예외가 아니었다. 죽기 얼마 전 그는 다시 기사로 책봉되어 '알렉 더글러스-홈 경'이 되었다. 참고로 말하자면, 기사 작위(Sir)는 세습되는 것이 아니라 개인 한 대에 한하는 한시적인 경칭이니 평민으로서 최고의 경칭이라 할 만하다.

더글러스-홈 수상의 일생은 영국의 평민과 귀족의 선을 알려주는 일화로 알아둘 만하다. 각자 태어난 모습이 정해져 있어 그 형편에서 가장 최고로 사는 것까지는 넉넉하게 봐주는 것이 영국이다. 하지만 그걸 넘어서자면 많은 결단이 필요하다. 귀족이 평민이 되는 건 더글러스-홈 수상의 경우처럼 개인의 결단으로 가능할 수 있다지만, 평민이 귀족되기는 거의 불가능하다. 비탈진 사닥다리를 뛰어넘겠다는 야심을 가지면 다치기 십상이고 사람들은 그런 신분상승의 야심을 추하게만 본다. 가게 주인의 딸이었던 대처 수상은 우리들에게 난관을 극복하고 자기 인생을 개척한 '철의 여인'으로 남아 있다. 그렇지만, 귀족들과 왕족들에게는 조롱의 대상이었다. '아무 것도 하지 않으면서 놀고먹는 주제에'라고 흥분하면 귀족이 못 된다. 귀족은 그걸 당연시하고 그렇지 못한 사람들을 조금 불쌍하게, 조금 귀찮게 본다. 지구인과 화성인인데 우연스럽게도 몹시 닮았다고 보는 모양이다.

영국인들은 거의 대부분이 왕족이 아니다. 그들도 왕족이 어떻게 사는지 모른다. 영어로 왕족에는 '푸른 피(blue blood)'라는 별명이 따른다. 왕족이 아닌 사람들의 피는 붉은색인데 왕족의 피는 푸른색이라는 주장이다. 우리말에도 '피가 다르다'는 표현이 있다. 드라큐라가 떠오르는 이 음산하고 오싹한 표현들은 사람 아래 사람 있고 사람 위에 사람 있다는 우리들 사이의 운명적인 차별을 확인시킨다.

영국인들이 이 이질감을 모를 리 없다. 아무리 똑같이 피부색이 희고, 사는 지역이 비슷하다고 한들 붉은 피를 가진 영국인이 푸른 피를 가진 왕족의 안부를 알 리가 없다. 게다가 지금 영국 왕족인 윈저 왕가는 피로 따지면 영국인이 아니라 독일인이다. 이렇게 피가 다른 사람들끼리니 영국인들도 기껏해야 왕실에서 나오는 선전용 잡지나 관광안내서에서 보여 주는 대로 그들의 동화 같은 생활을 부러워하거나, 반대로 유명인들의 사생활 폭로가 주업인 황색신문의 도발적인 고발성 몰래 사진을 보면서 팔자 타령으로 끝탕을 하는 게 고작이다.

그런데 갑자기 웬 외국인이 나타나서 왕자비의 안부를 묻는다. 이 얼마나 민망하겠는가. 그 질문에 페미니즘을 전공하는 런던 대학의 클레어 교수는 얼굴이 빨개졌다. 웹 아저씨는 '쩝' 하고 입맛을 다셨다. 제니 아줌마는 '정말 이해할 수 없는 사람들'이라고 쯧쯧 혀를 찼다. 은퇴한 테일러 교수는 '잘 모른다'고 솔직히 말했다. 동네에 오래 산 로이 아저씨는 '글쎄, 늘 그렇지' 무심히 어깨를 들썩였다. 이자벨 할머니는 키득거리면서 '걱정 마라, 그이들은 점점 더 나빠질 거야' 아리송한 장담을 했었다.

우리가 만난 영국인 중에 유일하게 먼저 왕족 이야기를 꺼낸 사람은 데이비드다. 그는 나이 60이 넘어 국민연금 수령자인데도 불구하고 청년처럼 기운이 세고 돈 욕심이 많아 지금까지도 젊을 때처럼 계속 주택 건설이나 보수로 얼렁뚱땅 돈을 버는 사람이다. 집에 문제가 생겨 이웃에게 데이비드를 소개받았다. 영수증을 주고받으면서 알고 보니 그는 문맹률 0%를 자랑하는 영국에서 아주 드물게도 글쓰기에 서툴렀다. 어느 날 데이비드와 함께 그의 차를 타고 자재를 사러 가는 길이었다. 데이비드는 낯선 외국인에게 영국 자랑을 하는 게 자기 의무라고 생각했는지 계속 내게 왕실 관련 교육을 시켰다. 교육을 받으면서 나는 새삼 왜 영국인들이 그리도 그 질문을 싫어하고 또 어려워했는지 알았다.

"다이아나는 살해된 것이 분명해. 생각해 봐라." (집 고칠 일이 그득한데 내가 그 생각을 왜 하리)

(아주 극적인 표정을 지으면서) "이 영국 미래 왕의 어머니가 아랍인의 아내가 되다니, 그건 있을 수 없는 일이 아니냐." (뭔 상관이냐고)

"그러니 제거할 수밖에 없었지. (영국에도 무협 소설 있네?) 다이아나는 불쌍한 여자야."

서울에서 배운 유행어가 머리 속에서 맴맴 돌았다. '너나 잘해.'

(그와 나 사이의 나이 차이를 제발 잊어주면 좋겠다. 영어니까.)

'뭐라고 보모랑 결혼했다고?'

다이아나는 결혼 전에 런던의 주택가에서 학령 전의 어린아이들을 돌보는 유아 교사 일을 1,2년 정도 했다. 영국으로서는 드물게 날씨도 좋고 경치도 유별나게 고와서 '영국의 정원' 이라고 불리는 켄트

주의 작은 여자 사립학교를 졸업한 것이 그녀의 최종학력인 것도 사실이다. 영국은 고교졸업시 전국적으로 중등졸업시험을 치르는데, 다이아나는 그 시험에서 별로 좋은 점수를 받지 못했다. 솔직히 말하면 학교에서 거의 꼴찌였다. 학교 때에 좋아하던 과목은 무용, 수영 정도였고, 어느 학과에서도 뛰어난 면이 기록된 바 없다. 그러니 고졸이 분명하다.

좀더 정확하게 말하자면 이 여자는 고졸만은 아니다. 학교를 졸업하고 나서 스위스로 건너가 '신부학교(혹은 교양 학교 Finishing School)' 에 다녔기 때문이다. 우리말로 '신부학교' 라 옮기니 우스꽝스럽게 들리지만, 유럽에서는 귀족이나 부유층의 딸들은 결혼 전 이 학교들을 거치는 게 보통의 과정이다. 혹시 『소공녀』를 읽어 본 사람들은 영국이나 유럽의 사립 여학교가 어떤 식으로 운영되고 교육과정이 우리와 어떻게 다른지 상상할 수 있을 것이다. 학생들은 수업을 들으며 학교에서 숙식을 같이 한다. 그들이 묵는 곳은 우리가 생각하는 기숙사와 다르다. 집안 형편에 따라 각자 속해 있는 방도 다르고, 서비스도 달라진다. 가능하다면 하녀도 거느릴 수 있다. 학생들의 수업도 직업을 갖기 위한 것이 아니다. 피아노, 노래, 사교무용, 책읽기, 연극, 외국어 등등 소위 상류층 숙녀들의 '교양' 과목을 배웠다. 좀더 실무적인 과목이라면 '하인을 다루는 방법' , '파티의 여주인 노릇하기' 등이 들어간다.

이제는 귀족들도 새로운 모습으로 바뀌고 사업이나 돈벌이에 적극적이다 보니 전통적인 신부학교들이 많이 사라진 지 오래다. 그렇지만 지금도 유럽과 영국의 부자들 중에는 딸들을 이런 학교에 보내는 경우가 많다. 옛날부터 스위스와 그 주변 지역의 신부학교들이 유명했던 까닭에 다이아나도 스위스의 학교에서 수업을 받았다. 이 학교들은 우선 수업료가 엄청나서 아무나 갈 수 있는 곳이 못 된다. 여기쯤 되면 다이아나가 그저 그런 고졸 아가씨가 아니라는 걸 느끼게 된다.

다이아나는 스펜서 백작의 1남 3녀 중 막내딸이다. 그녀와 찰스 왕자는 세인트 폴 성당에서 결혼식을 올렸는데, 다이아나의 어머니와 아버지도 30여 년 전 바로 그곳에서 결혼식을 했었다. 스펜서 백작 가문은 영국 귀족 가운데에서도 오래된 편이고 노스햄프턴 주의 비옥한 땅과 양모 산업으로 큰 재산을 가지고 있다. 지금 스펜서 백작이 된 다이아나의 남동생이 케임브리지를 다니던 시절 친구들은 '그가 너무 부자라서 무엇을 하든 열심히 할 필요가 없어 보였다'는 평을 했다. 그들의 어머니는 아이들을 낳고 어떤 화가와 마음이 맞아 스코틀랜드로 달아나 버렸다. 부부는 얼마 후 아이들을 모두 아버지가 맡는다는 조건으로 합의 이혼했고 크면서 아이들은 어머니를 정기적으로 방문하는 것으로 엄마와의 정을 이어갔다. 다이아나 사건이 터지기 몇 년 전 돌아가신 그녀의 아버지는 몇 차례 여성 편력을 거치다가 나중에 바바라 카틀랜드라는 유명한 소설가의 딸과 재혼했다.

그녀의 언니들의 결혼 형태도 흥미롭다. 그들의 결혼 모습은 마치 제인 오스틴의 「엠마」라든가, 「센스 엔드 센스빌리티」의 마리안느가 소설에서 튀어나와 지금 세상을 사는 듯하다. 언니들은 모두 고교와 신부학교를 다닌 후 궁정에서 여왕의 일을 돌보는 궁신(courtier), 그

가운데에서도 많은 신망과 영향력을 가진 사람들과 결혼했다. 모두 남편과의 연령차이가 10살이 넘었다. 20대의 아가씨가 40을 바라보는 남자와 결혼하는 건 이 집안의 내력이자, 유산 계층의 전형적인 혼인 형태다. 다이아나도 갓 20살이 넘었을 때 40을 넘기지는 않았지만 40을 훨씬 넘긴 듯하게 이마가 훌쩍 넓어진 남자와 결혼했다.

그러니 그녀의 보모 행각은 그야말로 '직업경험', '사회경험' 일 뿐, 엄밀한 의미의 직업은 아니었다. 결혼 전 다이아나가 보모였던 것은 모든 신부 수업을 끝낸 귀족 처녀가 결혼을 기다리면서 잠시 세상과 닿아 있기 위한 장치였다. 생각해 보면, 그녀가 도대체 뭘 했어야 어울릴까 막막하다. 지금 소피 왕자비처럼 미디어 에이전트가 되어 전투적인 직업여성의 모습을 가졌어야 했을까. 케임브리지 대학의 여자 교수여야 했을까. 사람들 사이에 오르락내리락 거리는 옷 잘 입는 패션 모델이어야 했을까. 아님 무용수, 아니면 수영 선수, 아니면 가수, 아니면 도대체 무엇을 했어야 사람들의 기대가 찼을까. 결국 순진한 아이들에게 둘러싸인 여리고 고운 보모가 결혼 전 왕자비의 이상적 모습일지도 모른다.

왕자의 결혼

이혼 사건을 겪으면서 공공연하게 알려진 사실이지만 그 둘의 결혼은 아주 오래 전부터 숙의 되어온 바였다. 다이아나가 왕족은 아니지만 그래도 외국 왕족보다는 나은 선택이다. 왕비, 혹은 왕자비의 기능은 영국이라고 해서 다를 바가 없다. 그녀는 적법한 절차를 따라 왕위를 이어갈 후계자를 낳아야 한다는 사명을 가지고 있다. 다이아나는 이런 점에서 합격이었던 셈이다. 왕족이 아니라고 하지만 200년이 넘는 귀족 가문의 출신이었고 순종 영국인이었다. 현재 영국 왕가인 윈저 왕가는 사실 독일의 하노버 왕가에서부터 유래하고 있어 영국인의 핏줄이라기보다는 독일계에 가깝다. 이에 비하면 스펜서 백작 가문은 대대로 앵글로색슨끼리의 결혼으로 이어져 온 순종 영국 귀족집안이었다.

왕자나 공주의 유일한 사업은 결혼이다. 그것도 왕위계승권이 있는 왕자의 결혼이니 만큼 왕자의 부모, 찰스 왕자의 경우에는 특히 아버지가 아들의 결혼에 적극적으로 개입했다. 이 집안은 일반적인 가족 형태와는 달리 '가모장제' 라서 어머니가 공식적인 일을 처리하지만 실제 살림이나 자녀 교육은 아버지의 몫이다. 결혼 당사자인 찰스는 사실 이 결혼에 호감이 없었다고 한다. 이건 찰스 자신의 고백에서 나왔다. 세계의 웬만한 신문이나 잡지가 너나없이 이 왕자와 왕자비의 파경을 다루었을 때 미국의 신문들은 유독 찰스의 이 고백을 비웃었다. 나이 40이 다 된 총각이 '아버지가 하라고 해서' 마음에 안 드는 아가씨와 결혼했다니 미국인들이 놀릴 만도 하다. 하지만 가계의 보존을 개인의 선택보다 우선해야 하는 왕자의 입장도 이해할 수 없는 바는 아니다.

지금이야 왕족과 평민, 심지어 이혼한 아기 엄마와 총각 왕자가 결혼하는 일도 있지만 예전의 유럽 왕족의 결혼 형태는 우리 나라 왕가의 결혼보다 훨씬 심각하게 폐쇄적이었다. 우리 나라처럼 외진 곳의 작은 나라는 다른 나라 왕족과 결혼하기가 사실상 불가능했다. 그러다 보니 왕자든 공주든 어쩔 수 없이 나라 안 신하의 집안과 혼인관계를 맺게 되고, 이 혼인으로 힘을 얻게 된 어느 집단이 외족이나 처족의 이름으로 세도를 부리는 불상사가 생겼다.

유럽의 왕족은 왕족끼리 결혼하는 것이 원칙이었다. 한 방울이라도 왕족의 피가 섞여 있는 남녀가 만나는 일이 국적이나 종교보다도 우선했다. 공작이나 백작과 같이 상위 귀족과 결혼하는 것 같지만 그들의 핏줄 관계를 보면 저기 위 어느 할아버지나 할머니 대에서 같은 조상을 두고 있는 사이였다. 지금 영국의 여왕도 남편과 그런 관계에 있다. 그리스의 왕자였던 필립공은 여왕과 마찬가지로 빅토리아 여왕을 같은 (멀고 먼) 할머니로 두고 있다. 이렇게 배타적인 결혼 관계를 유지하면서 왕족의 신분이 보장되고, 사회 계층의 절대성이 확립된다.

귀족이 되는 길

물론 유럽의 왕족이나 귀족들이라고 모두 특별한 혈족인 것처럼 거들먹거린다면 그거야말로 피가 끓게 만드는 일이다. 결혼 외 불륜 관계에서 태어난 사생아도 많았고, 이들도 부자, 부녀 관계를 확인받으면 얼렁뚱땅 귀족으로 편입이 되었다. 17세기에 찰스 2세는 이 관계의 형성을 잘 보여준다. 그는 청교도들에게 쫓겨 프랑스에 망명중이었다가 몽크 장군을 중심으로 한 왕당파의 주도로 영국에 돌아왔다. 찰스 2세는 ‘시저가 아니면 아무 것도 아니라’ 는 사실을 망명을 겪으면서 절감하고 있었다. 그는 사실상 빌려온 왕이라는 신분에 걸

맞게 행정이나 종교, 정치문제에 있어 언제나 주위 관리들의 눈치를 보면서 갈등의 소지를 최대한 억제했다. 그의 필생의 신념은 절대로 왕위에서 물러서면 안 된다는 것이었을 뿐 그 외, 명분이니 이념이니 나머지는 모두 껍데기였다. 매사 자기에게 유리한 쪽으로 진행되면 그만이었다.

이렇게 쓸모 없을 것 같은 찰스 2세였지만 청교도 혁명을 거치면서 영국이 잠깐 잊고 있었던, 그리고 잃고 있었던 것을 복고시켜 주었다는 점에서는 그는 왕다운 왕이었다. 그는 왕답게 쓰고 흥청거리면서 사치와 연애, 음모와 사교모임이 만들어 내는 군주제 드라마의 흥분과 재미를 국민에게 다시 보여주었다.

당연히 찰스 2세에게는 애인이 많았다. 그랜디슨 자작의 딸이었던 바바라 빌리에는 그중에서도 유명해서 지금까지도 드물게 영국인들이 이름을 기억하고 있다. 그녀는 왕의 총애를 틈타 궁중의 매관매직에도 관여했고 각종 비사에도 끼여들었다. 그녀가 왕의 정부가 되는 걸 눈감아주어야 하는 남편에게 왕은 위로조로 캐슬마인 백작 작위를 수여했다. 바바라 빌리에는 물론 캐슬마인 백작부인이 되었다. 그녀에 대한 왕의 사랑이 대단한 시절 그녀는 홀로 클리블랜드 공작, 즉 여공작으로 추대되었다. 나중에 포츠머스 여공작이 된 루이즈가 나타나면서 찰스 2세의 총애가 그리로 옮겨가기까지 빌리에는 모두 7명의 아이를 낳았다. 그중 5명이 왕의 아이라는 인정을 받았다. (나머지 2명은 누구 아이일까?) 딸들은 서포크 백작부인, 리치필드 백작부인이 되었고, 아들들은 사우스햄튼 공작, 그라프톤 공작, 노섬브랜드 공작이라는 귀족의 작위를 받았다.

바바라 빌리에 못지않게 유명한, 어쩌면 그보다 더 유명한 왕의 애인이 있었다. 엘레노어 그윈, 혹은 넬 그윈이라는 애칭으로 불리던 여배우였다. 출신이 비천했던 넬 그윈은 생계를 잇기 위해 극장에서 연극전후나 막간에 오렌지를 팔면서, 간간이 웃기는 장면에 출연하는 그저 그런 배우였다. 점차 세도가들의 눈에 들어 후원자들에게 의지하면 지내던 넬은 마지막에 왕의 눈에 들어 그의 정부가 되었다. 그녀는 아들을 둘 두었는데, 그중 큰아들은 찰스 2세의 아들이라는 인정을 받았다. 오렌지장사의 아들은 나중에 세인트 올반 공작으로 추대되었다.

유럽의 귀족이니 왕족이니 명패만 들고 사는 사람들을 보고 절대 기죽거나 부러워해서는 안 된다는 교훈이다. 이렇게 사생아를 많이 둔 찰스 2세가 정작 왕비와의 사이에는 적자를 두지 못했다는 걸 잠깐 지적하고 지나가자. 무수리의 아들이 영조로 등극하는 우리 역사를 생각하면 이해가 안 되는 일이지만 찰스는 10명도 넘는 아들들을 두었지만, 이 사생아들 중 누구에게 왕위를 물려주리라고 상상도 하지 않았다. 공식적으로 '후사가 없는' 찰스를 대신해서 영국왕위를 이은 사람은 그의 동생인 제임스였다.

어느 구두쇠의 고백

왕족이나 귀족의 결혼에서 절대 절명의 고려 사항은 어디까지 신분과 재산을 보존시킬 수 있느냐는 점이다. 사랑은 절대 그들의 고려 사항이 아니었다. 사랑을 하게 되면 좋겠지만, 그거야 순전히 개인의 운에 달렸을 뿐이다. 개인의 차원에서 보면 그들의 이런 운명이나 생활에는 우울한 면이 없지도 않다. 번쩍이는 사치와 넓고 큰 집안에서 하인을 부리고 사는 생활을 유지하기 위해서 감정의 움직임을 무시하도록 강요받기 때문이다.

그렇다고 해서 가난한 서민이 부자 귀족의 운명을 불쌍타 여긴다면 이것도 웃기는 꼴이다. 아무리 왕의 업무가 어렵다고 한들 세상 어느 왕이 그 자리를 마다할 것이며, 어느 귀족이 생활의 불편과 신분의 추락을 감당하면서 사랑을 좇아가겠는가. 결국 누구라도 편안하고 윤택한 생활이 주는 매력을 거부하기는 어렵다.

미국이나 우리 나라나 군주제의 역사와 전통에서 떠난 나라들은 모두 전형적인 중산층의 도덕을 강조한다. 즉 노동을 신성하게 생각하고, 자녀들에게도 근면과 성실을 가르친다. 재산의 많고 적음의 차이가 있을 뿐 어느 곳에서든 중산층은 자기 기술과 노동으로 생활을 꾸려가는 계층이다. 서구의 영향을 받은 곳이라면 일부일처제를 신봉하고, 가족애와 자녀 사랑을 중요하게 생각하며, 체면과 이름을 중시한다.

귀족은 이런 우리들의 가치체계를 넘어서는 계층이다. 대대로, 영국 같으면 1066년 노르만 공이 브리튼 섬을 정복한 이래 천년 가까운 세월 동안 자손 대대로 계속 토지와 작위를 물려받으면서 놀고 쓰던 계층이 귀족계층이다. 열심히 벌어서 성실히 산다는 걸 최고의 미덕으로 생각하는 사람들로서는 상상이 잘 안 되는 생활에 익숙해져 있는 사람들이 그들이다. 한번도 귀족이 못 되었던 사람들은 가끔 입장권을 사서 그들의 대궐 같은 집과 정원을 기웃거리면서 잠깐 즐거운 착각을 하는 것으로도 부담이 될 때가 있다. 이렇게 살면 좋기는 하겠다만 평생 하인들에 둘러싸여 지내는 생활이 어쩜 답답할런지도 모르겠다고 쓸데없는 걱정도 한다. 하지만 태어나면서부터 그렇게 살도록 되어 있었던 사람들로서는 하인 없이 옷을 입고, 하인의 수발을 받지 않고 밥을 먹고, 마차를 타고, 물건을 나르는 일을 한다는 건 상상할 수가 없다.

사치를 당연하게끔 누리도록 태어난 계층은 그 사치와 치장이 없는 생활을 죽음처럼 두려워한다. 중산층 사람들이 보기에는 적절한 여유와 독립심, 근면함을 준다고 여겨질 수 있는 생활도 그들에게는 치욕적인 나락으로 보인다. 놀고먹는 일에 진력하고, 모여 떠들고 좋은 걸 감상하는 데에 능숙한 사람들이니 다른 사람들처럼 몸을 움직여 일을 할 수도 없고, 그렇게 할 줄도 모른다. 일반인들로서는 상상도 할 수 없는 사치를 누리면서, 또 그만한 사치가 없는 생활을 상상도 할 수 없는 사람들이 그들이다. 그들의 정체성은 바로 이 번쩍이는 생활을 유지할 수 있느냐 없느냐 여부에 달려 있다. 가난한 의사, 가난한 변호사, 가난한 장관이라고 하면 의미가 통하지만, 가난한 왕, 가난한 귀족, 가난한 공주는 모순어법이 되는 것도 이 때문이다.

어느 세월이든 세상의 변화는 사람들의 예견을 넘어 움직였다. 새로운 부자, 새로운 귀족이 생기고, 끄떡없이 견딜 것 같던 귀족과 부자가 사회의 꼭대기에서 굴러 떨어지기도 했다. 왕이 죽음을 당하기도 했고, 혁명으로 세상이 바뀌기도 했다. 변하는 세상에 적응을 못 했다가는 그대로 재산을 잃고 지위가 떨어지는 것도 순식간이다. 누구에게나 다가오는 충격이지만, 사회적 지위가 높을수록 변화에 따른 느낌은 늘 위험천만, 아슬아슬이다. 이렇게 위험한 입장이니 그들에게는 계층을 유지하는 게 필생의 사업이 될 수밖에 없었고, 돈과 작위, 혹은 지위의 결탁은 가장 좋은 결혼 형태였다.

그들의 계층 유지 방법은 중산층, 전문직 종사자, 보통 수준의 유산계층들이 상상할 수 있는 정도가 아니다. 지독한 구두쇠가 있었다. 강도가 들이닥쳐서 그에게 칼을 들이댔다.

강도가 늘 하는 질문. '목숨이 아까우면 돈을 내놔라.'
지독한 구두쇠의 대답. '목숨을 드릴 테니 제발 돈만은…'

이 구두쇠의 엄청난 용기는 바로 귀족들, 상류층의 암묵적인 자기 보존 결심과 같다. 그들은 변하는 세상에서 어떤 대가를 치르더라도, 자신의 원래 몫을 그대로 지키고, 또 누릴 수 있는 한 다 누리고 가겠다고 작정을 하고 있다. 이 계층에서 결혼이 지독하게 폐쇄적인 까닭도 바로 이 자기 보존의 욕구 때문이다.

헨리의 결혼

음식 좋아하고 여자 좋아하는 걸로 이름이 알려진 뚱뚱한 헨리 8세가 이런 결혼의 전형성을 보여준다. 그는 왕권신수설이 공공연하게 신봉되던 16세기 유럽의 왕 중에서도 지나치게 자기 멋대로 했던 왕이었다. 나라의 행정, 외교는 물론이거니와 나라의 종교까지 입맛에 맞게 뜯어고친 역사상 몇 안 되는 왕이다. 익히 알려져 있다시피 그는 모두 6명의 아내를 두었다. 그의 결혼은 매번 스캔들을 일으켰고, 아직까지도 역사의 구설수감으로 손색이 없는데 첫 번 결혼만큼은 헨리의 작품이 아니었다.

헨리의 첫 아내는 당대 최고의 힘을 자랑하던 스페인의 공주, 캐서린이었다. 원래 캐서린은 헨리의 아내로 영국땅을 밟은 것이 아니었다. 헨리에게는 형, 아서가 있었다. 아서가 황태자로 책봉되자 아버지 헨리 7세는 영국의 힘을 강화하는 외교책으로 스페인 왕의 막내 공주를 황태자비로 맞아들였다. 캐서린은 15세의 나이에 14세의 아서 왕자에게 시집을 왔고, 둘은 웨일즈의 성에서 함께 지냈다. 결혼 6개월 후 갑자기 아서 왕자가 사망했다. 갓 16살이 된 캐서린은 과부가 되어 친정으로 돌아갈 도리밖에 없었다.

헨리 7세의 고민은 컸다. 아들을 잃은 것도 슬프지만 캐서린마저 스페인으로 갈 수밖에 없는 사실에 크게 낙담했다. 힘들게 맺은 스페인과의 결혼협상이 이렇게 허사가 되면 영국은 다시 외톨이 섬나라로 전락할 위험이 있었다. 왕에게는 하나 남은 아들이 있었는데, 그가 아서의 동생인 헨리 왕자였다. 그때까지 그의 왕자비로 프랑스 공주가 거론되고 있었다. 헨리 7세는 캐서린을 헨리 왕자와 맺어주는 것이 국익에 가장 도움이 된다고 결론을 내렸다.

카톨릭 국가에서 캐서린과 헨리는 형수와 시동생의 관계라 결혼이 불가했다. 이는 물론 카톨릭이 아닌 국가에서도 해당되는 사안이다. 다만 다른 국가 종교와 달리 카톨릭에서는 엄격한 금지 못지않게 넉넉한 해지도 대비하고 있었다. 이혼을 불가하는 것이 카톨릭의 엄격한 교리지만, 결혼을 무효라고 인정하면 재혼이 가능한 것도 또 카톨

영국인의 애증을 함께 받고 있는 헨리 8세

릭의 넉넉한 교리다. 캐서린은 아서가 죽을 때까지 동침하지 않았다는 공개 고해를 함으로써 재혼불가의 제약에서 해지를 얻었고, 교황의 결혼 허락을 받았다. 남편이 죽고 영국 땅에 묶여 꼼짝없이 영국과 스페인의 거래 대상이 되던 캐서린은 이렇게 해서 17살의 나이로 11살의 헨리 왕자와 약혼을 했다.

시동생과 형수의 결혼도 꺼림칙한 우리 심성에서 보아 조금 더 흉칙한 이야기는 헨리의 아버지, 늙은 헨리 7세가 며느리 캐서린을 자기의 비로 삼을까 하고 궁리했었다는 점이다. 헨리 7세는 그 전에 왕비 엘리자베스를 잃었기 때문에 늙은 나이에도 불구하고 유럽의 왕녀들 중에서 짝을 구하고 있었다. 그는 원래 계획대로 아들 헨리에게 프랑스 공주를 소개하고 자신이 캐서린과 결혼을 하는 게 영국이나 튜더 왕족에게는 더 이롭지 않으려나 머리를 썼었다. 늙은 왕의 음흉한 궁리가 더 진전이 안 되도록 스페인이 적극적으로 끼여들어 캐서린은 아버지 헨리보다는 아들 헨리와 약혼을 하게 되었다. 1509년 늙은 헨리 7세가 죽고 헨리 왕자가 헨리 8세로 왕위를 이을 때까지 6년 이상 두 사람은 약혼관계로 있었다. 헨리 7세는 죽기 전에 또 마음이 바뀌어서 다시 캐서린을 버리고 프랑스 공주를 며느리로 보는 게 더 유리하지 않으려나 고민을 했었는데 갑자기 죽게 되는 바람에 헨리 8세와 캐서린의 약혼은 그대로 유효하게 남았고, 결혼까지 이루어지게 되었다.

이런 결혼 협상은 중산층뿐 아니라 우리 나라 왕가에서도 상상이 안 되는 행태가 된다. 유럽처럼 열강이 다닥다닥 붙어 있는 곳과 우리처럼 혼자 뚝 떨어져 외로운 왕실을 유지하는 경우는 혼인 시스템이 아주 다를 수밖에 없다. 유럽의 왕들은 으레 결혼을 사업, 특히 외교사업으로 생각하도록 교육을 받았다. 여러 나라들의 이익싸움에서 국익과 왕권을 보장한다면 얼마든지 어제의 며느리나 형수가 다시 또 결혼상대자 물망에 오를 수 있었다. 근친 결혼이 이렇게 극성인 데에는 오랜 세월 동안 국적이나 종교, 혹은 그에 버금가는 무엇이든 불문하고 왕족끼리만 결혼한다는 폐쇄적인 혼인 관계를 유지해 온 탓도 있다. 영국의 메리 2세와 네덜란드의 오렌지 공은 나라가 달랐지만 서로 삼촌, 질녀간이었다. 이들도 교회의 특별 승인을 받아야 할 정도로 가까운 근친 결혼이었다.

　왕족의 결혼이 외교와 국익이 맞물려 있는 상황에서 보면 1부 1처제 결혼 제도의 의미는 매우 중대하다. 일단 정실의 왕비를 정하고 나면 다른 선택은 없다. 국가적인 배경이나 종교적인 후원, 경제적, 정치적 동맹의 의미가 없이 온전히 남녀간의 애정만으로 혼인을 맺게 되면 외교상의 득실을 결정하는 아주 큰 축을 놓치는 셈이 된다. 유럽 전체의 세력 균형, 혹은 세력 점거에서 확인받은 여자들이 왕의 정실부인이 되어야만 나라가 위태롭지 않았다. 그들간에 태어난 자녀들에게도 이 운명은 그대로 적용된다. 어떤 현실적인 힘의 배경을 가지지 않은 자녀를 왕의 후계자로 책봉한다면 그건 곧 유럽의 권력 관계에서 후진국이 되겠다는 자진 신고나 마찬가지다. 극히 예외적인 경우를 제외하면 유럽의 왕들이 아무리 많은 자녀가 있다 하더라도 왕비의 소생이 아니면 왕위를 물려주지 않았던 이유는 바로 이 때문이다.

　헨리 7세의 혼인 협정은 얼핏 입맛 씁쓸하고 흉측한 이야기이면서

도 한편으로는 신중하고 왕다운 태도를 보여주기도 한다. 왕이 감정
에 치우쳐 국익과 왕족 보존에 신경을 쓰지 않는다면 그것처럼 왕답
지 못한 일도 없다. 사랑이야, 궁정에 드나드는 귀족의 부인이나 딸,
혹은 고급 매춘부에 이르기까지 대상이 많았다. 굳이 사랑을 나누자
고 왕과 왕비, 공작과 공작부인이라는 식으로 의자에 함께 나누어 앉
고, 재산을 분배하는 복잡한 절차를 밟을 필요가 없었다.

그러니 결혼하기 전에 이미 공공연하게 정부가 있는 건 예사였고,
그 사이에 아이가 올망졸망 몇씩 태어나는 경우도 비일비재했다. 바
람둥이 찰스 2세의 아내 역시 이름은 캐서린이었다. 18세기의 캐서린
왕비는 스페인이 아니라 포르투칼에서 왔다. 그녀의 아버지 브라간
자 공은 나중에 포르투칼 왕위를 계승했다. 캐서린은 영국 궁정의 결
혼식을 치를 때 이미 바바라 빌리에를 왕의 정부로 접견해야 했고 그
녀의 아이들을 만나야 했다.

20세기 초 에드워드 왕자와 심프슨 부인 사건이 터졌을 때 우리는
심프슨 부인이 두 번 이혼했다는 사실에만 주목했다. 에드워드 왕자
는 마치 순진하고 깨끗한 총각인 양 보였다. 그렇지만 실제로 약간
수줍은 듯한 이 왕자는 원래 유부녀 취미가 있었다는 말이 돌 정도로
가까운 사람들의 아내들과 많은 스캔들을 뿌렸다. 심지어는 그런 관
계에서 딸이 태어났다는 설도 있다. 심프슨 부인을 만날 무렵 왕자는
여배우와 사랑에 빠져 그녀를 궁 안에 들여 함께 살고 있었다.

이러니 '사랑 따로, 사업 따로' 는 이들의 유전인자든가, 아니면 이
들의 생존조건이라 할 만하다. 사랑을 위해 왕위를 버렸다는 에드워
드 8세와 심프슨 부인 사건은 이 양태의 돌연변이일 뿐이다. 사랑 없

는 결혼을 해야 하는 입장이고 보면, 결혼 없는 사랑만이라도 반드시 허용되기를 원하는 건 당연하다. 그나마도 안 된다면 세련된 감정을 가지도록 키워진 사람들은 도대체 어디에 가서 그렇게 열심히 익힌 사랑의 기술과 낭만적인 연애시를 쓴단 말인가. 결혼 전에 정부를 두거나, 혹은 결혼과 동시에 정부를 두는 일은 이 문화에서 다반사가 되었다. 다이아나가 BBC의 대담프로에서 말했듯 '마리아쥐 아 트로와(mariage a trois)' 즉 '세 사람의 결혼' 이 왕족과 귀족들 사이에서는 낯선 관행이 아니었다.

'세 사람의 결혼(mariage a trois)'

다이아나는 90년도 중반에 영국의 왕족으로는 처음으로 BBC방송의 공개 대담프로를 자청했다. 왕실에서는 어떻게 해서든 이 프로가 공중파를 타는 걸 막으려고 백방으로 애를 썼지만 허사였다. 결국 두 사람을 공식적인 별거와 이혼으로까지 몰고간 이 방송프로에서 다이아나는 평범한 검은 원피스에 눈 가장자리만 진하게 강조하는 단순한 화장을 하고 나와 담담하게 자기의 결혼과 파경의 과정을 이야기했다. 왕자와의 사이에 불화가 생겼다는 말도 했고, 왕족들과의 불편한 관계로 소화불량과 음식거부증에도 걸렸다는 숨겨진 사실도 밝혔다. 세간의 소문으로 떠돌던 왕자비의 연애에 대해서도 조용하지만 거짓없이 인정을 했다. 그리고 원래부터 자신의 결혼은 '세 사람의 결혼' 이라 처음부터 조금 비좁았노라고 자조섞인 웃음을 띠며 말했다.

그리고 나서 카밀라 파커 보올즈라는 여자의 이름이 거의 하루도 빠지지 않고 신문에 오르락거렸다. 처음에는 그 사실을 거부하던 보올즈 씨도 결국 아내와 이혼을 했다. 카밀라는 어떤 신문이나 방송에도 출연을 하지 않았지만, 온갖 종류의 추측 기사가 돌았고, 그녀와 왕자가 나눈 전화 통화의 노골적인 희롱까지 신문에 실렸다. 그러다가 이번에는 찰스 왕자가 자기 입장을 밝히는 방송에 나왔다. 이제는 모두 지나간 시절의 하찮은 감정 싸움으로만 기억될 뿐인데, 가끔 영국에 산다는 죄로 어려운 질문을 받을 때가 있다.

"아니, 왜 찰스는 그렇게 이쁜 다이아나를 놔두고 그런 쭈그렁 할멈 같은 카밀라를 좋아한다는 거예요?"

사실 카밀라는 찰스보다 연상이다. 또 결혼해서 아이를 둘 낳은 유부녀다. 그 아이들이 지금 자라서 대단한 신랑감, 신부감 후보로 떠들썩하다. 카밀라는 다이아나처럼 귀족의 가문에서 자란 것도 아니다. 그러니 이런 질문도 생길 만하다.

두 여자의 이름조차 잘 구별을 못하는 우리 집의 남자들은 이 스캔들의 여주인공들을 그저 '이 여자' 와 '저 여자' 로 구분하고 있지만, 여기에 아주 확실한 대답을 가지고 있다.

"그건 영국 사람들이 안티크(antique)를 너무 좋아해서 그렇지. 그게 말이 안티크지, 고물 아니겠어. 무조건 낡은 거 좋아하다 보니 그 여자보다 저 여자를 좋아하는 거지 뭐."

그도 그럴듯하다. 신생 미국이나 극동의 나라들에 비하면 유럽의 오래된 나라들은 나이 든 사람의 매력을 높이 평가하는 편이다. 늙은 여배우들은 모두 한결같이 유럽 출신이다. 주디 덴치, 카트린느 드뇌

브, 하다 못해 엘리자베스 테일러나 죽은 오드린 헵번도 다 유럽에서
간 여자들이다. 소위 쇠락의 매력이라는 걸 인정하기 때문일까. 하여
간 고물사랑의 전통이 깊은 건 사실이다.

그렇다고 이렇게 야멸차게 사람과 물건을 구별 없이 섞어 말하기
는 좀 마음에 걸린다. 여기저기에서 보면 찰스와 카밀라는 아주 어려
서부터 알고 지냈던 사이였다. 귀족은 아니라고 하지만 카밀라는 일
찍 사교계에 들었고, 그녀의 증조 할머니는 에드워드 왕의 정부 중 한
사람이었다는 설이 있다. 유럽에서는, 최소한 '왕의 정부' 는 욕이 아
니다. 물론 그 할머니는 남편도 있었고 부부 사이에 아이들도 있었
다. 그중 딸 하나는 에드워드 왕의 딸이 아니냐는 설이 있었을 정도
라니까 왕과 그 할머니 사이의 관계가 일회적인 것만은 아니었던 것
같다. 카밀라와 찰스는 그런 익숙한 관계 때문에 더 일찍 가까워졌을
지도 모른다는 설명도 가능하다.

또 지금이야 나이가 들었으니 당연히 늙고 추해 보이지만, 젊었을
때 카밀라의 모습은 그런대로 괜찮았다. 다이아나의 화려하고 아름
다운 그림 같은 분위기는 아니지만 지금의 카밀라에게서 풍겨지는
그런 거부감은 없었다. 하긴 '영국의 장미' 라고 했던 다이아나도 처
음에는 그저 그런 영국 여자였다. 왕자비가 되면서 전문적인 이미지
관리사들이 따라 다녔고, 이런 줄기찬 관리 덕분에 다이아나에게 동
화 속 공주 같은 분위기가 풍겨질 수 있었다.

좀더 그럴듯한 설명은 카밀라와 찰스는 공통 관심사를 많이 가지
고 있다는 점이다. 둘은 승마를 무척 즐긴다. 찰스는 크게 몸을 다치
기 전까지는 폴로 선수로 활약을 했었다. 또 동물 애호협회와 농민

들, 귀족들이 끼여들면서 복잡하고 말썽이 많아졌지만 여전히 귀족들이 가을만 되면 부산을 떠는 여우사냥에도 적극적으로 참여한다. 스코틀랜드의 험한 듯 순수한 자연을 좋아하는 것도 두 사람의 공통점이다.

그에 비하면 다이아나는 좀더 도시적이다. 스코틀랜드의 조용하면서 답답한 풍경보다는 도시와 휴양지의 떠들썩한 분위기를 더 좋아한다. 당연한 일이다. 남편은 50이 되었지만 그 여자는 겨우 서른 살을 갓 넘겼다. 아름답고 건강하다. 일상의 잡다한 일들은 남들이 다 해결해준다. 다이아나가 조용하고 그윽한 스코틀랜드의 산길보다 번잡하고 시끄러운 바닷가와 시내를 돌아다니길 좋아하는 건 너무나 당연한 일이다.

다이아나 자신도 어린 시절의 기억으로 잘 알고 있었겠지만 부부 사이의 복잡한 애정문제가 끼여드는 건 유럽의 오래된 유산계층의 관례처럼 되어 있었다. 그들 부부의 계층이 같았음에도 불구하고 그녀가 이걸 유독 참지 못했던 데에는 두 사람의 나이 차이가 너무 컸던 탓이 아닐까 하는 의심이 든다. 외국에서 살다 보면 국적이나 종교, 계층, 성별, 언어의 차이보다 훨씬 깊은 골이 세대간에 생길 수 있음을 배울 때가 많다. 상류층의 복잡한 결혼 생활을 잘 알고 있었다고 하지만 다이아나는 나이 어린 아가씨의 동경으로 찰스에게서 낭만적인 사랑을 구했을지 모른다. 이에 비해, 나이가 들고 왕자로서의 의무를 먼저 생각했던 찰스는 후계자를 낳아줄 아내를 구했던 것은 아닐까.

남자도 아니고, 왕족은 더 더욱 아니고, 영국인도 아닌 내가 이들의 복잡하고 이상한 관계를 이해하기는 역부족이다. 또 그걸 이해해야 할 이유도 없다. 섣불리 그들의 생활을 들썩여봤자 나만 바보 되기 십상이다. 사려 깊은 햄릿 왕자도 고자질을 하던 친구 로젠크란츠와 길덴스턴을 죽음의 길로 보내면서 눈물 한 방울 흘리지 않았다. 그들의 운명을 염려하는 호라시오에게 햄릿 왕자는 말한다.

"위험하지, 비천한 사람들이 끼여들면
힘센 자들이 거칠게 싸우는데…"

이 말이 아직 유효한 곳이 영국 땅이다.

2.
'대학을 안 나왔다고'

다시 다이아나의 복잡한 결혼으로 돌아가 원래의 의문을 생각해보자.

'다이아나는 대학도 안 나왔으니, 찰스와 대화수준이 맞지 않을 수도 있겠다' 든가 '카밀라는 우리가 알지 못하는 어떤 지적인 매력을 가지고 있지 않을까?' 라는 우리 나름의 추측이 있다. 그들 파경의 이유를 두 사람의 학벌 차이로 보는 사람들은 아마 세계에서 우리 나라 사람뿐일 거다. 지금 찰스의 공공연한 애인이라고 드러난 카밀라도 대학을 안 나오긴 마찬가지다. 대학 안 나온 사람이 이걸로 그치는 게 아니다. 엘리자베스 여왕도 물론 대학을 안 나왔다. 마아가렛 공주도 물론이다. 여자만 대학을 안 간 게 아니다. 여왕의 남편인 필립공도 대학을 안 나왔다. 마지막 위대한 영국인이라는 처칠도 대학을 나오지 못했다. 아니 대학을 가지 않았다.

대학의 존재이유

이 수상쩍은 상황을 이해하자면 우선 '왜 대학에 가느냐'는 질문을 해 보는 게 좋다. 대학은 상아탑이라는 설도 있지만, 그거야 실용성 없는 학문을 가르치는 교수들이 자기 학과 지키자고 떠드는 주장일 때가 많다. 추상적인 사고활동이 아무런 현실적 보상을 해주지 않는 상황에서, 돈과 시간을 들여가면서 세상에 쓸모 없는 인간이 되겠다고 진작부터 작정한 사람은 없다. 세상이 직업의 전문성을 요구할수록 대학에 가는 이유는 더 분명해진다. 전문적인 지식과 기술을 습득하자는 것이 가장 큰 이유가 된다. 결국 세상에서 살아남을 수 있는 기술을 가르치는 곳이 대학이다. 거기에 인문학적 소양이 수반되면 금상첨화겠지만, 그렇지 않다고 해서 대학 본래의 목적을 놓친 건 하나도 없다. 엔지니어니 의사들이 셰익스피어를 모른들 어떠리. 셰익스피어 전공한 사람들도 공학을 모르고 의학도 모르는데.

중세부터 생겼다는 서양의 대학 역시 이런 전문인 양성이 건립목적이었다. 서양의 대학에서는 신학과 법률, 회계, 외국어 등을 가르쳤다. 곧, 왕의 곁에서 국정을 담당하고, 귀족의 사무를 대신 봐 줄 총명한 사람들을 기르는 것이 대학의 본분이었다는 말이다. 왕족이나 귀족은 대학 졸업생 가운데 귀찮은 사무나 회계, 관리, 행정, 외교, 자녀 교육을 담당할 사람을 구하면 되었다. 의사니, 법률가니, 엔지니어니 하는 소위 20세기의 전문직이란 왕족의 눈으로 보면 고급 노동

계층에 불과하다. 생계를 위해 자기 시간과 기능을 판다는 점에서 보면 손과 몸으로 노동을 파는 사람들과 크게 다를 바가 없다.

시민 국가를 향해 가면서 유럽의 국가들은 시민과 귀족을 나눌 때 제일 큰 기준을 직접 경제활동에 참여하느냐, 쉽게 말해 자기 힘으로 돈벌이를 하느냐 아니냐 여부에 두었다. 근대 독일에서는 이게 아주 분명해서, 일단 어떤 식으로로든 돈벌이용 직업을 하고자 한다면 귀족의 작위를 버리도록 되어 있었다. 미국식의 신흥부자들이 넘쳐나는 시대를 살다 보니 요즈음에는 귀족이고 왕족이고 노골적으로 돈벌이에 뛰어들어 이 구별을 무색하게 만든다. 영국의 막내 왕자도 미디어 관련 사업을 하고 있다. 그렇지만 사회 경제적으로 왕족의 기본 정의는 '돈을 안 벌고, 평생 돈 쓰는 일만 하고 사는 계층' 이 된다.

이 점에서 왕자와 거지는 일치하는 바가 있다. 차이가 있다면 왕자는 돈을 쓸 줄 알지만 거지는 돈을 쓸 줄 모른다는 점뿐이다. 우리는 돈을 잘 벌기 위해서는 교육이 필요하다는 것만 강조하지만, 돈을 잘 쓰기 위해서도 나름대로 교육 과정이 필요하다. 소위 문화 사업이라는 것도 알고 보면 세련되고 고상하게 돈을 쓰는 활동이다. 어제까지 일당 노동자였던 사람이 오늘 당장 복권에 당첨된다고 '문화' 와 '교양' 을 살 수는 없다. 이런 마당에 돈을 벌자고 교육을 받는 계층과 함께 공부할 수도 없는 일이니 이들의 교육 기관은 따로 있을 수밖에 없다.

남자들은 주로 개인교사(tutor)에게 가정 교육을 받는다. 전 유럽을 통틀어 가장 뛰어나다는 학자들을 모셔다 자녀들에게 개인 수업을 마련할 수 있는 여력이 있다면 굳이 복잡한 절차를 밟아가며, 아이의 개인차를 의심해 가며, 선생의 자질을 염려해 가며 공교육에 집어넣을 이유가 없었다. 그러다 영국이 제국주의로 한창 흥미진진하던 시절이 되면서 많은 인사들이 식민지 행정에 관여했다. 장기적으로 영국을 비울 수밖에 없었던 관리들의 입장이 되고 보니 한적하고 고급스런 사립기숙학교에 아이를 맡겨두는 것이 큰 장점으로 떠올랐다. 부모를 떠난 아이들은 그곳에서 장차 정치적, 사회적 인맥을 쌓아가는 부수적인 효과도 보았다. 그리고 나면 군사학교로 진학하는 것이 영국 귀족이나 부자들의 길이었다. 샌드허스트(Sandhurst)라고 알려진 영국 육군 사관학교는 귀족들의 정식 입문과정이나 같았다.

여자들은 대개 가정 교육으로 끝나는 경우가 많았다. 세상에 앞선 부모들은 같은 선생님에게 아들과 딸을 함께 가르치도록 하기도 했지만 이건 좀 드물었다. 여자들은 주로 여가정교사(governess)에게 교양 교육을 받았다. 그림 그리기, 피아노 치기, 노래 부르기, 감상, 외국어부터 말타기, 사교술, 옷입기까지 세세한 일상사가 모두 교육 내용이 되었다. 식민지의 확장으로 갑작스러운 부재(不在) 부모들이 증가하고, 여자아이들도 사립기숙학교에 입학하는 예가 많아졌다. 영국의 기숙학교로 만족하지 못할 만큼 여유 있는 집안이라면 딸들을 데뷔시키기 전에 유럽의 유명한 '교양학교(finishing school)'에 보내 대륙의 문화를 익히게 했다.

그리고 나면 결혼시장에 들기 위해, 사교계에 정식으로 얼굴을 내밀고 결혼 가능성을 알리는 데뷔(debut)전을 하게 되어 있다. 이때의 데뷔는 물론 프로복서의 출전이나 가수들의 첫 작품발표가 아니다. 성년에 달한 딸이 여기 있으니, 와서 보시고 결혼을 청하시오, 하는 의미에서 보통 18세에서 20세가 될 무렵의 생일에 딸의 부모가 사교계 사람들을 불러 딸의 생일 잔치를 한다. 결혼 적령기에(그런 게 있나?) 다다른 모든 결혼 가능한 남자 후보자들이 이 행사에 초대되는 게 보통이다. 이 데뷔전은 외모와 화술, 교양과 맵시로 젊은 여자가 사교계 몇 위가 될 수 있는가를 가늠한다는 점에서 프로복서들의 데뷔전 못지않게 숱한 스파링과 훈련을 거치게 된다.

따라서 다이아나가 고졸이라 대졸인 왕자와 대화가 통하지 않으리라는 추측은 부당한 억측이다. 대화가 통하지 않았을 수는 있겠지만 그 이유가 그들의 학력 차이 때문은 아니다. 학력을 중시하고, 학벌이 인생 최고의 업적이라고 여기는 층은 아직 노동계층에 속하는 이들이다. 고급의 노동이긴 하지만 역시 자신의 시간과 노동을 팔아서 사는 층이 학력에 매달린다. '배우고 익히니 이 아니 즐거운가' 노래하는 공자 문화권에서 보면 다이아나와 왕자의 문화 배경은 도무지 상상할 수 없지만, 오히려 그들은 끝없는 학습 의욕과 자격증에 매달리는 저 아래층 사람들을 이해할 수 없다.

이혼 무렵 몹시 마음 고생이 심했던 다이아나에게 한 친구가 대학 진학을 권했단다. 공부 좋아하는 걸 보면 필시 한국 사람인 모양이다. 하여간 대학 공부 아니어도 할 일이 너무 많았던 왕자비는 이 의견에 깜짝 놀랐다. 내가 뭐하러 대학에 가느냐고 반문을 하던 왕자비의 명언.

'난 대학에 갈 필요가 없지. 인생에서 아주 많이 배웠잖아.'

그녀가 죽기 얼마 전 나는 런던의 한적한 공원에서 그 기사를 읽었다. 옷이나 갈아입고 파티나 좋아하는 줄 알았는데, 그녀가 이혼을

겪는 과정을 보면서 그녀를 왕자의 신부감이라고 정했다는 그들의
안목에 동의와 감탄을 보냈다.

대학 가는 길

찰스 왕자는 대학을 나왔다는 점 때문에 더욱 특이해진 왕족이다.
그는 그 가문에서 드물게 대학을 졸업한 사람이다. 그 이전의 왕자들
이 옥스포드와 케임브리지를 다니긴 했지만 찰스처럼 정식으로 입학
하고 졸업한 경우는 없다. 왕자의 대학 입학이니 특별한 조처가 있었
지만, 그렇다고 해서 영국의 일반인들의 대학 입학과 크게 다른 절차
를 밟은 건 아니다. 왕자는 공부를 잘했겠지만 그렇다고 공부만 잘해
서 케임브리지를 간 것도 아니다. 농담으로는 왕자를 따라 하루종일
같은 수업을 듣고 같은 시간을 보낸 경호원이 왕자보다 더 공부를 잘
했다는 말도 있다.

'옥스브리지' 와 '레드브릭.'

옥스포드와 케임브리지는 우리들에게 또 다른 설레임을 주는 영어
단어다. 두 대학을 합해서 '옥스브리지(Oxbridge)' 라고 부르는 영국
인들도 예외는 아니다. 16세부터는 '준 성인', 18세가 되면 성인이
되는 영국에서 대학 입학 면접이라고 부모가 극성을 부릴 여지는 없
다. 이런 분위기인 데도 불구하고 두 대학의 면접날에는 유독 학생들
을 따라온 부모들로 시내가 북적이고 주차가 곤란해진다. 두 대학의
면접이나 사정결과가 나올 때면 매년 그에 관련된 사건 기사가 터진
다. 작년에는 로라 스펜서의 옥스포드 실패가 문제가 되었는데, 올해

옥스포드 대학들의 교표와 상징

캠브리지 대학들의 교표와 상징

는 옥스포드 대학 기부금 모금위원장의 아들이 옥스포드 대학에 떨어지는 사건이 신문에 오르고 있다. 우리처럼 전국민이 대입에 덜덜 떠는 입장에서 보면 어쩌다 한두 번 나타나는 대입 기사로는 마음에 차지 않지만, 영국 신문이나 방송은 세계 문제나 국내 정치, 특히 경제에 주로 집중하지, 섭섭하게도(?) 아이들 대학 가고 안 가고 하는 일에는 관심이 별로 없다. 그 신문들이 어쩌다 지면을 할당하는 것이 겨우 옥스포드와 케임브리지의 대입 관련, 그중에서도 불공평한 전형방법에 대한 불만이다.

이렇듯 영국 입시에서 옥스포드와 케임브리지 두 대학만 특별히 취급되는 것이 사실이다. 이 두 대학은 다른 대학들보다 두 달 먼저 원서를 마감한다. 국가에서 준비한 대입시험 이외에 두 대학만의 입학시험, 특히 수학시험을 요구할 수가 있다. 현행 영국의 입시제도에서는 모두 6개 대학까지 지원할 수 있는데, 옥스포드와 케임브리지만큼은 동시에 지원할 수 없다. 즉 케임브리지에 지원하는 학생은 옥스포드에 지원할 수 없고, 옥스포드에 지원하는 학생은 케임브리지에 지원할 수 없다.

다음으로 이 두 대학과 다른 대학들간의 차이와 특성은 대학 건립 시기가 판이하게 다르다는 점에서 기인하고 있다. 옥스포드와 케임브리지는 몇 년간의 차이를 두고 있지만 모두 중세에 건립된 학교들이다. 건국 200년을 갓 넘은 미국은 대학 연도가 100년 이상이 되면 대단한 역사를 자랑하는 것으로 알고 있으니, 옥스포드와 케임브리지의 노령은 가히 입이 딱 벌어질 사건이다. 그렇다고 옥스포드가 유럽 최고(最古)의 대학은 아니다. 세계에서 서양식 학제로 최고의 대

캠브리지에서 가장 아름답다는 킹스-칼리지의 모습

옥스포드 대학들의 고공사진

학은 이태리의 볼로냐 대학이다. 그 학교 역시 명망 있는 대학인 건 사실이지만 그렇다고 해서 외국인들에게까지 이상한 매력과 흡입력을 전달하는 건 아니라는 걸 감안하면, 옥스포드와 케임브리지의 위상은 참으로 특이한 면이 있다.

옥스포드와 케임브리지, 즉 '옥스브리지'가 아닌 대학들은 산업 혁명을 지나면서 19세기 말 20세기 초에 건립된 경우가 많다. 산업혁명을 지나면서 지식노동자가 다량으로 필요하게 된 시점이었기 때문이다. 근대에 만들어진 대학들은 '붉은 벽돌(redbrick)'을 건물 자재로 해서 실용성 위주로 세워졌다. 중세에 세워진 옥스브리지는 대학 건물자체가 웅장하고 고색 창연한 데 비해 근대에 세워진 대학들은 그런 사치를 부릴 여유가 없었다. 역사가 100년 남짓한 대학들이니 또 학교 담장에 이끼가 낄 새도 없고, 담쟁이 덩굴로 뒤덮일 겨를도 없어 '붉은 벽돌'이 그대로 드러난다. 옥스포드와 케임브리지 두 대학을 '옥스브리지'라 부르듯이 그 외 대학들을 '레드브릭'이라고 한꺼번에 통칭하는 이유는 이렇게 해서 생겼다.

옥스브리지라고 해서 '레드브릭'이 없는 건 아니다. 옥스브리지의 나이가 800살이니, 700살이니 떠드는 건 어불성설이다. 옥스브리지라고 해도 대학마다 건립 연도가 다 다르기 때문이다. 케임브리지 대학이 1209년에 세워졌다고 한다면 이건 틀린 말이다. 그 대학 중 가장 오래된 '피터하우스'가 이 때 세워졌을 뿐, 케임브리지 내의 다른 대학들은 그 이후, 20세기까지 계속 다른 시기에 만들어졌다. 이공계통의 학생을 많이 뽑는 '처칠 칼리지'는 20세기 초에 생긴 그야말로 '레드브릭'의 학교이고, 여자 대학들 역시 19세기 중반부터 생기기 시작했다. 옥스포드 역시 마찬가지로 대학들마다 설립 연도가 다르다.

옥스브리지의 필요충분조건

우리 나라 대학 구조에만 익숙한, 혹은 미국 대학에 유학함으로써 우리와 미국의 대학 형태만이 유일한 서양 대학이라고 생각하는 사람들이 많으니, 여기에서 잠깐 짚고 넘어가야 하는 게 있다. 유럽의 대학 중에서 오래된 대학일수록 우리 대학과는 다른 형태를 가진다. 미국과 우리 대학의 구조에 따르면, 종합대학(university) 안에 여러 단과대학(college)들이 있고, 단과대학 안에 관련학과(department)들이 들어 있다. 이것이 중앙집권적인 형태라면 옥스브리지를 포함한 유럽의 오랜 대학들은 개별대학들의 분권주의를 지향하고 있다. 볼로냐 대학이니 파리 대학이라고 하면 어떤 단일 캠퍼스를 가진 그 이름의 종합대학이 있다는 뜻이 아니다. 볼로냐라는 도시, 파리라는 도시에 함께 모여 있는 여러 개의 작은 대학들을 통칭하는 공동 이름이 그렇다는 뜻이 된다.

우리 식으로 옮겨 생각하면 이렇게 된다. 연세대니 고려대니 하는 이름의 대학들이 서울시에 있다. 그 대학들의 이름은 서울시와는 아무 상관이 없다. 서울 대학조차도 서울시와는 상관이 없다. 지금의 대규모 캠퍼스로 모이기 전 서울 대학은 여러 곳에 작은 캠퍼스들을 가지고 있었다. 서울농대는 수원에 있었지만, 수원농대라고 하지 않았고 – 농담으로야 했지만 – 반드시 서울농대라고 불렸다. 이들 대학들은 서울의 어떤 구역에 각 대학만의 캠퍼스를 가지고 있다. 각 대학들의 이름과 소유권을 더욱 뚜렷하게 부각시키기 위해 담장으로 둘러쌓아 외부 공간과 연결을 끊고, 급기야 작금에는 통행세니 주차료를 받으며 토지공간의 독립성을 세계 만방에 떨치고 있는 것이 우리들의 대학이다. 이렇게 보호된 캠퍼스 안에 법과대학도 있고, 공과대학, 인문대학 등등의 개별 단과대학들이 있다. 가끔 큰 캠퍼스와 떨어져 나가 있는 단과대학들, 예를 들면 의과대학이나 간호대학의 경우처럼 분리된 장소를 사용하는 경우도 있지만, 이건 단과대학의 성격과 서울이라는 도시의 땅값에 따른 미봉책이라고 여겨진다.

중세에 세워진 유럽의 대학들은 우리 대학 같은 외형적인 담장을 가지고 있지 않다. 물론 학교 강의실 건물이나 기숙사 건물들은 외부 공간에서 독립되어 있다. 그렇지만 대학이 도시 이름을 가지고 있는 경우라면 그 도시 안에 흩어져 있는 소규모의 대학들을 함께 묶어 부르는 경우가 많다. 파리 대학이라고 하면 파리에 흩어져 있는 동일한 수준의 여러 대학들을 일컫는다. 서울시에 흩어져 있는 일정한 수준의 대학들을 한 덩어리로 묶어 서울 대학이라고 부른다는 이야기다.

옥스포드와 케임브리지도 마찬가지다. 옥스포드와 케임브리지라는 이름의 어떤 대학 캠퍼스가 따로 있는 것이 아니다. 옥스포드라는 시에 있는 대학들, 케임브리지라는 시에 세워진 대학들을 모두 가리켜 옥스포드 대학, 케임브리지 대학이라고 한다. 따라서 ‘옥스포드 유니버시티’, ‘케임브리지 유니버시티’라는 말을 쓰지만, 우리 대학 구조대로 생각하는 그런 옥스포드 대학, 케임브리지 대학은 없다.

이런 점을 이용해서 옥스포드에 있다는 이유만으로 마치 옥스포드

대학인 양, 혹은 케임브리지에 있다는 사실을 들어 케임브리지 대학
인 양 혹세무민하는 경우도 있다. 외국인에게 영어 가르치는 학원들
이 자주 이런 상술을 쓰니 반드시 기억해야 할 명제를 하나 알아 둘
필요가 있다. 옥스포드 대학은 반드시 옥스포드 시에 있지만, 옥스포
드 시에 있다고 다 옥스포드 대학은 아니다. 케임브리지 대학 역시
같다. 케임브리지 대학들은 모두 케임브리지 시에 있지만, 케임브리
지 시에 있다고 다 케임브리지 대학이 되는 건 아니다. 유식한 말로
해서 '그 시에 위치한다' 는 필요조건이 만족되었다고 해서 '그 대학
이 된다' 는 충분조건까지 충족되는 건 아니다.

'옥스포드는 없다'

　필요충분조건을 다 갖춘, 명실상부한 옥스포드 대학이나 케임브리
지 대학은 모두 30여 군데의 개별대학(college)들로 이루어져 있다.
각각의 대학들은 설립 연도도 다르고 이념도 다르다. 그중에는 여학
생들만 가는 대학교들도 있다. 이들 대학들은 옥스브리지가 여학생
입학을 거부하는 것에 반발해서 19세기 말부터 세워진 학교들이다.
교수진이 다른 건 물론이고 대학마다 모두 재정이 독립되어 있다. 입
학 사정도 독립적으로 다룬다. 거기에다 학과들도 중복된다. 예를 들
면 트리니티에도 영문과가 있고, 피터 하우스에도 있고, 거튼에도 있
고, 로빈슨에도 있는 식이다. 영국 전통의 개인 교습, 튜토리얼
(tutorial)도 각자 대학의 교수들과 함께 진행한다.
　따라서 케임브리지와 옥스포드의 대학들을 우리 식으로 '단과대

학’ 이라고 옮길 수는 없다. 영국에서 ‘콜리지’ – 미국식 발음으로 ‘컬리지’ – 는 엄밀하게 말해 16세 이상의 학생들을 대상으로 하는 성인 교육 기관을 뜻한다. 미국의 경우처럼 종합대학(university) 내의 단과대학의 의미로는 거의 쓰지 않는다. 가끔 영국에서 ‘컬리지’ 에서 영어를 배우는 학생들이 순진한 고국 동포들에게 ‘대학’ 에 다닌다고 거짓말 아닌 거짓말을 하는 걸 듣게 된다. 사설의 조그만 영어 학원을 다니면서도 굳이 ‘스쿨(school)’ 이라는 영어를 강조하는 ‘유학생’ 들은 그렇게 ‘학교’ 에 다닌다고 우긴다. 분명히 영어로 표기하니까 거짓말은 아닌데, 영어의 다의적 용법을 무시한 채 듣는 이를 의도적으로 오해시킨다는 점을 고려해 보면 이건 악의의 거짓말이다. 이 때의 ‘컬리지’ 나 ‘스쿨’ 을 우리말 상황에서 가장 적절하게 옮기면 ‘학원’ 이라 해야 한다.

옥스브리지의 ‘콜리지’ – ‘컬리지’ – 는 우리 나라의 단과대학도 아니고, 유학생들의 거짓말거리가 되는 ‘학원’ 도 아니다. 한 지역 내에 위치하고 있는 ‘기숙사를 가지고 있는 중세풍의 작은 대학’ 이라고 하면 원래 뜻에 가까워진다. 옥스브리지의 대학들은 한결같이 학교 내에, 혹은 늦게 생긴 대학이면 학교에서 가까운 거리 내에 기숙사를 운영하고 있다. 아무리 멀리 떨어져 있어도 옥스브리지의 기숙사는 옥스포드와 케임브리지라는 조그만 도시를 벗어나지 않으니, 옥스포드 대학, 케임브리지 대학의 명실상부함을 지키고 있다.

이렇게 독립적인 데도 불구하고 단지 마을을 공유한다는 이유만으로 옥스포드라고 통칭한다면 서울시에 있다고 다 서울 대학이라고 하겠다는 말이냐고 부당성을 지적하는 사람들이 많다. 그렇지만 옥스포드와 케임브리지 대학들은 행정, 사무나 진행, 학과 강의, 학생들의 일반적인 성적 관리를 공동으로 운영하면서 한 대학으로서의 일정한 기준을 유지하고 있다. 입학 면접은 개별대학에서 보지만 입학에 관련된 서류 진행이나 대학 안내, 전반적인 행정은 대학 전체가 공동으로 움직인다.

예를 들어 케임브리지 대학에서 컴퓨터 전공으로 30명을 뽑는다고 하자. 이는, 케임브리지의 모든 대학들에서 뽑는 인원을 전부 합한 숫자가 30명이라는 뜻이다. 각 개별대학별로 하면 2명이나 3명, 많이 뽑는 곳이 10명, 아니면 그 과가 없어 전혀 뽑지 않는 대학도 있다. 지원은 케임브리지 대학에 하는 것이 아니라 각 개별대학에 하고, 면접도 개별대학별로 본다. 예전에는 케임브리지 대학 내에서 3개 대학까지 지원하게 했으나 요사이는 1개 대학만 지원하는 것이 원칙이다. 대학에 특별한 선호도가 없는 학생들은 공동 입학사정을 택하여 '풀(pool)'을 지원할 수도 있다. 일단 입학이 되면 개별대학의 학생이 되어 그곳에서 마련한 기숙사에 입사하고 개별교습도 그 대학에서 받지만, 강의는 그 도시의 어느 대학 건물 어느 강당에서 케임브리지 대학의 컴퓨터학과 학생 전체가 함께 듣는다. 이런 의미에서 개별대학은 마치 중세에 독립된 수도원과 비슷한 기능을 하는 셈이다. 기숙과 기도, 예배를 함께 드리던 수도원처럼 이들 대학의 컬리지들은 기숙과 개인 지도, 학생 활동의 독자성을 유지한다. 그러면서 수도사들이 이웃한 수도원과 신학 강좌를 나누듯 공동 강의를 듣게 한다.

옥스브리지를 제외한 다른 대학들은 미국식 대학들과 유사하다. (아니면 우리 나라 대학들과 유사하다고 해야 하나?) 에딘버러나 와

릭 등 우수한 대학들도 종합대학 안에 단과대학으로 이루어져 있다. 런던 대학은 조금 예외적인 경우에 해당한다. 런던 대학 역시 단과대학이 아니라 개별 독립대학의 컬리지로 이루어진 종합대학이란 점에서 옥스브리지와 같다. 그렇지만 이들 개별대학은 옥스브리지에 비해 훨씬 미국 대학, 즉 종합대학에 가깝다. 행정이나 회계, 기본 사무에서만 공동 건물이 있을 뿐, 모든 대학들이 개별화되어 있다. 옥스브리지처럼 강의를 같이 듣는 법도 없고 입시 진행을 같이 준비하지도 않는다. 런던 대학 전체 학생모임이나 행사는 있지만, 대학간의 성격 차이가 아주 뚜렷하다. 이런 까닭에, 런던 대학 출신이나 재학생들은 런던 대학을 나왔다고 하기보다 '임페리얼'이나 'UCL', 혹은 'LSE'를 나왔다고 말한다. 반면 옥스포드와 케임브리지 출신들은 모두 옥스포드를 나왔다든가, 케임브리지를 나왔다고 밝힌다.

서울대냐, 연대냐, 그러면 뭐냐

영국 대학들의 입학 재량권은 절대적으로 그 학교의 교수들에게 달려 있다. 교육부라고 해도 거기에 제재를 가하지 않는다. 영국식의 입학 사정기준은 학교마다 다르다. 공부를 잘하면 좋은 대학에 가고, 공부를 못하거나 싫어하면 그 적성에 맞게 공부가 입학 기준이 아닌 대학을 고르게 된다. 운동이나 예술을 강조하는 대학들도 있다. 옥스포드와 케임브리지를 가려면 공부를 잘해야 하는 건 물론이다. 그런데 문제는 공부만 잘한다고 이 두 대학에 합격되는 건 아니라는 점이다. 로라 스펜서 사건은 그 좋은 예다.

로라 스펜서는 공립학교를 나왔다. 전체 1등이었다는 설이 있는데, 그거야 서열 좋아하는 우리 발상이고, 영국식으로 표현하면 어느 시험에서든 '전과목 A'인 여학생이었다. A*까지 있는 중등졸업시험에서는 과목마다 A*도 받았고 전국대입시험에서는 모두 A를 받았다. 원하던 대로 옥스포드에 지원을 했는데, 유명한 면접에서 떨어지고 말았다. 로라 스펜서 사건이 터지기 전 해에는 케임브리지 대학에 지원한 다른 여학생이 똑같은 사건을 겪었다. 그녀도 뛰어난 성적임에도 불구하고 면접에서 떨어졌다. 물론 '공립학교' 출신이었다. 영국 교육에 망조가 들었다는 비난이 일고, 재무상까지 나서서 옥스포드에 교육 재정을 줄이겠다고 협박을 했지만, 그 학교는 끄떡도 안 했다. 오히려 로라 스펜서가 면접에서 아무런 긍정적 가능성을 보여주지 않았기 때문에 교수들의 결정에 전혀 잘못이 없으며, 학교의 입학 사정에 정부가 개입한다는 것 자체가 비교육적인 발상이라고 비판했다. 로라 스펜서는 하바드 의대에 지원했고, 하바드는 전학년 장학금과 생활비까지 지원하는 조건으로 스펜서라는 영국의 미래를 데려갔다.

옥스포드와 케임브리지는 시험지로 사람을 고르지 않는다고 주장한다. 하긴 비슷하게 다 잘하는 학생들이 지원을 하니 시험지 성적만으로 판가름하기가 어렵기도 하다. 시험지 외의 것이 많이 작용하고, 면접을 통해서 가능성과 잠재력을 본다고 주장한다. 그 기준은 우리처럼 '객관적'이지도 않고, '변별력'을 중시하지도 않는다. 면접 교수가 보기에 미래의 재목으로 자랄 '잠재력'이 있어야 한다. 이러다 보니 옥스포드와 케임브리지의 예상 뒤집기는 지원생들을 늘 조마조마하게 만든다. 학교에서 1등하고, 전 과목에 A를 받고도 옥스포드에 들어가지 못한 아이의 엄마 말에 따르면, 이들은 '완전히 오야 마음'으로 학생을 뽑는다. '잠재력'에 높은 점수를 받자면 당장의 학과 성적도 중요하겠지만 그보다도 다양한 경험을 보여주는 것이 좋다. 예를 들면, 비행기도 몰 줄 알고, 하키도 할 줄 알고, 승마도 하고, 스키도 수준급이고, 세계 여행도 이미 마쳤고, 외국어도 서너 개 하고 있으며, 악기도 여러 개 켤 줄 안다면 학과에서 좀 밑져도 유리하다.

얼핏 보면 이건 아주 좋은 합격 판단 기준이라고 박수를 치고 싶다. 지구 어디에 있는 어떤 나라에서는 '변별력'을 중시한다면서 학과 성적만 중시하니 공부벌레만 만들어낸다는데, 그에 비하면 옥스포드와 케임브리지의 사정기준은 훨씬 인간적이고 합리적인 듯하다. 게다가 자기가 가르칠 학생을 교수 자신이 뽑는다는 발상이며, 그 결정의 위엄을 절대적으로 신뢰하는 사회분위기하며, 학교의 자율성에 대한 강렬한 믿음하며, 우리 보기에 이들 대학들의 행태가 멋있기까지 하다.

그렇지만 그것의 이면도 없지 않다. 누군들 비행기를 몰고 싶지 않을 거며 세계 여행을 하고 싶지 않겠는가. 외국어를 배우고 싶어도, 악기를 켜고 싶어도 그걸 가르칠 선생이 없을 수도 있고, 그 교육비를 낼 형편이 못 될 수도 있다. 미래의 가능성을 저절로 드러나게 할 정도로 제대로 된 교육 경험을 쌓자면, 특히 아무런 경제력이 없는 미성년의 나이에 엄선된 고급 경험을 얻자면 유복한 부모를 만나야 한다. 여기에서 영국 교육이 계층의 재생산지라는 비난이 나올 수 있다.

로라 스펜서의 경우에서도 드러나듯 옥스포드와 케임브리지의 '사립학교 애호병’ 은 깊고도 오래되었다. 두 대학이 말로는 공립 출신들을 입학생의 50%까지 고르게 뽑는다, 혹은 뽑을 것이라고 하지만, 전국의 공립학교 학생들이 사립학교 학생들보다 2배 이상 더 많은 걸 감안해 보면 50%설은 머리 좋은 두 대학의 의도적인 계산착오라 할 만하다. 영국의 사립학교 중에는 사실 옥스포드나 케임브리지의 시설이나 기구를 비웃을 정도로 잘 되어 있는 곳들이 있다. 교사진도 화려해서 옥스브리지 출신들이나 박사 학위 소지자들이 많고, 그들의 월급 수준도 다른 직종의 같은 경력자들을 훨씬 앞선다. 이에 비하면 세계 최하를 달리고 있는 영국 공립학교의 수준은 정반대의 극에 있다. 설혹 공립학교에서 공부를 잘해 지필고사에서 좋은 성적을 받을 수 있다 하더라도 넉넉하고 편안한 사립 출신들의 자신만만하고 여유로운 태도를 가지기는 어렵다. 이렇게 되면 두 대학이 중시하는 면접에서 이들 학생들이 기회를 가지리라는 보장은 점점 미약해진다.

그런 까닭에 이 두 대학과 그 외 대학들을 우리식으로 서울대니 연대니 하는 순서로 나누려 들면 곤란하다. 지금 나이 40을 바라보는 클레어는 옥스포드에서 경제를 전공했다. 대기업의 회계사로 근무하는 그녀는 똑똑하고 성실하다. 나보다 키가 두 배는 되고, 발은 두 배가 넘는다. 장신의 거구고, 행동도 남자처럼 당차다. 영국인은 여자든 남자든 잘 울지 않는다. 가까운 이의 장례식에서도 울지 않으니까 일상 생활에서 우는 모습을 보는 경우는 극히 드물다. 그런데 클레어가 대학 시절을 이야기하면서 울었다. 자기는 다시 옥스포드를 기억하고 싶지 않다고 했다.

그녀의 아버지는 배관공이었다. 세미나를 끝내고 같이 남아 있다가 그녀의 이야기를 듣게 된 친구들이 위로 겸 농담 겸 '배관 회사'를 했느냐고 물었다. 그녀의 아버지는 회사를 경영한 것이 아니라 배관공으로 직접 일을 하던 사람이었다. 곧 그녀는 노동계층 출신이었던 거다. 클레어는 공부를 잘했길래 옥스포드에 지원하고 합격해서 가족들의 기쁨이 되었다. 그런데 학교를 다니는 동안 귀족과 세계의 온갖 부자들이 모여드는 옥스포드에서 그녀는 무관심과 소외와 열등감과 슬픔을 겪었다. 가만히 눈물을 닦는 그녀를 차마 바라보지도 못하면서 그곳에 있던 우리 모두는 인생의 절정기의 상처가 평생 얼마나 깊은 흉터를 남기는지 또 배웠다. 나이 40이 된다고 해서 우리 인생의 최고의 시간에 겪었던 강렬한 경험이 잊혀지지는 않는다. 클레어를 달래던 로이는 스코틀랜드인이었고, 에딘버러 대학을 나왔다. 평소에 별로 말이 없던 그는 자기도 그 때문에 옥스포드에 가지 않았다고 말했다.

옥스포드나 케임브리지에 그저 다리 하나라도 걸쳐봤으면 좋겠다고 생각하는 외국인으로서는 영국인들의 이런 사연이 이해가 되지 않는다. 사실 이미 아웃사이더인 외국인들은 이런 절망적인 계급차이를 느끼지 못하기도 한다. 계급의식이라는 것도 어느 정도의 동질성이 가정된 상태에서 느낄 수 있는 법인데, 외국인들이야 어차피 영국인의 공동 기반을 가지고 있지 않으니, 누가 백작의 아들이라느니, 누가 은행가의 딸이라느니, 누가 아랍 석유 재벌의 동생이라느니 해도 정확한 그림을 그릴 줄 모른다. 오랜 속담 그대로 '모르는 게 약,

아는 게 병'인 게 이런 상황이다.

이튼 보이 (Eton Boy)

벌써 5년 전의 일이 되어간다. 런던에 살고 있을 때 남편의 고교 동창이 찾아왔다. 종합병원 의사로 근무하는 분이었는데 학회 참석으로 런던에 나와 있었다. 남편은 오랫만에 어릴 때 친구를 만나 기분이 좋았던 모양이다. 바쁜 일정을 쪼개어 그가 보고 싶다는 곳에는 다 가볼 결심을 했다.

"어디 권할 만한 곳이 없나요?" 함께 고민을 하다가 갑자기 내게 질문이 왔다.

"저기, 스트라트포드 어폰 에이본은 어떠세요?"

"거긴 뭐지요?" 공학도와 의학도가 함께 물었다.

"아, 거긴 셰익스피어 생가가 있어서 보존이 잘 되어 있고…" 의외의 질문에 놀라 더듬거리며 내가 말했다.

"아하, 그런 데는 되었구요." 의사선생님이 점잖게 거절을 했고,

"아, 저 사람이 영문학을 해서 그래, 거긴 뭐하러 가냐?" 남편이 얼렁뚱땅 위기를 모면했다.

문학소녀는 봤지만 문학노파는 본 적이 없다는 듯 두 사람은 다시 또 지도를 펼쳐들고 고민을 했다. 그리고 찾아 나선 곳이 결국 옥스포드와 이튼이었다. '아니 그 바쁜 중에, 또 오기도 어려운데 뭐하러

거길 가누, 아니 뭐 고등학생도 아니고 애들 다니는 이튼 스쿨은 뭐하러 40 넘은 사람들이 가는 거냐고.' 스트라트포드에 퇴짜맞은 나는 혼자 심술을 부리고 집에 남아 있었다.

두 분은 즐겁게 옥스포드에 다녀오고, 다음날 또 이튼에 다녀왔다. 그날 저녁의 대화를 들어보니 두 사람은 영락없는 한국인이었다. 이튼 스쿨은 벌써 오래 전에 관광객용의 전시관을 마련하고 있다. 학교의 역사니 유물을 전시하고, 비디오도 틀어준다. 학창시절을 그리워하는 관광객들을 위한 전시관에 돈을 내고 들어가서 이 두 분은 새삼 고교 시절, 이튼을 목표로 하던 교장선생님을 떠올렸던 모양이다.

그 두 분이 어떤 감회에 젖어 그곳을 둘러 봤을지 그림처럼 훤했다. 나도 거길 갔다왔기 때문이다. 학생들은 다른 건물에서 공부를 하는 중에 우리는 한구석에 마련된 전시관을 돌았다. 그날의 복잡했던 느낌이 아직도 선명하다. 내가 다닐 학교도 아니고, 가족 중 누구와 관계가 있는 학교도 아니고, 그렇다고 학교 자체를 보는 것도 아니고, 뭘 배우자고 간 것도 아니면서 왜 '남의 학교'에 갔을까. 친구나 친지들이 영국에 오면 꼭 옥스포드나 케임브리지를 가자든가, 이튼에 가자고 한다. 따라 나서서 사진도 찍고 구경도 같이 한다. 그 세월이 오래되다 보니 '가이드 하서' 라는 소리도 듣는다. 그럼에도 그곳에 다녀오면 늘 기분이 나쁘다. 학교는 공부하러 가야지, 구경하러 가는 건 아니었던가 보다.

복잡한 심사로 두 사람의 그날 관광을 듣고 있었다. 사람이 없어 한가했던 안내인이 중년 남자 둘이 들어오자 반갑게 따라다니며 이튼 자랑을 했던 모양이다. 마지막으로 이튼 출신의 '위대한 영국인' 들을 장황하게 소개했단다. 그중에는 조지 오웰도 있었는데, 공학도와 의학도 두 분은 '당연히' 전혀 관심이 없었겠지. 그러다 갑자기 익숙한 이름이 등장했다.

"아, 플레밍도 이튼 출신이군요." 반가워서 둘이 함께 끄덕였다.
"네, 아시는군요." 안내자도 둘의 반응이 반가웠을 거다.
"그럼요, 그 사람이 페니실린을…" 의사 선생님이 막 시작하려는 찰나,
"아니, 그 플레밍이 아니라…" 안내 선생이 다급하게 교육을 시작했다.
복수의 칼날을 갈고 있던 참이라 나도 찬스를 놓치지 않았다.
"페니실린 플레밍은 이튼을 안 나왔지요. 이튼 나온 플레밍은 007 쓴 사람 아닌가요?"
"아, 아시고 계셨군요. 참 그이가 거길 나왔더라고, 글쎄…"

쓸데없이 별것도 다 알고 있는 아줌마가 되어 머쓱하게 앉아 있자니, 이튼에 대한 우리들의 환상이 끝간 데 없다는 생각이 든다. 영국에 유학 가 있던 친구 소식을 전하면서 후배는 이렇게 말했다.
"그애가 그렇게 공부를 잘한다잖아요. 옥스포드에서 박사과정 하는데, 이튼을 나왔다더라고요."
여자 대학 나온 나의 후배니 그도 여자고, 그의 동기니 영국 유학생도 여자인 건 뻔하다. 내가 아는 한 13세기에 개교한 이래 이튼에 여자가 입학한 경우는 없다. 요새는 유명한 남자 사립학교들이 재정 적

자를 피하기 위해 여학생 입학을 허용하고 있지만, 이튼은 아직 그럴 조짐을 보이지 않는다.

성별에 상관없이, 직업에 상관없이, 연령에 상관없이 우리의 이튼은 세상에서 제일 공부 잘하는 학교로 되어 있다. 거기 나오면 영국에서 꼭 한자리 하고야 마는 곳이다. 그러니 여학생도 공부 잘하면 거기 갔다고 우기고, 노벨상 받은 플레밍이 거길 나와야지 뭔 싸구려 007 작가가 거길 나오는 거냐 시비가 생긴다. 윌리암 왕자가 이튼에 입학하면서 이튼에 대한 우리들의 이 환상도 더 깊어간 면이 있다.

그대 아직 꿈꾸고 있나

그렇지만 왕자의 입학은 다른 깨달음을 주는 계기도 된다. 왕자가 가고 싶다고 갈 수 있는 학교라면 아마 이튼은 우리처럼 성적순만은 아닌가 보구나 의심이 든다. 이튼과 같은 영국의 오래된 사립학교들은 학생의 학습 능력을 중시한다기보다 '지도력'을 중시한다. '지도력'은 지도계층에서 나오는 자질이다. 그렇기 때문에 이튼을 나오면 지도자가 된다고 흔히 생각한다. 하지만 더 정확하자면 이 표현의 순서를 바꾸어야 한다. 즉, 지도자가 될 배경을 가진 아이들이 이튼에 간다고 보는 게 옳다. 식민지를 운영하고, 전쟁을 장사하듯 저지르고, 국익이 된다면 형수와도 결혼하는 영국식의 지도력은 영국의 오랜 지배계층이어야만 거부감 없이 습득할 수 있는 특성이다.

실제로 윌리암은 대입 시험에서 A, B, C를 골고루 맞았다. 그런 성적을 받다니 왕자가 '대단히 자랑스럽다'는 것이 왕실의 발표였다.

페니실린을 만든 알렉산더 플레밍은 스코틀랜드의 가난한 촌에서 태어났다. 이튼은 커녕 대학을 다닐 형편도 못 되었고 다닐 이유도 몰랐다. 그는 런던에 와서 5년 동안 선박회사의 사무원으로 생계를 해결했다. 병원의 조수일로 직업을 바꾸면서 남들은 대학을 졸업할 나이에 의학과정에 적을 두었고, 온갖 우여곡절을 겪으면서 페니실린의 발견까지 나아갔다. 반면 007을 쓴 '이튼 보이(Eton boy)' 이안 플레밍은 런던의 유복한 집안에서 태어났다. 플레밍 형제뿐 아니라 그 집안 대대로 이튼을 다녔다. 그는 이튼을 나오자 뮌헨과 제네바의 대학들에서 외국어를 익혀서 로이터 통신의 모스크바 통신원으로 사회생활을 시작했다. 은행과 투자 관련 일을 하다가 2차대전이 터지자 정보부에 근무했다. 007 시리즈는 그의 다양한 경험에 바탕을 두고 있다.

이튼이든 해로우든 좋은 학교에 입학하기 위해서는 공부를 잘해야 한다. 조지 오웰처럼 가난하지만 공부를 잘하고 영민한 덕분에 장학금을 받아 그 학교에 입학할 수도 있다. 하지만, 공부만 잘해서는 안 된다. 심지어 공부만 잘하면 아주 부정적인 인상을 주기 십상이다. 공부만 잘해서야 뭐 다른 일을 할 수 있겠는가 의심을 줄 수 있기 때문이다. 따라서 입시지옥 시절 경기고등학교를 이튼이라고 착각하면 큰 오해다. 졸업생들이 좋은 대학에 입학하지만, 또 의외로 이튼만으로 학업을 끝나는 경우도 많다. 작위를 물려받거나 재산이나 가업을 승계해야 하는 이들로서는 대학 교육보다 세상 경험이 더 시급할 수도 있다.

달라진 세상

현대는 전문직 계층이 부상하는 신흥 부르조아의 시대라고 하니 이튼의 위상도 예전과는 다르다. 이튼 출신들이 영국 정치와 경제의 '지도자'가 되고 네트워크를 이룬다는 통설도 이제는 의심스럽다. 2차대전이 끝나고 집권한 보수당 수상들, 앤소니 이든, 해롤드 맥밀란, 알렉 더글라스-홈은 모두 이튼 출신이다. 윈스턴 처칠은 유일하게 이튼을 나오지 않은 수상이지만, 그도 역시 '해로우'라는 만만치 않은 퍼블릭 스쿨 출신이다. 수상이 계속 이튼, 혹은 그에 버금가는 학교 출신으로 이어지는 상황이라면 그 아래 자리들이 어떻게 채워졌을지 상상이 가고도 남는다. 1964년 해롤드 윌슨의 노동당이 집권하기 전까지 영국의 정치와 경제의 우두머리 자리는 거의 이튼 출신이 차지하고 있었다는 말은 이런 상황에서 나왔다.

그렇지만 지금의 상황은 다르다. 물론 노동당이 집권하고 있으니 그렇다고 여기겠지만 보수당의 경우에서도 예외가 아니다. '영국의 링컨'이라 할 만한 존 메이저 수상은 대학을 나오지 않은 건 물론 변변하게 내세울 만한 학교를 다닌 적이 없었다. 옥스포드를 졸업한 마아가렛 대처의 보수당 정권도 마찬가지였다. 1983년 대처의 보수당 정권이 출범할 당시 각료중 단 한 명도 '이튼 보이'가 없었다. 이러고 보면 노벨상을 받은 의사도 우습게 여기는 학교에 의사 만들자고 아이를 보낼 건 아니다.

'공립'이 '사립'으로 된 사연

얼마 전 신문에서 영국 유학생의 숫자가 늘고 있다는 기사를 본 적이 있다. 여러 이유 중에서 가장 눈에 띄는 이유가 '퀸스 잉글리시를 배우기 위해', '영국의 명문 사립학교에서 영국 전통의 품위를 배울 수 있다'는 거였다. 병원 의사나 변호사들이 아마 우리들의 '품위 계층'·에 속하는 모양인지 유학생의 부모들의 직업은 대개 그 정도였다. 여왕이 하는 영어가 '퀸스 잉글리시'인 건 세상 누구나 알지만, 사실 현재 여왕의 영어 발음이 지나치게 딱딱하고, 옛날 말투며, 발성도 평균 영국인들에 비해 고음이라는 비난도 있었다는 건 잘 모를 거다. '퀸스 잉글리시'라는 이미지와 그 영어를 실제로 말하고 있는 사람 사이에 엄연한 차이가 있듯, '명문 사립학교'를 포함한 영국의 학제도 우리가 생각하는 것과는 다른 배경을 가지고 있다.

아주 간단한 영어로 이 혼돈을 풀어보자. '공립'과 '사립'쯤 영어로 모를 리 없다고 장담하면 그건 실수다. 미국어로야 공립학교는 'public school', 사립학교는 'private school'이다. 이는 순전히 교육비 지출을 누가 하느냐에 따라 나누는 개념이다. 영국인들은 그리 편하게 영어를 쓰지 않는다. 영국에서는 사립이 공립이다. 즉 영국에서는 'public school'이 사립학교를 뜻한다. 그렇다고 'private school'이 공립을 의미하는 것은 아니다. 공립학교들도 재정 지원이 어떻게 이루어지느냐에 따라 다양한 이름을 가지고 있지만, 통칭할 때는 'state school'이라 한다. 영국 역시 시대가 바뀌고 퍼블릭의 의미가 혼돈되면서 퍼블릭 스쿨을 대체할 새로운 명칭을 필요로 했다. 요즘에는 퍼블릭 스쿨이라는 명칭 대신에 '인디펜던트 스쿨(independent school)’, 즉 ‘학교 재정이 중앙 정부나 주 정부의 교육재원과는 무관하게 운영되는 학교’라는 말을 쓴다. 그러면서도 역사가 오래된 학교들은 여전히 ‘퍼블릭 스쿨’이라는 이름으로 불린다.

우리들이 영국 왕실에 대한 감동 못지않은 환상과 부러움을 보이는 곳이 영국의 이 ‘퍼블릭 스쿨’이다. 우리들의 가장 큰 오해는 영국의 퍼블릭 스쿨들을 고급공무원이나 사회 상류층의 생산장소라고 보고, 그곳에 가기만 하면 무조건 사회의 위쪽으로 들어가는 양 생각하는 것이다. 최근 어느 교민 신문의 기사, ‘사립인데도 퍼블릭(공립)이라 하는 것은 역사적으로 이 학교 출신들이 전선의 지휘관으로, 식민지의 현지 관료로, 그리고 모든 분야…’로 이어지는 찬사는 이 오해의 결정판이다. 퍼블릭 스쿨, 특히 역사가 오래된 학교들을 ‘공립’이라고 부른 까닭은 졸업생들이 ‘공인’이 되기 때문이라기보다, 다른 좀 더 깊은 역사적 이유가 있다.

영국 퍼블릭 스쿨의 기원은 13세기까지 올라간다. 이튼이니 킹스, 윈체스터, 말보로우, 웨스민스터 등의 학교들은 어느 나라의 대학들보다 일찍 생겼고, 교육 수준 역시 웬만한 대학의 강의 내용에 버금간다. 그런데 잠깐, 그럼 이런 질문을 해보자.

이 학교들이 생기기 전에는 어떤 교육 형태가 있었을까?

“집에서 배웠겠지.”

“학교가 없으면 엄마나 아버지가 가르쳤겠지.”

이게 정답이다. 공식적인 학교 교육과 입학 연령이 점점 낮아지는 세상을 살다 보면 학습과 교육이 전적으로 학교의 몫이라고 생각하겠지만, 세계 어느 나라든 어떤 시대이든 학습과 교육의 기초, 출발

선상은 학교가 아니라 가정이다. 영국에서 퍼블릭 스쿨이 생기기 전까지 일반인들은 '집에서' 부모가 하는 일을 보고 배웠다. 귀족이나 왕족들은 비싼 돈을 들여가면서 유명한 학자들을 불러 아이들을 '집에서' 개인교습시켰다. '집에서'라는 표현을 강조하는 것은 그 당시까지 '귀족이든 평민이든 모두에게 공개된 학교' 즉 '퍼블릭 스쿨'이란 존재하지 않았음을 알리기 위해서다.

따라서 '퍼블릭 스쿨'은 '공무원이나 공인을 기르는 학교'가 아니라 '가정교습의 대립 개념'으로 보는 것이 옳다. 이 학교들 이전의 모든 교육은 다 사적으로, 'private' 하게 이루어졌다. 이 전통이 그대로 남아 최근까지도 재력 있는 사람들은 자녀들을 유명한 개인교습 교사(private tutor)에게 맡기는 것이 관례였다. 지성이 검증된 당대 학자들에게 아이 교육을 맡길 수 있다면 무엇하러 의심스러운 대중 교육에 의존하겠는가.

20세기의 지성이라는 버트란트 러셀은 케임브리지 대학을 나왔지만, 그 전까지는 사교육만 받았던 대표적인 경우다. 찰스 왕자는 영국 왕실에서는 처음으로 대학을 졸업했다. 그럼 그 전의 왕이나 왕자, 공주들은 다 일자 무식이었냐고 묻는 그야말로 무식한 사람은 없을 거다. 그들은 일반인들과는 달라야 하기 때문에 개별 지도를 받았다. 영국의 왕자면서 일반인들과 똑같은 교육 과정을 밟은 최초의 경우가 지금의 윌리엄 왕자다. 그가 이튼 스쿨에 입학한 걸 보면 역시 이튼이 대단한 학교라고 확인할 수도 있지만, 반대로 왕자가 '퍼블릭 스쿨'에 들어야 할 만큼 세상과 세계가 '대중화'된 상징이라 볼 수도 있다.

영국의 신문이나 TV에서 여전히 '퍼블릭 스쿨'이라는 말을 쓰는 데에는 두 가지 이유가 있다. 하나는 오래된 습관이고, 다른 하나는 어떤 식으로든, 즉 칭찬이든 경멸이든 전통적으로 그 학교 출신들이 상징하는 폐쇄적인 사회 계층을 강조하고 싶을 때다. 예를 들어 정치인이나 고급공무원을 평하면서 'public school boy'라고 하면, '부모를 잘 만나 우리 일반인들과는 다른 교육과 문화를 받은 사람'으로 이해된다. 우리처럼 죽기살기로 공부만 잘하면 만사가 해결될 것 같은 문화에서 보면 '공부를 잘한 사람'이라고 생각하고 싶겠지만, 그들에게 '공부'는 '퍼블릭 보이'의 너무나 미미한 자격기준일 뿐이다. 윌리암 왕자가 A, B, C를 받았다고 전과목 A를 받은 어떤 남학생보다 매력이 덜한 건 아니지 않은가.

3.
나는 '고드'가 싫어요

영어와 미어의 차이가 나온 김에 영국 영어에 대해 짚고 가면 좋겠다. 영국에 대한 환상 가운데 '영국 영어'도 만만치 않은 순위를 차지한다. 즉, 영국 영어는 '정통 영어', '고급 영어'라는 환상이다. 언어에 등급을 매기는 발상 자체가 심상치 않은 정신 상태를 보여주는 거겠지만, 워낙 영국인들의 상술과 거짓말에 속아 온 세월이 길다 보니 아무 거림낌 없이 이런 말을 하는 사람들의 숫자가 적지 않다. 여기에 덧붙여 미국에 사는 한국인의 숫자가 늘면서 그 희소성이 감소되니 자기 아이의 교육만큼은 '정통 영어' 혹은 더 고급스럽게 보이는 '퀸스 잉글리시(Queen's English)'를 배울 수 있는 영국으로 보내야 한다는 배포 큰 사람들도 있다.

주변에 보니 영어 때문에 생긴 사연도 많다. 한시적이지만 아이와 엄마만 달랑 영국에 나와 사는 경우도 많다. 아빠는 어떡하고, 물으면 다 '영어 때문에' 라는 이유를 댄다. 중학생, 고등학생 어린 나이로 외국에 단신 유학을 온 아이들도 많아지고 있다. 한국이 어때서 물으면, 다 또 '영어 때문에' 이유를 댄다. 대학이나 전문학교를 졸업하고 또 '영어 때문에' 영국에 나오는 사람은 수도 없이 많고, 장·단기로 가족 동반, 혹은 독신으로 영국에 와서 영어를 배우자는 계획들도 무성하다. 고모든 삼촌이든, 사돈의 팔촌이든 누군가 한양에 가 있으면 시골 친척들이 덮치기하던 그 관습이 국제화되어 이젠 영국 어느 곳에라도 한국인이 살고 있으면 학연, 지연, 혈연, 혹은 단군 할아버지 자손의 인연으로 날아오는 고국 손님들이 있다. 모두 '영어 때문' 이다.

각자의 사연이 다르듯 영어를 배워가는 성과도 개인마다 다르다. 원래 계획만큼 영어에 능통해 가는 경우도 있겠지만 1년 정도 있어보면 대부분 영어와 미어의 차이를 절감하는 정도에서 끝나는 게 보통이다. 우리 나라 사람들은 영어(English English, 혹은 British English)와 미어(American English)가 따로 있다는 걸 받아들이지 못한다. 온통 미어만 배우기 때문이다. 시험도 미어, 듣기도 미어, 방송도 미어일색이다. 그러다 보니 여기에서 영국 영어에 대한 이상스러운 환상도 생긴다.

영어는 물론 영국의 말이고, 미어는 물론 미국인이 쓰는 말이다. '말' 이라고 하니 완전히 차이나는 독립된 언어처럼 오해할까봐 두려워 다시 밝히지만 두 나라 다 같이 '영어' 를 쓰기는 마찬가지다. 단지 발음과 표기, 문법의 차이가 있을 뿐이다. '－뿐이다?' 발음과 표기, 문법에 차이가 있다면 결국 언어 전반에 차이가 있다는 말인데 그 걸 어떻게 같은 언어라고 하느냐 반문할 수도 있다. 고집스럽게 표준 어를 주장하는 한국어 안에도 사투리가 있다는 걸 고려해 보면 이를 이해하게 된다.

우준이가 초등학교 3학년이었을 무렵 다시 영국으로 나가야 했다. 그 전에 런던에 나와 사는 동안 우준이는 시내 한복판 영국 성공회 학 교를 다녔는데, 느닷없는 교회 행사가 영 마음에 들지 않았던 모양이 었다. 우준이는 아주 단호하게 영국에 가지 않겠다고 했다.

'나는 고드가 싫어요.'

영국에 살았던 죄로 영국 영어를 배웠던 우준이는 비감한 정견 발 표 자리에서 우리 모두를 웃기고 말았다. 미국에 살았더라면 얼마나 멋졌겠는가. '나는 갓이 싫어요'가 되는 건데, 영국에 사는 바람에 우 준이는 '갓댐'도 못하고 '곳댐'이라고 해야 되다니, 이러면 험상궂 은 갱도 갑자기 코미디언으로 바뀐다. 영어 배우자고 영국 오는 사람 들은 인생이 이렇게 바뀔 수도 있으니 부디 신중을 기하기를 당부한 다.

'굿 아프터눈'에 '런 파스트'

브리튼 섬에 처음 도착하면서 제일 먼저 터진 사고는 역시 이 영국 영어 때문이다. 에딘버러에서 집을 구하기 전에 잠깐 민박집에 묵었 다. 그 집에는 열 살짜리 딸 아이가 있었다. 학교 다녀오는 애를 보고 인사를 했다. 물론 발음도 당당히 '굿 애프터눈(Good afternoon)'이었다. 아이는 갸우뚱하면서 알아듣지 못했다. 이리 치이고 저리 치인 뒤에야 스코틀랜드의 순진한 애들이 '굿 애프터눈'을 알아듣지 못한다는 사실을 발견했다. 그들은 'a' 음을 곧이곧대로 '아'로 발음한다. 그러니 '굿 아프터눈'이 아니면 안 된다.

'바스'하고 나서 '에딘버러 카슬'앞 '그라스'에서 만나려면 '파스트'로 달려야 된다. '배스(bath)'하고 나서 '에딘버러 캐슬(Edinburgh Castle)'의 '그래스(grass)'에서 만나자고 '패스트(fast)'로 달리라고 하면 아무도 안 달린다. 과일 가게에 들러 혀에 침을 바르고 열심히 '버내너'라고 굴려도 주인은 '빠나나'를 팔 생각을 않는다. 더는 못 굴린다, 차라리 안 먹고 말지, 포기하는 나한테 스코틀랜드인 주인은 오히려 콩글리시의 정다운 발음으로 '바나나' 찾느냐고 묻는다. 그리곤 '아플'도 사고 '바나나'도 사고, '차이니즈 카비지(chinese cabbage, 배추)'도 사니 그걸 '복스'에 담아가란다. 싫다고 하자니 '복스'가 너무 궁금했다. 그래서 등장한 것이 결국 '박스(box)'였다. '빡스'에 물건을 담으면서 10년 넘게 혀를 고문하던 영어 교육의 '발류(value)'가 뭔지 묻게 된다.

'a'는 거의 언제나 '아'로 발음되듯, 'i'는 '아이'로, 'o'는 '오'로 발음되는데, 이 경향은 스코틀랜드나 잉글랜드 북부로 갈수록 심하다. 웬만한 한국인이면 모두 '짭'이라고 발음할 줄 아는 '잡(job)'도 영국에서는 '좁', 우준이 식으로는 '조브'가 된다. 엘턴 존(Elton John)은 엘톤 존, 존 밀턴(John Milton)이라는 서사 시인은 존 밀톤이 된다. 옥스퍼드(Oxford)라고 하면 정말 좋겠는데 영국에서는 옥스포드다. 런던을 론돈이라고 아니 하는 것만 해도 다행이다. 영국 영어의 ‘i’ 발음도 ‘아이’로 발음되는 것이 보통이다. 휴대폰은 ‘모바일 폰(mobile phone)’이고, 폼나게 줄이면 ‘모바일’이다. ‘딜레마 (dilemma)’는 ‘다일레마’로 ‘디렉터’는 ‘다이렉터(director)’로 발음된다. ‘사생활(privacy)’은 더 복잡하다. 형용사인 ‘private’는 ‘프라이비트’인데 명사 ‘privacy’는 언제나 ‘프리버시’가 된다.

일곱 살로 에딘버러에서 초등학교 첫 학년을 간신히 따라가던 우섭이는 한국에 돌아와 또 고생을 했다. 동네 아이들한테 영어를 가르치던 선생님이 계셨다. 아이가 영어를 잊어버리면 안 된다는 온갖 협박에 시달려 우섭이를 그곳에 보냈다. 지금 생각하면 가소롭기 짝이 없는 엄마다. 겨우 1년 지낸 주제에 그것도 일곱 살짜리가 무슨 대단한 영어를 배웠다고 겟돈 부은 것 깨지기라도 하듯 호들갑을 떨었는지 모르겠다. 그런데 선생님이 너무나 친절히 아이의 발음을 교정해 주었기 때문에 우섭이는 그나마 익힌 영어를 입밖에 낼 수도 없었다.

이게 뭐지요? 어린아이들을 앞에 두고 선생님이 사과를 들었다.

1년 영국 있다 온 자랑스러운 우리 아들이 손을 번쩍 들었다. 그럼 그렇지. 역시 외국 갔다온 애가 다르다니까.

흐뭇해 있는 동안 우섭이는 ‘아플’을 대답했다.

선생님의 지적. ‘자, 선생님을 따라해 보세요. 애-플!’

갑자기 우섭이의 개인 발음, 발성 교정 과정이 시작되었다.

나는 지금도 여전히 뭘 모르는 사람이지만 그때나 지금이나 딱 한 가지 언어 교육에 관한 고집을 가지고 있다. 그건 너무 많은 교정과

간섭이 끼여들면 언어 발달에 좋을 게 없다는 신념이다. 정상적인 발달 과정을 겪는 아이라면 자연스러운 언어 상황에서 많은 어휘를 접하게 하는 것이 가장 좋은 언어발달 방법이다. 게다가 '아플'이라는 발음이 세상 어느 곳에서는 정상 표준 발음이라는 걸 알고 있는 마당에 이렇게 집요한 교정 작업을 받아들일 수가 없었다. 결국 우섭이는 첫날 수업을 마지막 수업으로 알량한 영어보존 사업에서 은퇴했다.

미국이나 캐나다에서 온 영어 선생님들은 대개 영어의 다양한 발음 양상에 익숙하다. 특별히 아이들의 발음이 영국식이라고 지적하지 않아도 금세 알아낸다. 그렇지만 한국 선생님들은 이 '촌스러운' 발음을 몹시 싫어하신다.

'워터'라니, '워러!'
'인터넷'이라니, '이러넷!'
'가라지'라고, 얘가, '개러주-이!' (특히 마지막에 혀에 힘이 간다)
'해비 메탈이라니, 헤비 메들!'
'로비에서 만나자니, '라비'지'
'콤비네이션이라니, 컴비네이션!'

이렇게 고치지 않으면 온통 미국어 발음뿐인 듣기 시험에서도 곤란하기는 하다. 그렇지만 이런 질문은 남는다. 이렇게 강박적인 흉내 내기가 곧 언어 교육일까?

'센터'에서 만나자

기왕 영미어의 차이를 시작했으니 끝까지 가 보는 게 좋겠다. 영미어는 발음만 차이나는 게 아니다. 표지기 자체에도 차이가 있다. 미국 영어와 영국 영어에서는 같은 단어를 다른 철자로 표기할 수 있다. 영국에 처음 오면 도로 표지판을 따라 가다가 내내 '저거 맞지?', '저거 맞냐' 서로 묻게 된다. 어느 곳에서든 '시내'를 찾으면 그 표지판을 보며 손가락으로 철자를 따라 써 본 적이 많다. 영국의 '시내'는 'city center'가 아니라 'city centre'로 되어 있다. 미어의 'center'를 영어에서는 'centre'로 표기한다.

영미어 표기 차이에 중요한 원칙이 있다면, 두 가지 표기가 가능할 경우 미국어는 발음에 가까운 표기를 선호한다는 점이다. 'Re/er'은 좋은 본보기다. 'center'와 'centre'처럼, '섬유질'은 영국에서 'fibre', 미국에서 'fiber'가 된다. 'our/or'의 차이도 이런 경우가 된다. 영국 영어는 'our'로 표기되는 것을 미국 영어는 'or'로 쓴다. 따라서 'labour'보다는 'labor', 'colour'가 아니라 'color', 'favourable'이 아니라 'favorable'이 미국식 철자가 된다. 또 미국어는 쓸데없이, 즉 발음에 직접 영향을 주지 않는 철자를 싫어한다. 이 원칙에 따라, 영어의 'judgement'는 미어의 'judgment'로, 영어의 'catalogue'는 미어의 'catalog'로, 영어의 'demagogue'는 미어의 'demagog'로 쓰인다. 최근에는 'through'를 'thro'로, 'though'는 'tho'로도 쓴다.

두 가지 철자법이 가능하면 대개의 경우 긴 철자가 영국식일 가능성은 많다. 그렇지만 예외가 없는 것도 아니다. '목욕하다'라는 동사를 미국에서는 'bathe' 로 쓰지만, 영국에서는 마지막 'e' 를 빼고 'bath' 로 적는다. '라벨을 붙이다(label)' 는 동사도 비슷하다. 그 시제가 바뀌면 미국에서는 'labelled' , 'labelling' 의 겹자음이 쓰이지만, 영국에서는 'labeled' , 'labeling' 의 단자음이 쓰인다. 발음의 차이에 비한다면 영미어의 표기 차이는 비교적 사람들에게 잘 알려져 있어 그다지 큰 문제를 일으키지는 않는 편이다.

호박의 이름

흔히들 '영국 영어' , '미국 영어' 라고 하면 표기나 발음의 차이를 지칭하는 것이 아니다. 표기나 발음의 차이는 동일 언어 내의 사투리 정도에 해당될 뿐이라, 외국인이 아니라 영미인들에게는 이해하는 데에 아무 문제를 일으키지 않는다. 그렇지만, 영어와 미어 내에서 새로운 학습이 요구되는 경우들이 있다. 즉 영국, 혹은 미국에서만 각별히 쓰이는 어휘와 표현들이다. 이것들은 처음 문화와 생활의 차이에서 시작되고 시간이 지나면서 그런 식으로 굳어져 버려서 마치 외국어처럼 달리 쓰인다. 미어에서 '휘발유(gasoline)' 가 영어로 'petrol' , 미어의 '승강기(elevator)' 가 영어의 'lift' 로 바뀌는 것이 그런 경우에 해당한다.

우리 나라의 '아파트' 는 물론 미국어의 'apartment' 를 용감하게 줄인 말이다. 그렇지만 영국 영어에서 아파트먼트는 궁전이나 장원 같이 큰 저택의 일부 공간을 뜻한다. 우리 나라의 아파트를 의미하는 영국식 단어는 'flat' 이다. 이 단어는 생활 공간이 한 평면에 펼쳐져 있기 때문에 '정원을 가진 집(house)' 의 입체감이 없음을 강조한다. 이 때 발음이 '플랫' 이 아니라 '플랏' 으로 되는 것도 잊으면 안 된다. 매사 이런 식이니 영어를 배웠다고 영국에서 말하기도 어렵다. 우리 야 온통 미국식 영어를 배웠으니 말이다.

영국에 온 미국인은 슈퍼에서 'zuccini' 라는 단어로는 호박을 사지 못할 것이고, 마찬가지로 미국에 간 영국인도 'courgettes' 라는 단어 로는 호박을 사지 못한다. 가지도 마찬가지다. 영어로는 'aubergine' 인데 미어로는 'eggplant' 가 된다. 미국인들이 'cookies' 를 먹으면 영국인들은 'biscuits' 을 먹는다. 감자튀김도 미국에서는 'french fry' 고 영국에서는 'chip' 이다. 미국 영어로 'chip' 은 우리 나라식 '포테이토 칩' 이라 봉지에 넣어 파는 감자 스낵을 말한다. 영국에서 는 이 칩을 'crisp' 이라고 한다.

영국인들에게 우편번호를 'zip code' 라고 하면 못마땅한 눈초리로 보는데, 미국인들은 'postal code' 라는 말이 생소하다. 미국인들이 'mail' 을 보낼 때 영국인들은 'post' 를 보낸다. 만약 영국인들이 인 터넷 편지를 시작했다면 '이메일(e-mail)' 이 아니라 '이포스트(e-post)' 가 될 뻔했다. 미국의 창구 직원은 'teller' 지만 영국의 직원은 'cashier' 다. 큰 차를 몰면 영국인은 'estate car' 라 하고 미국인은 'station wagon' 을 몬다고 한다. 미국에서는 '트럭(truck)' 이 물건을 나르지만, 영국에서는 '로리(lorry)' 가 나른다.

길에서 줄을 서도 미국인들은 'line (up)' 이라고 하지만, 영국인들 은 'queue' 를 쓴다. 'Queue' 는 중국인들, 특히 몽고족의 땋은 머리 에서 나온 단어로 발음도 간단히 '큐' 가 된다. 런던에서 줄을 서다

만난 미국인 부부가 있었다. 생긴 거야 영국인과 미국인이 같으니, 생각 없는 어떤 영국인이 물었다.

"이게 줄입니까(Are you in a queue)?"

그 부부는 대답을 하면서도 이상하다는 표정이었다. 손가락으로 서로 Q를 그리며 한참 머리를 갸우뚱했다.

미국의 '지하철(subway)'은 영국에서 지하 보도의 뜻으로 쓰인다. 영국에서 지하철을 타고 싶으면 'underground'라든가 더 나아가 'Tube'라는 단어를 익혀야 한다. 행여 이 단어를 미국식으로 '텁'이라 하면 지하철 찾기는 틀렸다. 이건 모두 다 '튜브(튭)'라고 하니 우리말 발성에도 훨씬 어울린다. 땅 밑 사정만 나쁜 게 아니다. 땅 위도 사정은 비슷하다. 고속도로를 유료의 'expressway'나 무료의 'freeway', 'super highway'라고 나누어 외울 필요가 없다. 영국에서는 요금 상관없이 'motorway'라는 영국 단어가 기다리고 있다. 고가도로를 'overpass'라고만 알고 있으면 영국 지도에서 'flyover'의 의미를 알 길이 없다. 영국에서 차가 고장나거나 사정이 생겨 도로 옆에 잠깐 정차시키려면, 미국 단어 'pull-off'로는 안 된다. 영국에서는 'lay-by'를 쓰는 까닭이다. 로터리는 미국에서 'traffic circle'이지만 영국에서는 'roundabout'가 되고, 다른 차를 추월하면 미국에서는 'pass'지만, 영국에서는 'overtake'이다. 영국에서 추월금지 표지판은 'No overtaking'일 뿐, 미국처럼 'No passing'이라 하지 않는다. 'No passing'은 영국에서 '길 건너가지 마시오'로 알아듣는다.

영국인들은 유럽 내에서 산수가 제일 안 되는 걸로 악명이 높다. 그런 까닭은 아니겠지만, 우리의 산수 실력으로는 도무지 영국 집의 층을 셀 수가 없다. 영국 건물의 1층은 1층이 아니다. '지층(地層)(ground floor)' 이다. 2층이 1층(first floor), 3층이 2층(second floor)이 되니, 영국에 사는 한국인들끼리는 "그러니까 그게 한국식으로 3층인데, 영국식으로는 2층이니까" 라는 식의 복잡한 설명을 해야 된다. 거기다 '메짜닌(mezzanine)', 즉 완전히 독립된 층은 아니면서 층과 층 사이에 작은 공간까지 있으면 우리 산수 실력으로는 더 이상 집의 층수를 셀 수 없다. 또 다시 어지럽게 만드는 것은 '메짜닌' 인데, 미국어로 극장의 2층의 정면 좌석을 가르친다. 영어로 이 좌석층은 'dress circle' 이라고 한다.

재미있는 차이로 끝간데 없는 영미어의 차이를 끝내는 게 좋겠다. 화장실은 물론 'toilet' 이다. 다행히 두 나라에서 어떤 양식의 화장실에도 다 쓰는 말이라 급한 경우에 실수는 안 할 수 있다. 그런데 'lavatory' 의 경우는 좀 다르다. 영국에서는 공공 장소에 마련된 좁은 수세식 화장실을 말하지만, 미국에서는 벽면에 고정시킨 세면대를 지칭한다. 미국에서는 'bathroom' 이라는 단어로 완곡하게 화장실을 뜻할 수 있지만, 영국에서는 욕실의 의미가 훨씬 더 강하다. 'John' 은 영미인들에게 아주 흔한 이름이다 보니, 어떤 경우에는 남자(man), 녀석(guy, fellow) 등의 의미로 쓰일 수가 있어, 미국인들은 특히 남자 공중 화장실을 'john' 이라고 한다. 영국에서는 '윈스턴 처칠' 이 미국의 '존' 을 대신한다. 'Water closet' 의 약자인 WC를 'Winston Churchill' 로 읽어서 안 되는 법은 없지 않은가.

미국인이 영어를 쓰지 않는다면

영국인들 중에는 미어에 대해 필요 이상의 경멸과 무시를 보이는 사람이 있다. 2차대전이 끝나고 미국은 뜨고 영국은 가라앉기 시작할 즈음, 아일랜드 출신의 영국 작가 버나드 쇼는 언제쯤 영어가 세계어가 되겠느냐는 질문에 "미국인들이 영어를 쓰지 않는 날"이라는 대답을 남겼다. 미국인 방문교수의 영어를 두고 'silly English'라고 해서 'Korean English'를 구사하는 나를 무척 불편하게 만들었던 선생도 있었다. 어떤 교수는 나의 '돼먹지 않은 발음'에 시비를 걸어 "왜 너희는 미국인도 아닌데 미국말을 하느냐? 내가 보기에 북미지역 빼고 미어를 말하는 나라는 너희 나라밖에 없다"는 비난도 했다. 전 세계 산업과 상업, 이미지까지 미국이 독점하다시피 한 상황이니 자라는 아이들이 쏟아져 들어오는 대중매체의 미국어에 노출되는 걸 막기 어렵다. 그런데도 여전히 영국인들은 아이들이 미국 발음을 하면 '점잖지 못하다', '잘못 되었다'고 고쳐준다.

하긴 내가 영국에서 살면서, 또 볼일 없이 여기저기를 여행하면서 느낀 것은 아직도 영국식 영어를 쓰는 나라가 의외로 많다는 점이다. 유럽의 거의 모든 나라들이 여전히 영국에서 '영어'를 배운다. 식민지 경험이 있었던 아프리카나 아시아 국가들의 영어도 도글도글 구르는 미국의 언어가 아니라 영국 영어에 가까웠다. 미국 역시 2차대전 직후까지만 해도 동부로 갈수록, 학식 있는 사람일수록 영국식 영어를 선호했다. 2차대전 당시 미군들과 함께 근무했던 영국 할머니들은 '양키'들이 얼마나 영국 영어에 매료되었던가를 잘 기억하고 있다. 케네디나 클린턴 대통령처럼 지금도 미국의 고위 관리들 중 많은 이들이 로즈(Rhodes) 장학금을 받고 옥스포드, 케임브리지에서 공부했던 경력 탓인지 일반적인 미국인들보다는 발음이 또박또박한 편이다.

그러나 팍스 아메리카나(Pax Americana)의 경제력을 자랑하고, 영화를 비롯한 이미지 산업을 미국이 독점하면서 미국인들이 영국식 영어를 동경할 이유는 사라졌다. 정직하게 말해 지금 영어가 세계어라고 할 때 영어는 분명히 '미국어'를 지칭한다. 미국이 없이 영어가 이런 위력을 가질 수는 없다. 그런 점에서 비스마르크의 예언은 분명한 적중률을 보인다. 20세기 초, 철혈재상 비스마르크에게 기자가 물었다. 미래를 바꿀 가장 큰 요인이 무엇이겠는가?

비스마르크의 대답, "북미인들이 영어를 쓴다는 사실이다."

그리고 영어에 미국 영어, 영국 영어만 있는 것도 아니다. 영미어를 골고루 섞어 쓰는 캐나다 영어, 호주 영어가 있다. 과거 식민지에서 자기식대로 지방분권화한 영어도 있다. 인도 영어, 남아공 영어들이 그렇다. 브리튼 섬에만 해도 '잉글리시 잉글리시'만 있는 게 아니다. 억양의 기복이 심하고 발음이 독일어에 가까운 스코틀랜드 지역의 영어, '스코티시 잉글리시(Scottish English)'도 있고, 비교적 잉글랜드 지방과 비슷한 발성이지만, 억양이 조금 더 단조로운 웨일즈의 영어, '웰시 잉글리시(Welsh English)'도 있다. 섬을 벗어나면 평이한 억양에 간혹 미국식으로 혀를 굴리는 아일랜드 특유의 영어, '아이리쉬 잉글리쉬(Irish English)'까지 있다. 영어에 관한 한 국적은 없다는 말이 나올 만도 하다.

무서운 영어

영국 안에서도 다양한 영어가 있다. 크게 브리튼 섬의 세 지역, 잉글랜드, 스코틀랜드, 웨일즈는 발음이나 억양이 서로 다르다. 아일랜드어에는 여기에 미국식 억양까지 들어 있다. 잉글랜드 안에서조차 지역에 따라 언어 표현과 발성 차이가 심하다. 리버풀, 세필드, 맨체스터 등 중서부의 공장 지대에서는 단어마다 끝을 올리면서 줄줄이 이어서 말한다. 억양의 기복은 북쪽으로 갈수록 강해져서 요크를 넘어서는 북부지방의 영어는 스코틀랜드 영어에 가까울 정도로 발성에서 심한 높낮이를 보인다.

그런데 지역 차이만이 발음의 차이를 만드는 것은 아니다. 영국에서는 출신 배경과 직업 환경도 중요한 구별 요인이 된다. '일단 입을 떼면 어디 출신인지 알려줄 수 있다' 는 장담은 영국 영어가 이런 식으로 사회 계층과 얽혀 있음을 강조하는 데에서 나온 말이다. 이제는 많이 사라졌다고 하지만, 영국 사회에서 발성이나 발음은 그저 단순한 신체적, 생리적 행위가 아니라 사회화 장치로써 기능을 한다. 미국은 전혀 다르다. 부시 대통령의 영어나 톰 크루즈의 영어, 혹은 새롭게 랩 가수로 부상한 흑인 세기의 발음이라고 이렇게 다르지 않다. 또 아무도 그들의 발음으로 그들의 출신을 나누려고 들지 않는다.

'미국의 병은 폭력, 유럽의 병은 섹스, 영국의 병은 계급' 이라는 말이 있다. 심한 일반화이긴 하지만 영국에서 '계급' 이라는 단어가 갖는 심각성과 파장을 생각하면 이 말은 결코 과장이 아니다. 왕과 귀족들이 사회의 최정점으로 절대로 변하지 않는 자리와 재산을 보존하고 있다. 귀족들도 모두 다 같은 귀족이 아니다. 전통과 재산에 따라 엄연한 서열이 있다. 귀족도 아닌 사람들 역시 그 서열의 패턴을 따라 세밀한 계층의 사닥다리를 이루고 있다. 영어는 영국이 얼마나 깊숙이 이 병에 젖어 있는지 알려주는 중요한 지표가 되기도 한다.

오드리 헵번이 나온 〈마이 페어 레이디(My Fair Lady)〉는 언어와 계급의 상관관계를 가장 적나라하게 드러낸 교과서다. 헵번이 연기한 꽃파는 아가씨 일라이자는 런던 빈곤층 출신이다. 일라이자와 아버지, 코벤트 가든에서 장사하던 사람들은 모두 '런던 사투리(Cockney)'를 쓴다. 일라이자를 실험동물 다루듯 발성 훈련을 시키는 히긴스 교수나 그 주변 상류층은 소위 '여왕의 영어(Queen's English)'를 말한다. 고개를 '약간' 쳐들어 코가 '약간' 들린 상태에서 '약간' 콧소리를 넣어 천천히 단어 하나마다 입안에서 '약간' 돌리듯 말하는 게 이 영어의 특징이다. 우리는 상상할 수 없는 일이지만, 런던 사투리로는 정통 영어의 'h'를 발음할 수 없다. 히긴스 교수의 실험이 성공했다는 걸 알리기 위해 일라이자는 '허리케인(hurricane)'이 '허트포드주(Hertford)'와 '히어포드주(Hereford)'에 불까봐 걱정이라고 한다.

'런던 사투리'는 이처럼 자음 발성이 특이하다. 'p'는 'pp'처럼 들리는 데 비해 단어 중간에 있는 't'는 거의 생략된다. 미국 영어에 좀더 가까운 발음이 되는 셈이다. 지금이야 거리에서 신문사라고 소리치는 일이 없지만, 20세기 중반까지도 신문팔이 소년들의 '뻬빠(paper)', '뻬빠'는 런던 시내의 일상이었다. 런던의 돈 많은 은행가는 '프레스 더 버튼(Press the button)'이라고 발음할 때, 지하철 차장 아저씨는 '프레스 더 벋은'이라고 한다.

심한 런던 사투리 중에는 일반 영어에 운을 맞추어 완전히 다른 뜻의 표현으로 전이된 경우도 있다. 예를 들면 '살펴 보라(Have a look)'는 표현의 '루(크)'에 운을 맞추어 '버처스 후(크)butcher's hook'를 쓰는 식이다. 이 문화에서는 '살펴 보자'고 편하게 말하고 싶을 때 'Have a butcher's hook!'을 더 선호한다. 'Butcher's hook'는 정육점에서 고기를 걸어두기 위해 쓰는 고리라, 이 말이 '살펴 보라'는 뜻이라고 짐작하기는 어렵다. 게다가 이 말이 오래 쓰이다 보니 'look'와 운이 맞는 'hook'는 떨어져 나가고 이젠 운도 안 맞고 뜻도 안 맞는 'butcher's'만 남아버렸다. '숙제 좀 보자'는 표현을 일반 영어와 런던 사투리로 하면 이렇다.

Let's have a look at your homework.
Let's have a butcher's at your homework.

이방인은 숙제 안 하면 정육점으로 보내겠다는 말인가 의심할 만도 하다.

'런던 사투리'와 양극 관계에 있는 것이 '영국방송영어(BBC English)'라 할 수 있다. 영국 영어의 대명사인 'BBC 영어'는 런던 중심지(The City)의 전문인들이 쓰는 정형화된 영어라고 본다. 우리가 영국 영어라고 할 때 보통 이 방송영어를 지칭한다. 미국어에 비해 단어 하나마다 발음이 정확하면서도 콧소리 울림이 많다. 대단한 분위기를 자랑하는 '퀸스 잉글리시'도 역시 이런 영국 영어의 일종일 뿐인데, 대신 훨씬 더 고상과 우아를 덧붙인 걸로 보면 된다. '퀸스 잉글리시'도 있으니 물론 '킹스 잉글리시(King's English)'도 있다. 단지 지금이야 왕이 없으니 이 표현이 쓰이지 않지만, 20세기 초 파울러의 유명한 책은 '킹스 잉글리시'라는 제목을 달고 있었다. 당시의 영국 왕은 여왕이 아니라, 에드워드 왕이었다.

BBC 영어가 금융, 재정 중심지의 언어라면 '옥스브리지 영어(Oxbridge English)'는 교육계층의 언어가 된다. 앞에서 말했듯이 '옥스브리지'는 옥스포드와 케임브리지를 뭉뚱그려 말하는 별칭이다. 이 두 대학은 영국에서 가장 오래된 대학으로 사회 지도층의 생산 장소라는 전통만큼이나 '옥스브리지 영어' 생산지로서도 유명하다. '옥스브리지'는 학생들의 출신지역에 상관없이 그 졸업생들만의 독특한 발음을 만들어냈다. 믿을 수 없는 일이지만, 옥스포드 영어의 특징은 '더듬거림(stutter)'이다. '옥손 스터터(Oxon stutter)', 즉 '옥스포드 출신의 더듬거리는 영어'는 낮은 어조로 약간 더듬거리는 발음을 뜻한다.

영국 사람들간의 인터뷰를 몇 차례 들어본 사람들은 이상하게 'the' 하나를 말하면서도 '드드 더'라고 한다든지 'I'라고 잘라 말하면 되는 순간에도 '으으 아'라고 망설임인지 비명인지 분간 안 가는 소리를 들을 수 있다. 어떤 이들은 이 멋이 지나쳐서 혹시 반벙어리인가? 갸웃할 지경으로 심한 더듬 증상을 보이는 사람도 있다. 외국인이라고 이걸 흉내내기는 어려운 일이 아니다. 그저 더듬거리면 되니까. 남편도 나도 그러자고 작정한 건 아닌데, 어째 어울리다 보니 영어는 늘지 않고 말더듬이만 심해간다.

4.
영국은 없다

영어에 국적이 없다지만 고향까지 없을 수는 없다. 영어의 고향은 누가 뭐라 해도 영국이다. 그런데 영국이라는 나라가 어디냐는 질문에 대답하기는 쉽지 않다. 우리들이야 '영국이 영국이지 뭐 다른 거 있냐' 하지만, 그게 그리 간단하지 않다. 우리는 '영국' 하면 'England' 를 생각하지만, 불행히도 이제 '잉글랜드(England)' 라는 나라는 없다. 이제 없을 뿐, 옛날에는 잉글랜드도 엄연한 나라, 독립된 왕국이었다. 18세기 앤 여왕이 '통합 왕국(United Kingdom)' 선언을 하면서부터 잉글랜드는 나라에서 지역의 이름으로 바뀌었다.

통합 왕국을 이해하려면 먼저 잉글랜드가 위치한 곳을 보는 게 좋다. '잉글랜드' 는 브리튼(Britain) 섬의 일부, 중앙 부분을 차지하는 상당히 큰 일부이긴 하지만, 어쨌든 일부임에 분명하다. '영국' 이라는 나라는 잉글랜드뿐 아니라 커다란 브리튼 섬에 있는 다른 나라(?)까지 포함한다. 브리튼 섬에는 잉글랜드 외에도 북쪽으로 스코틀랜드, 서쪽으로 웨일즈가 있다. 이들은 우리 나라와 같은 의미의 주권국가는 아니지만, 그래도 독립된 행정과 교육, 문화 사업을 수행하기 때문에 미국의 주(state)라든가 우리 나라의 지방자치단체와는 다른 성격을 가지고 있다. 나라는 아니지만, 나라 행세를 하는, 그야말로 이상스러운 지역이다.

스코틀랜드는 2000년이 시작되기 전 독립된 의회와 독립된 수상을 선출하기로 국민투표를 마쳤고, 이미 2대까지 스코틀랜드 수상이 역임한 바 있다. 웨일즈도 같은 명분으로 투표를 했으나 경제적 수지가 맞지 않고 워낙 일찍부터 잉글랜드에 합병된지라 스코틀랜드 같은 독립의지는 없어 잉글랜드에 그대로 복속되기로 결정했다. 그럼에도 불구하고 웨일즈는 사라져 간 웨일즈어를 부활시켜 초등학교의 의무 과목으로 배정하면서 지역의 자립성을 확보하려 노력한다.

서로 다르지만 브리튼 섬에 함께 살고 있기 때문에 이들은 모두 '브리티시(British)'라는 공통점을 가지고 있다. 또 다른 공통점은 공통된 왕을 모신다는 정치적 현실이다. 같은 공간을 나누어 쓰자니 이 세 나라들 간에 말썽이 없을 리 없었다. 서쪽에서 늘 분쟁을 일으키던 웨일즈는 13세기 잉글랜드의 용감무쌍한 왕, 에드워드 1세에 의해 완전히 정복되었다. 에드워드 왕은 웨일즈인들의 적의를 누그러뜨리기 위한 정책으로 잉글랜드 왕의 맏아들을 '웨일즈 왕자(Prince of Wales)'로 책봉하겠다고 서약했다. 이렇게 해서 후대에 에드워드 2세가 된 그의 아들이 최초로 그 작위를 가진 영국 황태자가 되었고,

착각이든 환상이든 간에 웨일즈는 잉글랜드와 한 왕권의 공평한 보
호령이라는 위로를 얻었다.

　스코틀랜드의 경우는 좀더 복잡하다. 웨일즈를 정복한 에드워드 1
세는 어떻게 해서든 스코틀랜드까지 묶어보려고 애를 썼다. 처음에
는 5살짜리 에드워드 왕자와 똑같이 5살짜리인 스코틀랜드의 후계
자, 마아가렛 왕녀의 약혼으로 이 통일을 이루는 듯했다. 약혼 이듬
해 마아가렛이 여행 도중 익사하자 에드워드 왕은 전쟁에서 해답을
구했다. '브레이브 하트'라는 윌리암 월리스를 처형하고 완전정복에
다가간 왕이었지만 결국 노년과 죽음으로 소원을 이루지 못했다. 이
후 16세기가 될 때까지 스코틀랜드와 잉글랜드는 결혼과 전쟁의 게
임을 반복했다. 16세기 엘리자베스 1세 여왕은 후사 없이 임종을 맞
게 되자 스코틀랜드의 제임스 왕을 왕위 후계자로 지명했다. 엘리자
베스 1세는 스코틀랜드 제임스 왕(제임스 6세)의 7촌 아줌마가 된다.
즉, 여왕의 고모이자 헨리 7세의 딸인 마아가렛 공주가 스코틀랜드의
제임스 4세와 혼인하면서 생긴 후손이 제임스 6세다. 헨리 7세는 엘
리자베스 여왕에게는 할아버지, 제임스 6세에게는 고조 할아버지가
되니, 두 왕은 헨리 7세라는 같은 조상으로 묶여있었다. 스코틀랜드
왕가로서는 제임스 6세였던 이 왕은 오랫동안 고대하던 잉글랜드로
내려와 제임스 1세로 등극했다. 이로써 동일 왕권에 의한 브리튼 섬
의 통일이라는 오랜 소원이 이루어졌다.

　그로부터 100년의 세월이 지나 제임스 왕의 증손녀가 되는 앤 여왕
이 이 사실을 공식적으로 확인했다. 이 때에는 이웃한 섬 아일랜드
(Ireland)까지 포함되어 있었다. '에메랄드 섬'이라는 별칭 그대로 청

록색의 해협을 끼고 있는 아일랜드는 유럽의 가장 동쪽에 위치하면서 잉글랜드와 오랜 피의 역사를 가지고 있다. 말도 많고 탈도 많은 아일랜드와 잉글랜드의 관계는 11세기까지 거슬러 올라간다. 노르만 족들은 잉글랜드 왕국을 점령하고 나자 바로 아일랜드로 눈길을 돌렸다. 여기에는 아일랜드 내부의 갈등도 큰 역할을 했다. 오랜 세월 동안 아일랜드는 독립 의지를 꺾지 않았고, 잉글랜드는 혹독하고 잔인하게 아일랜드 인의 '반역'을 처벌해 왔다. 17세기 청교도 혁명의 원동이 된 크롬웰은 그 가운데에서도 가장 끔찍한 탄압의 역사를 남겼다. 18세기 앤 여왕은 이렇게 보존된 지역을 영국 통일 왕국의 일부로 선언했다.

따라서 잉글랜드의 성공회, 스코틀랜드의 장로교, 아일랜드의 카톨릭이 대변하듯 각 지역간의 뚜렷한 차이를 넘어 이 괴이쩍은 결합을 가능하게 하는 기반은 주민 모두가 공통된 왕의 신민이라는 원칙이다. 민주주의의 발상지에서 일어나는 일이라고 믿을 수 없지만, 영국의 의원들은 투표로 당선되더라도 의회참석을 위해서는 반드시 국왕에 대한 서약을 해야 한다. 왕권신수설을 따르던 옛날과 하나도 다를 게 없이 왕에게 충성을 맹세하고, 그렇지 않을 시는 대반역의 처벌을 받겠다는 내용인데, 만민평등의 사상과 미국식 대중민주주의에 익숙한 현대인들로서는 이 서약이 시대착오적인 코미디로 보여 폐지를 주장하기도 한다.

북아일랜드의 정치 지도자들에게 이건 코미디가 아니라 비극이다. 아일랜드 혁명군(IRA)의 노력과 미국의 도움으로 2차대전을 거치면서 아일랜드 전역이 잉글랜드의 속국에서 벗어났지만, 유독 왕당파가 많고 성공회나 신교도의 비율이 높았던 북부 아일랜드(Northern Ireland)는 아직도 영국의 일부로 남아 있다. 북아일랜드 신페인당의 당수는 결국 이 서약을 할 수 없다고 고집을 부려서 의회에 출석하지 못했다. 아니 안 했다고 해야 옳은지도 모르겠다.

이런 미묘한 내부 갈등을 접어두고 큰 테두리만 받아들인다면, 결국 '영국'은 동일한 영국 왕권 하에 있는 지역을 통칭한다. 여기에는 브리튼 섬 주변의 자잘한 섬들, 특히 그중에 우표와 화폐, 세제까지 독립해 있는 만 섬(Isle of Man)까지 포함되어 있다. 미국의 개별 주들이 독립성을 유지하면서도 연방법을 따르고 한 사람의 대통령을 지도자로 뽑는 것과 마찬가지로 영국인들은 지역의 독자성을 지키면서 하나의 왕권 아래 통일된 국가로 묶여 있다. '대영제국'의 공식적인 국가 표기가 'United Kingdom'으로 되어 있는 것도 이 때문이다.

이 왕국이 자리한 브리튼 섬은 유럽에서 가장 큰 섬이다. 그러다 보니 그저 평범하게 '브리튼 섬'이라 하지 않고, 겁도 없이 'Great Britain'이라고 한다. 물리적 크기를 나타내는 이 'Great'가 일본을 거쳐 우리말로 바뀌는 과정에 국력의 크기로 강조된 면이 적지 않다. 브리튼 섬의 왕국이 식민지를 거느리는 '영국 제국(the British Empire)'이 되자 갑자기 우리말과 일본말에서는 '대영제국'으로 변모했다. 우리말의 '대영제국'은 분명 브리튼 섬의 물리적 크기만 의미하지 않는다. 물리적 크기보다는 세계 도처에 식민지를 가진 나라의 끝간데 없는 정복욕에 대한 경외까지 담고 있다. 식민지 경험의 역사를 가진 나라 사람으로서 우리는 결코 '대영제국'이라느니 '대영박물관'이라고 하지 않는다. 그저 '영국'이라는 애매 모호하지만 건조한 이름을 쓰는 걸로 족하고, 굳이 현장감을 살리자면 '대도(大盜)박물관' 이라고나 할까.

영국의 나이는

20세기 중반을 넘어서면서 사회보장의 과부하가 생긴 영국은 '영국병' 을 앓았다. '영국병' 은 이상적인 사회보장의 현실적인 부작용이다. 실업수당이 보장된 노동자들은 직업의 능률과 효용을 고려하지 않았다. 경쟁력 따위는 애시당초 고려에도 없었다. 기차는 늘 파업이고, 노조는 노동의 성과와 상관없이 대우개선만 요구했다. 무료인 데도 불구하고 학생들은 고등교육을 기피했다. 전 국민이 무료치료를 받을 수 있도록 약속된 병원은 환자들로 북적였지만 기대에 맞는 의료가 진행되지 않았다.

보수당의 대처 수상은 이런 '영국병' 을 무지막지하게 다루었다. 웬만한 공공 기관이나 시설은 사유화하도록 조처했다. 완전 무료였던 의료 서비스에도 차등적인 요금이 적용되었다. 완전 무료에 심지어 생활비까지 주던 대학도 일정한 수업료를 요구했다. 이 싸움에 멍든 건 외국인들이었다. 영국도 소위 후진국에서 관광객과 내국인들을 구별하는 '이중 가격' 제를 도입했다. 대학에서는 외국 학생들에게 엄청난 등록금, 자국 학생들보다 10배 가까운 등록금을 요구했고, 그걸로 대학 재정의 상당부분을 충당하도록 부추겼다. 노동당 역시 제3의 길에서 타협책을 구한다는 명분으로 의료와 교육의 무상 공급이라는 본래의 이념을 버렸다.

그렇다고 '영국병'이 완치된 건 아니다. 여전히 기차는 사고를 내고, 병원은 말썽이고, 교육의 질은 의심스럽다. 그렇지만 IMF를 찾아 갔던 70년대 치욕의 수준에서 보면 지금 영국은 '회복기'에 있는 편이다. '대영제국'에서 '영국병' 환자로 오기까지 영국은 지구 곳곳에서 국가의 이익을 지키기 위해 무수한 전쟁을 치루었다. 조지 오웰이 영국인은 극히 드물게도 아직도 국가를 위해 목숨을 바치겠다는 희귀한 덕목을 지니고 있다고 했듯이 호전적이고 애국적인 영국인들은 자국내의 어떤 갈등이 있다 하더라도 그걸 핑계로 전투를 거부하지 않았다.

그럼에도 불구하고 한 제국이 뜨고 지는 역사는 마치 해가 뜨고 지는 자연의 이치처럼 거부할 수 없었다. 세계 대전을 치르면서 영국은 국력이 소진했다. 그 동안 식민지의 자유 의지는 엄청난 위력으로 커져갔다. 그리고 무엇보다도 미국이라는 새로운 거대 국가가 자본과 인력, 자원을 바탕으로 새롭게 뛰어오르는 것을 막을 길이 없었다. 막기는커녕 영국은 미국의 성장과 확장에서 이익을 얻기 위해 동분서주했었다.

재치 있는 농담을 좋아하는 영국인들의 속설 중에 여자의 나이를 세계의 나라들에 비유한 표현이 있다. 듣고 보면 굳이 여자에 대한 이야기만은 아니다. 남자도 해당되는 이야기니, 우리 모두가 겪는 인간 일반의 발달, 노쇠 과정으로 이해해도 좋다. 더불어 여러 나라에 대한 유럽인들의 인식을 보는 계기로도 도움이 되고 영국의 위치를 절묘하게 알려주는 바도 된다.

10대의 여자는 아프리카 대륙이다. 아직 세상에 무지하니까 그 점이 미지의 세계 아프리카 대륙과 닮았다는 뜻이다.

20대의 여자는 아메리카 대륙이다. 여기에서 아메리카는 북미, 혹은 미국만을 가리키는 것이 아니라, 중남미와 북쪽 에스키모들의 거주지까지 포함한다. 아프리카에 비하면 아메리카 대륙의 발전은 비교 불가능할 정도로 앞서 있지만, 이 개발의 수준이 아주 불균형하다. 맨하탄처럼 지나치게 현대화되어 있는 곳이 있으면, 콜롬비아의 오지마을처럼 온 마을 사람들이 서로 다 알고 지내는 농경시대 씨족 사회도 아직 남아 있다. 20대의 여자들은 남녀관계나 세상 물정을 보는 눈이 이처럼 과잉 발달되어 있거나, 아니면 미숙하다고 본다.

30대의 여자는 일본이다. 지금까지는 대륙을 덩어리로 보고 비유했다면 30대의 여자부터는 개별 국가와의 비유가 기다린다. 이 농담이 영국제라는 것을 기억하면 여기에 등장하는 나라들이 모두 유럽의 국가들이라는 데에 이해가 간다. 예외적인 나라가 일본이다. 그만큼 일본은 서양인들, 특히 유럽인들, 더 특히 같은 섬 나라 사람들인 영국인들에게 기이한 애착과 적대감을 동시에 불러 일으키는 나라다.

서양 사람들은 공통적으로 일본에 대해 신비감을 가지고 있다. 그에 더하여 개개인의 성향과 역사 의식, 경제적 기대 등이 더해지면 개개인의 반응은 다양할 수밖에 없다. 백인우월주의를 가차없이 망가뜨리는 일본의 경제력에 경외를 품고 있지만 동시에 제발 뭔 일이 터져서 저 나라가 쑥대밭이 되기를 기다리는 마음 역시 없지 않다. 그건 같은 서양인끼리 느끼는 감정과는 질이 다르다. 프랑스와 영국이 오랜 원수지만, 프랑스가 망한다고 영국이 그렇게 100% 좋아하지는 않을 거다. 프랑스와 독일, 영국과 미국 등등 그들간에는 어떤 형제 의식이 있는 듯하다. 기독교 문명을 공유하는 코커서스 인종이라는 같은 문화 배경을 누리고 있기 때문에 '신비한' 일본에 대해서 느끼는 거리감과는 사뭇 다른 유대감이 그들 사이에 있다. 그들끼리도 자주 싸우지만, 그건 어느 집에서든 일어나는 형제끼리의 다툼과 유사하다. 서양인들은 일본인들의 깍듯한 예의를 찬양하면서도 그들의 품위가 돈에서 왔다는 걸 잊지 않는다. 일본을 '경제동물'이라고 비난을 시작한 이들은 모두 영어권 사람들이다. '경제 동물' 아닌 인간이 있던가. 그런 걸로 치자면 진작부터 돈과 재산을 얻기 위해 남의 나라에 들어선 서양인들은 모두 '동물'이다. 그것도 '육식 동물.'

서양인들이 일본인에게서 놀라는 면은 새침하고 얌전해 보이는 일본인들이 의외로 성에 대담하다는 점이다. 겉보기에는 얌전하고, 늘 화장과 단장으로 가리고 있던 일본 여자들은 일단 좀 가까워지며 애정 표현에 적극적이다. 일본은 혼인 관계의 순결을 중시하지만, 혼전 성관계에 대해서는 대단히 개방적이다. 우리 관점에서 보면 일본 젊은이들은 무척 자유분방하게 산다. 30대의 여자들이 겉보기와는 달리 애정 표현에 저돌적일 수 있다는 사실을 들어 일본과 비유한 말이다.

40대의 여자는 프랑스다. 이유는 '반쯤 쇠락했으나 여전히 매력적'이기 때문이다. 드골이 외치던 '프랑스의 영광'은 이제 꿈처럼 아스라하다. 부르봉 왕가와 나폴레옹으로 이어지던 위대한 프랑스는 프랑스의 문화 상품이라는 상업적 의미로 더 강하게 남아 있다. 포도주와 치즈에 이르는 생필품부터 미술이나 의상, 가구, 주류 등의 사치품까지 대대로 프랑스라는 상표가 위세 당당하던 부문들에서도 프랑스의 독보성이 위협을 받고 있다. 미국의 물량주의에 덧붙여 호주, 캐나다, 개도국들의 저가 정책이 프랑스 고유 산업에 도전하고 있다. 프랑스의 '쇠락'은 부정할 수 없는 사실이다.

그렇더라도 누가 프랑스의 설명할 수 없는 매력을 거부할 수 있을까. 〈파리에서의 마지막 탱고〉라는 영화 제목을 〈런던에서의 마지막 탱고〉라든가 〈시애틀에서의 마지막 탱고〉라고 했다면 그 영화의 미묘한 음란성과 아름다운 퇴폐성을 감당할 수 없다. 다른 곳이었다면 추잡한 춘화로 끝날 무희들의 춤도 물랑 루즈에서는 예술처럼 미화된다. '여전히 아름다운' 프랑스다.

50대의 여자들은 독일이다. '전쟁에 졌으나 정복되지는 않은' 사람들이기 때문이다. 독일은 1차대전에서 가난뱅이가 되고, 2차대전에서 걸인이 되었던 나라다. 전쟁으로 황폐하고 거덜이 난 나라를 앞에 두고 독일인들은 '우리는 전쟁에 졌지만 정복되지는 않았다'고 했다. 세월이 가면 아무리 아름다웠던 여자도 기울기 마련이다. 어쩌면 아름다웠던 여자일수록 세월의 침략을 더 아프게 느낄 수도 있다. 예쁘기도 하지만 여우처럼 말도 잘해서 몹시 기분 나쁘게 하는 조앤 콜린스가 세월에 따른 이 역전을 지적한 적이 있다. '아름다운 여자로 태어난다는 건 부자로 태어나서 가난하게 죽게 되는 운명과 같다.'

남자라고 예외가 아니다. 세월과 싸우는 전쟁에 이길 수 있는 사람은 아무도 없다. 그렇다고 시간의 흐름에 항복하고 일찍부터 늙기로 작정한 사람은 없다. 몸이 늙고 얼굴에 주름이 생기는 거야 세월의 일이니 누구라도 질 수밖에 없지만, 50대의 여자는 그래도 꾸준히 영양 크림을 바른다. 마치 항복을 인정하지 않았던 독일처럼.

성형수술로 사람의 나이가 달라지는 세상이다. 서양에서는 나이가 들어도 아름답게 치장한 할머니들이 많다. 아니, 할머니라는 소리도 나오지 않는다. 영화 배우, 골디 혼이 50대라는 걸 믿을 수 있나? 치렁치렁한 금발 머리카락은 반짝반짝 건강하기도 하다. 거기다 밝고 명랑한 태도는 10대의 활기를 무색하게 한다. 서양 여자들은 '인생은 50부터'라는 말을 곧잘 한다. 그 나이에 재혼도 하고, 또 이혼도 한다.

그런 서양인들도 60대의 여자에 대해서는 달라진다. '60대의 여자'라니, 우리말로는 어색하기까지 하다. '환갑 지난 할머니'라는 표현을 써야 한다. 우리와 같은 정도는 아니지만, 영국인들도 이 나이가 되면 어떤 한계를 둔다. 남자든 여자든 너무 지나치게 젊은 사람, 혹은 젊어 보이는 척하는 사람에게는 거부감을 갖는다. 최근에 30년 차이나는 젊은 남자와 약혼을 발표한 조앤 콜린스는 60대인데도 불구하고 대단한 매력을 보이고 있다. 그렇지만 그녀의 모습은 골디 혼과 다르다. 20대처럼 젊어 보인다느니, 30대보다 어떻다느니 하는 찬사는 그녀 앞에서 무색하다. 그녀는 일반인들의 시간 계산을 넘어선 것처럼 보인다. 시간의 정지를 느끼게 만드는 조앤 콜린스를 보면 마치 박제된 미이라를 보듯 섬뜩할 때가 있다.

60대가 되면 여성이든 남성이든 생물로서의 생식 기능에 몰두하면 병적으로 보여진다. 남녀간에 느끼는 성적 매력도 더 이상 관심화제로 등장하지 않는다. '다리가 아무리 늘씬해도 더 이상 미니스커트를 입으면 안 되는 나이'가 서양의 60대다. 이제 여성으로서 생물학적인, 사회적인 기능을 접고, 한 사람의 '인간'으로서 다소 중성적인 의미의 인생을 사는 것이 이 나이대이다. 한편 철학적이고 명상적인 삶을 사는 행복한 노년이 떠올라 위안도 되겠지만, 여자로서의 매력은 분명 접어두어야 하는 나이가 된다.

이 나이의 여자를 상징하는 나라가 영국이다. "모든 영광이 사라졌기 때문이다."

내가 이 농담을 들은 것은 영국인들이 가득 모여 있던 곳이었다. 농담을 하던 이도 영국인, 영국 여자였다.

"Because all the glories are past."

그녀가 마지막 이유를 설명하자 관객들 모두 큰 소리로 웃었다. 이 문구는 영국의 쇠락에 대해 상투적으로 쓰는 표현이라 새삼스러울 것도 없었다. 그렇지만 나는 지금도 그때 그 웃음 속에 묻어나던 묘한 슬픔을 잊을 수 없다.

프랑스의 영광이니 아리안 족의 통일이니 하면서 프랑스와 독일이 나섰던 적이 있지만 그걸 대영제국의 영광에 비하겠는가. '해가 지지 않는 나라'라고 거드름을 부린 사람들이 바로 영국인들이었다. 이 말은 사실 단순한 과장이 아니었다. 실제로 대영제국에서는 해가 지지 않았다. 워낙 이 대륙, 저 대륙에 식민지가 많아서 서쪽 식민지에서 해가 지면, 동쪽 식민지 어느 곳에서 해가 떴다.

위도가 높고, 주변 바다에서 한·난류가 서로 모이는 통에 영국에는 유독 안개가 잦고 비가 많다. 영국에는 '해가 떠 있는 날'이 드물다. 러시아인들이 얼지 않는 항구를 찾아 동유럽으로 식민지 전쟁을 했듯이 영국은 해를 찾아 영국 밖을 헤매었다는 말이 있다. 그렇게 없는 해를 보상하던 영국이지만, 2차대전이 지나 식민지들이 독립을 하면서 그들은 브리튼 섬의 해로 만족할 도리밖에 없었다. 옛 식민지들이 영연방이라는 클럽 활동을 한다지만, 그들의 해와 영국의 해는 엄연히 다르다. '세계의 공장'으로 위세 당당하던 영국이었는데, 이제 자동차든, 선박이든, 영국인 소유의 굵직한 제조업은 남아 있지 않다. 세계 최초로 매연과 오염, 노동 문제를 만들어내던 중부 지방과 해안 도시들에는 할일 없이 키만 큰 공장 굴뚝들이 을씨년스런 풍경을 만들어낸다. 제국의 영광이 해가 지듯 사라져 버린 것이다.

지금 그 배가 뜬다면

왕족이니 귀족이니 하는 영국의 구조는 멀리 떨어진 사람들에게는 '소원성취', '대리만족', 환상여행의 순기능을 하는 면이 있다. 자신을 멋진 왕자나 아름다운 공주와 동일시하면서 품위를 배울 수도 있다. '귀족적'이라는 허무맹랑하면서도 매우 중요해 보이는 덕성을 설정하고 그걸 달성하려고 도덕훈련을 쌓을 수도 있다. 이런 배경에서 보면, 근위병 교대식을 보고 '우리 나라에도 왕이 있었으면 좋겠다'는 한국 관광객의 주장을 이해 못할 바도 아니다.

즐거이 군주제를 기대하는 사람들은 누구나 자신이 그 안에서 영의정이라든가 정경부인쯤 되리라고 상상한다. 백설공주를 읽으면 모든 독자들은 백설공주와 자기동일시를 한다. 자신을 못된 계모라고 여긴다든지, 일곱 난쟁이 중 하나라고 보는 사람은 거의 없다. 마찬 가지로 군주제 동화에서는 모두 자신을 공주나 왕자, 백작부인이거 나 공작이라고 상상한다.

그렇지만 그건 어디까지나 상상 속의 자기 도취일 뿐, 현실은 다르 다. 우리 나라에 왕이 있다고 해서 내가 졸지에 귀족이 되는 건 아니 다. 공화정에서 겨우 이렇게 살고 있는 우리 일반인들이야 군주제가 되면 포졸이나 될까, 무수리나 될까, 시종이나 하려나, 기껏 궁정의 서기가 되면 큰 출세가 되는 게 현실이다. 군주제에서 계층은 내가 태어나기 전부터 정해져 있다. 그리고, 그걸 뛰어넘을 방법도 사실상 전무하다.

자기네 나라 왕인데 뭘 물어봐도 왜들 이리 시원한 대답을 못하는 거냐고 혼자 분개하던 나도 이제는 더 이상 그런 질문을 하지 않는 다. 웬만하면 왕족과 관련된 기사나 보도, 행사는 알려고 하지 않는 다. 그런 행사들에 빠져 있으면서 동화에 들어있는 듯 착각하는 동안 현실의 고달픔을 잊을 수 있다는 게 장점이라고나 할까. 그렇지만 그 장점을 수용하기에는 다른 갈등이 더 크다. 이방인인 내가 보기에도 이런 문제가 느껴지는데, 그걸 동화가 아니라 현실로 끌어안고 살아 야 하는 사람들에게는 심각한 부작용이 될 수 있다.

특히 프랑스 혁명을 겪고 미국식 민주주의가 안방까지 뛰어들어오 는 세상을 살다보면 이 역기능은 더욱 커진다. 물론 미국을 비롯한 '상스러운' 나라들이라고 해도 눈에 보이지 않는 사회 계층이 존재 하는 건 엄연한 사실이다. 지금의 부시 대통령 가문이나 케네디, 록

펠러, 포드 등등 웬만한 나라의 사람들이라면 이름만 들어도 친숙하게 느끼는 엄청난 부자와 세도가들이 있는 곳이 바로 미국이다. 그렇지만 그들은 왕이 아니고, 왕자나 공주가 아니다. 대대로 부자여서 전혀 일을 안 하고 먹고 놀고 쓰기만 해도 되지만, 그들 운명이 죽는 날까지 확정된 건 아니다. 행여 망하기라도 하면, 행여 사람들의 신용을 잃기라도 하면 가난뱅이로, 실업자로 사는 도리밖에 없다.

왕이나 왕자, 공주, 또 그들의 아들, 딸, 며느리, 사위, 손자, 손녀로 이어지는 군주제는 이와 다르다. 미국의 큰 부자에 비하면 형편없이 초라하게 산다 하더라도 그들은 끝까지 왕이다. 태어나기를 왕으로 태어나고 죽을 때까지 왕이다. 심지어 군주제가 무너져 남의 나라로 도망을 가서 살아도 '망명중인 왕'이다. 생득적인 이 권리, 혹은 이 운명은 왕이 정점을 이루는 사회에 큰 그림자를 드리운다. 왕이 왕으로 태어나듯 모든 이들도 태생적인 한계를 가진다. 왕을 '알현'하면 정해진 경어를 써야 하고, 정해진 인사법으로 언제나 먼저 인사를 해야 한다. 죽음 이외에 정년퇴직이 없기 때문에 이 관계는 기저귀를 찬 갓난 아기시절부터 시작되어 관 뚜껑을 넘을 때까지, 혹은 그 너머로 이어진다. 열심히 일해서 돈을 벌고 사회적인 지위를 얻었다고 해도 신분의 한계를 넘어설 수 없다. 그게 운명이기 때문이다.

미국식 교육을 서양 교육의 전부라고 생각하고 자란 우리지만 아직 옛 전통의 기억이 남아있기 때문에 이런 사회의 현실성이 어떠한지 상상하기 어렵지 않다. 조용하고 평화로우면서 한편으로는 지루하고 답답하다. 계층에 매여 진작 신분상승의 꿈을 버린 사람은 그 안에 안주하고 살게 되지만 그렇지 않은 사람에게는 타고난 신분이란 버릴 수 없는 상처로 남는다. 혹은 이 억압기제가 이상한 위로로 작용하기도 한다. 누구나 부지런함보다는 게으름으로 가기 쉬운데, 억압적인 신분제도는 사람들의 게으름에 대한 적절한 변명이 될 수도 있다. 애써봤자 그런 건데 뭐하러 힘들게 사냐, 되는 대로, 생긴 대로 살다 가지, 하는 마음을 일으킨다. 계층의 유지가 생존의 필수조건인 귀족이나 사회 상층부는 계층유지와 사회 유지를 동일시하는 정책을 암묵적으로 강조하게 되고, 이러다 보면 사회 전체가 새로운 정신과 운동에 적대적인 분위기를 갖게 된다.

이런 경직성에 대한 반발로 영국에는 반발적인 문화, 새로운 운동이 많이 일어난다. 미니스커트가 제일 먼저 선보인 곳도 런던 패션쇼였다. '지저스 크라이스트보다 더 유명해졌다'는 비틀즈도 런던 중서부 출신이다. 호머라고 자진 신고한 엘튼 존도 영국인이다. 문제는 이들이 영국을 떠나고 나서야 세계적으로 이름을 얻을 수 있었다는 사실이다. 시작은 영국이라고 하지만, 이들이 자리를 잡고 번성한 곳은 미국이다.

정말 영국의 이런 굴레가 싫은 사람은 영국을 떠날 수밖에 없다. 영국인들이 갈 곳은 많다. 캐나다, 미국, 호주, 뉴질랜드 모두 군주제가 아니다. 작년이던가 앤소니 홉킨스가 미국으로 귀화한 소식이 있었다. 휴 그란트의 엉성한 듯 섬세한 영국인의 이미지와는 달리 홉킨스는 유머 있으되 깊이도 있는 영국인의 전형적인 모습을 뛰어나게 표현하던 배우였다. 웬만한 전쟁과 괴담에는 끄떡도 안 하던 영국인들로서도 그의 영국 국적 포기에는 분노와 실망을 표현했다. 홉킨스는 온갖 야유와 소란에도 불구하고 끝끝내 미국 귀화 이유를 밝히지 않왔다. 영국인도 아니고, 미국인도 아닌 우리로서는 굳이 똑같이 영어 말하는 나라 국적까지 바꿀 거 있나 싶지만 그가 무리를 하면서까지 국적을 바꿀 정도로 두 나라의 차이는 예상보다 깊고 크다.

영국과 미국

'아메리칸 드림(American dream)' 이라고 하는 말이 있다. 미국에서는 순전히 자기 노력만으로 사회의 바닥에서 최정상으로 오를 수 있다는 믿음을 뜻한다. 소위 일확천금의 미국식 해설이라고 할 만한 이 믿음이 전 세계에서 미국 이민을 부추기는 주 원동력이다.

이 믿음은 사실 헛소문인 경우가 많다. 애플파이를 만들어 떼돈을 번 미국 부자에게 성공의 역사를 물으면 대답은 이런 식이다. 할머니에게 맛있는 애플파이 만드는 방법을 배웠다. 용돈으로 사과 1개를 샀다. 집에 와서 그걸로 맛있는 애플파이를 만들었다. 집 마당 앞에 애플파이를 접시에 담아 늘어놓으니 지나가던 이웃이 한쪽씩 사갔다. 그 돈으로 사과 2알을 샀다. 애플파이를 2개 만들고, 다시 집 마당 앞에 늘어놓으니 지나가던 이웃들이 샀다. 그 돈으로 사과 3알을 사고, 애플파이 3개를 만들고, 다시 사과 4개를 사고, 애플파이 4개를 만들고 하는 사이에, 자 여기에서부터는 잘 들어야 된다. 부자 할머니께서 돌아가셨다. 유산이 모두 내게로 왔다. 그렇게 나는 애플파이로 성공했다. 개척과 이민의 가파른 역사가 마감되어 가는 미국 '아메리칸 드림' 의 현실이다.

그럼에도 불구하고 애플파이 장사꾼도 대통령이 될 수 있는 나라가 미국이다. 링컨이나 빌 클린턴 같은 촌사람이 대통령이 되니까. 일단 성공을 하면 그의 출신은 문제가 되지 않는다. 오히려 복잡한 가정환경과 어려운 계층에서 태어났을수록 개천의 용 대접을 받는다. ‘돈이 제일’이라는 행태가 너무 두드러져서 그렇지 출생으로 사람들을 옥죄는 어두운 힘은 없다. 미국에도 새로운 귀족이 있다고 굳이 우긴다면, 입양아에 대학 중퇴인 빌 게이츠가 되려나, 아니면 누드 모델과 백댄서를 거쳐 세계 제일의 가수가 된 마돈나가 되려나, 아니면 스티븐 스필버그, 아니면 야후를 만든 제리 양, 아니면 온갖 원색적인 잡담과 싸움을 불러일으키는 제리 스프링어쯤 될까. 그중 누구도 아버지가 왕인 사람은 없다. 물론 어머니도.

남편이 처음 영국으로 출장을 갔을 때 일이었다. 비가 오고 있는데도 런던 한복판에서 대대적인 행사가 벌어지고 있었다. 경찰이 둘러싸고 관광객이 모여 있는 가운데 왕실 근위병뿐 아니라 번쩍이는 모자 장식과 군복을 입은 기병들도 가득했다. 여왕님은 혼자서 군인들 앞에 서 있었고, 잘 차려 입은 사람들은 또 여왕님 뒤편에 자리하고 있었다. 그게 여왕님의 생신행사였다는 건 이곳에 살면서 알았다. 양복은 차려 입었는데 비는 주룩주룩 오니 남편은 여왕님 뒤쪽에 차양으로 가린 자리가 탐이 났었던 모양이다. 밀리고 당기는 사이에 얼굴이 익은 영국 경찰 아저씨와 두런두런 말을 나누다가 다음을 위해 저 자리를 예약해야겠다는 마음이 들었다.

저기 저 자리는 얼마냐. 남편의 질문.
저건 돈으로 살 수 없다. 경찰 아저씨의 대답.

여왕님의 사저에 해당하는 윈저 성.
런던의 버킹검 궁전은 여왕의 사무실과 같다.

그렇게 비싸냐. 놀란 남편의 질문.

아니 안 비싸다. 안 파니까. 저건 귀족들만 앉는 자리거든. 경찰 아저씨의 위로.

돌아와서도 남편은 내내 요즘 세상에 아직도 뭐 그런 나라가 있느냐고 불만이다.

돈만 있으면 안 되는 게 없다고 외치다니 얼마나 천박하고 야비하냐고 불만이지만 돈도 제일이 아니라고 우기고, 공부도 제일이 아니라고 비웃는 이곳에 살다 보면 어떨 때는 그들의 여유가 부럽다가도 어떨 때는 우리들의 노골적인 야심이 순진하고 정직해 보여 그리울 때가 있다. 내가 아무리 노력해도 그걸 비웃는 태생적인 한계가 이미 정해진 사회에 살다 보면 병적인 위축감을 느낄 때가 있다. 우리는 일제시대와 전쟁을 겪으면서 옛 계급 사회의 완전 붕괴를 겪었다. 여전히 양반입네 하는 사람들이 있지만, 그렇다고 사회 전체가 그들의 자리를 확인해 주는 건 아니다. 뭐니 뭐니해도 돈이 제일이라는 생각은 이 빈자리를 채우는 과정에서 생겨난 발상이다. 한편으로는 천박하지만, 한편으로는 해방감을 주는 선언이다.

영국의 귀족이니 상류층도 돈을 좋아한다는 점에서는 예외가 아니다. 단지 ‘미국식’으로 노골적이지 않을 뿐, 어느 면에서는 금전 만능주의가 우리보다 더 깊게 배여 있다. 귀족들이라고 으스대고, 영국 신사라고 힘을 주지만, 돈이 없고 재산이 없는 영국 귀족, 영국 신사는 없다. 귀족이란 일찍부터 돈이 제일이라고 깨달아 그걸 움켜 쥔 사람들이다. 돈이 오래 묵으면 계급이라는 이름도 단다. 그런 이들이 이제 돈이 제일이 아니라고 우기며 '새로운 돈'을 조롱한다.

영국에 모인 전세계 대사관들이 자선 행사를 하는 날이었다. 여러 나라의 풍물과 음식이 한자리에 모이는 흔치 않은 기회라 우리도 구경을 놓치지 않았다. 행사장을 다 돌고 나서 호박전을 먹으며 역시 한국이 제일이라는 편협한 한국인의 총평을 내리고 있을 즈음 갑자기 행사장 안이 부산스러워졌다. 구경온 사람들을 이리저리 밀치는, 영국에서는 흔치 않은 일이 벌어졌다. 그리고는 캔트 공이라는 여왕의 사촌이 나타났다. 그 뒤를 이어 각종 훈장으로 치장한 노인들이 따랐고, 그들 근처에는 몽땅 '맨 인 블랙(man in black)'들이 거들먹거렸다. 10분이나 있었으려나, 그 무리가 정해진 곳에 들러 어색한 사진을 찍고 떠날 때까지 지금까지의 자연스러운 흥은 사라지고, 모든 것이 정물화처럼 굳어져버렸다. '상스러운' 미국 교육을 받고 자란 우리들은 '저건 뭐냐'고 서로 얼굴을 쳐다봤다.

워싱턴의 즐거움

워싱턴은 한국과 기후분포가 비슷하다. 겨울에는 건조하고 차면서 여름은 감자 삶듯 푹푹 찐다. 우리가 워싱턴에 가던 해 7월은 더위가 더욱 유별나서 노인들이 폭염으로 사망하는 사건도 생겼다. 돈이 아깝다고 그 더위에 머리껍질이 흐물거릴 정도로 시내를 돌고 간신히 호텔로 오던 길이었다. 예복을 차려 입은 군인들이 길에서 미국 독립 기념일 행사 광고지를 나누어주고 있었다. 장소는 바로 근처의 공원이었다. 영국 귀족한테 워낙 당하고 지내던 터였기 때문에 우리는 당연히 관광객들이야 어느 구석에나 처박혀 있겠지 생각했었다.

그런데 관광객이고 미국인이고, 또 흑인이고 백인이고 황인이고 상관없이 공원의 자리를 같이 차지하고 있었다. 상원의원과 장군 몇 분이 공원 가운데 아무 장식도 없는 사무용 의자에 앉아 있을 뿐, 귀족들을 위한 특별석은 없었다. 운동장 가운데 앉아 땡볕과 맞서고 있는 상원의원에 비하면 일반인들의 자리가 훨씬 좋았다. 나는 그때 귀족이 없는 세상, 공화정의 환희를 절감했다. 더운 여름의 해가 기울고 바람이 잔잔히 불어오는 가운데 군인들이 행진을 하고, 군 합창단이 전문 가수들처럼 노래를 했다. 그때의 해방감과 자유는 무어라 표현할 수가 없다. 아이들과 남편이 말렸지만 나는 행사 마지막에 큰 소리로 미국 국가를 따라 부르기까지 했다.

미국에 잠깐 있는 동안 나는 우리 가족이 영국에 살면서 얼마나 우리 자신도 모르게 영국적으로 되었는지 깨달았다. 우리는 영어도 일부러 어렵게, 천천히, 그리고 길게 말했다. 사람과의 접촉을 꺼리고, 감정의 표현도 자제했다. 처음 만난 사람에게는 입술을 약간 쳐올리듯 미소를 보내지만 절대 크게 웃지 않는다. 시간이 있으면 신문을 읽거나 최소한 읽는 척이라도 했다. 한편 점잖다고 말할 수도 있지만 사람 사이의 간격을 늘 차갑게 지키는 버릇도 거기에서 배웠다.

그러다가 미국의 끔찍한 더위를 피하자고 들어간 상점마다 음식점마다 넘치는 활기와 신나는 영어를 만났다. 물건 고르기를 도와주면서 뭐가 그리 즐거운지 급기야 내 어깨를 쳐가면서 웃는 점원도 있었다. 너무나 개방되고 스스럼 없는 그 표현에 얼마나 깜짝 놀랐던지 안 그래도 설익은 영어가 목에 걸려 나오질 않았다.

그러고 보면 미국에 가 있었던 친구들도 나와 다르다는 기억이 난다. 아주 적극적이고 대담했다. 삶에 대한 용기가 대단해서 매사 공격적이기까지 했다. 영어도 시원시원했다. 단어 몇 개로 아무하고나 다 이야기를 나누었다. 그리고 누구한테나 거리낌없이 말을 걸었다. "영국 가니까 사람들 무지 무뚝뚝하더라, 거기다 물가는 엄청난데 그런 데에서 어떻게 사냐?"고 그들이 우리를 걱정할 만도 했다.

나는 영국에 사는 죄로 괜히 유럽인들 중에서 영국인이 가장 친절하다고 변명을 했다. 그렇지만 영국인이 보이는 상인의 친절은 미국인들의 타고난 가벼움과 달랐다. 미국인의 선천적인 명랑함을 들어 흔히 유럽인들은 '교양 없고 상스러운' 미국인이라고 비난하지만, 그렇다고 유럽인 모두 교양과 예절로 다듬어진 바도 없으니, 이런 평가는 오히려 유럽인들의 미국 열등감만 드러낼 뿐이다.

영국의 왕정을 떠나 미국 공화국을 세웠다는 사람들이 영국인이지만 세상 어느 사람들보다도 영국 왕실을 좋아하고 흠모하는 이들도 영국에 남아 있는 영국인들이다. 영국인들은 아직도 런던이 우주의 중심이라고 착각한다. 시골로 갈수록 이 착각은 더 심하고, 나이가 많을수록, 학력이 낮을수록, 여행경험이 적을수록, 이 폐쇄적 과대망상이 심각해서 정상적인 의사소통이 불가능할 때가 있다. 이런 사람들은 영국의 왕이 우주의 왕이라고 믿는다. 집안에 왕의 대관식, 결혼식, 세례식 사진이나 기념그릇을 전시해 둔다. 먼지도 잘 털지 않은 채 창가나 벽에 진열된 빛 바랜 기념사진을 보고 있으면 이들에게 시간은 현재가 아니라 과거에 머물러 있는 듯하다.

자기들의 사건을 우주적 규모로 확대 과장하는 영국의 미디아들은 다이아나와 찰스의 결혼을 '세기의 결혼식', 그들의 이혼을 '세기의 이혼'이라고 떠들었다. 다이아나 왕자비는 황색신문들의 노골적인 취재경쟁으로 죽음까지 가게 되었다고 서로 비난하던 영국의 미디어들이었지만, 바로 그 왕자비의 장례식을 전세계에 생중계하면서 돈을 벌었다. 그런 마당에 누가 누구의 상스러움과 금전만능을 비웃을 수 있겠는가.

그날 한여름 불볕에 지친 채 잠깐 보았던 미국은 오랫동안의 의문을 풀어주기에 충분했다. 석양을 받으며 호텔로 돌아오는 동안 어떻게 그 옛날 몇 명의 청교도들이 익숙하고 편안한 고향 영국을 떠나 낯설고 험한 미국으로 갈 생각을 할 수 있었는지 새삼 절감했다. 왜 그 배, 메이플라워호가 영국을 떠났던가, 왜 미국이 잘 사는가, 아니 최소한 왜 영국이 요 모양이 되었는지 잘 배웠다. 어차피 어느 사회에나 어느 조직에나 장점도 있고, 단점도 있기 마련이라면 군주제의 우울한 하인이 되기보다는 공화정의 즐거운 바보가 되는 게 낫지 않을까. 지금 그 배가 다시 플리머스 항을 떠난다면 제발 우리도 실어가 달라고 했을 거다.

5.
영국의 매력

영국과 미국은 가까우면서도 이렇게 멀다. 영어를 쓰고, 앵글로 색슨이 인구의 기본을 이루고 있다는 점에서는 같다. 미국인들은 영국에 와서 영화도 많이 만든다. 영국인들도 미국에 가서 활동을 하는 경우가 많다. 지금 엘톤 존도 그렇고, 예전의 비틀즈도 그랬다. 뉴욕 참사로 많은 사람들이 목숨을 잃었지만 그 가운데 영국인들의 숫자는 특히 더 많았다. 일반인들도 그런 식으로 대서양을 사이에 두고 직업과 생활을 나누어 한다는 생생한 증거였다.

그런데도 미국과 영국은 엄밀하게 다르다. (환상이라고 하겠지만) 미국인 누구나 대통령에게 친구처럼 말을 걸 수 있다. 영국인은 누구라도 여왕님에게 친구처럼 말을 걸 수 없다. 꿈에서라도 안 된다. 여왕님 혼자 친구인 척 붙임성 있는 척 할 수는 있다. 그걸 미국인들 쌍

방간에 오가는 사교성으로 오해하면 큰일난다. 영국식은 마음좋은 윗사람의 일방적인 선심일 뿐이다. 아무리 소박한 것처럼 행세를 해도 '은 숟가락을 물고 나온', '진홍색 출생' 들의 위세는 대단하다. 미국인들이 대통령이나 국회의원을 대하는 태도에 비하면 국민의 대표라는 수상이나 의원들을 대하는 영국인의 태도도 훨씬 점잖다.

배울 만큼 배운 옥스포드 출신의 이지적인 안내원이 빅토리아 여왕이 태어나고 자랐다는 캔싱턴 궁을 안내했던 적이 있다. 각국에서 온 젊고 늙은 사람들이 함께 그 궁을 돌았다. '여왕이 이곳에서 사람을 알현하고, 잠을 잘 때는 이 침대로 옮겨가지만, 이 침대도 사실은 남에게 보이기 위한 것이고 진짜는 여기 전시되지 않은 훨씬 소박한 침대' 라고 소개할 때도 영국인들은 와아 신음에 가까운 감탄을 발하고, 미국 '애' 들은 자기들끼리 키득키득 웃었다.

"그 여자는 언제 자냐, 여기저기 돌아다니다가."

버르장머리 없는 미국 애들은 그렇게 영국의 어지럼증 나는 계급생활을 비웃었다.

'나무도 아닌 것이 풀도 아닌 것이'

영국과 미국의 관계가 이중적이듯 유럽과 영국의 관계도 이중적이다. 유럽과의 관계를 배경에 두고 보면 영국과 미국의 관계는 더 복잡하다. 미국이 보기에 영국은 유럽의 일부다. 그렇지만 영국인들은 영국을 유럽이라고 생각하지 않는다. 또 소위 대륙인(continental)이라고 하는 유럽인들도 영국을 유럽이라고 생각하지 않는다. 영국인들로서는 감히 대영제국이 유럽의 일부일 수 없다고 생각하고, 그리스, 로마 문화의 정통 후예라고 생각하는 유럽인들은 조잡한 섬나라 상인들을 위대한 유럽에 넣을 수 없다고 맞받아친다. 이렇게 근접한 거리에 있는 나라들을 부르면서 괜히 '영국과 대륙', '영국과 유럽'이라는 복잡한 말을 써야 한다.

유럽인들이 보기에 영국은 미국의 유럽 전초기지다. 물론 영국인들이 자신들을 '식민지' 미국인들과 섞어 생각하는 법은 더 더욱 없다. 영국은 유럽의 경찰이고 (아무도 뽑은 적은 없지만), 미국의 동지다. 그렇게 영국인들은 영국을 본다. 치매 선상에 서 있는 영국 할머니, 할아버지들은 아직도 영국이 세계의 중심이라고 우기면서 영미간의 동지애를 비웃지만, 그건 노령화 사회에서 언제나 가능한 의도적 오해이기 때문에 용서할 수밖에 없다.

블레어 수상이 2001년 9월 테러에 적극적으로 나선 후로 영미간의 우애는 더욱 돈독해졌다. 그러면서도 영국은 미국의 경제 제국주의에 맞서기 위한 유럽 경제 공동전선에 적극적이다. 영국제일주의에 빠진 이들 때문에 발목이 잡혀 있지만 유로화 시장에 들어가지 않으면 영국은 끝장이라는 유럽연합파들의 수가 점점 더 많아지고 있다. 윤선도의 「오우가(五友歌)」의 한 구절처럼 '나무도 아닌 것이 풀도 아닌 것이' 도무지 뭐가 뭔지 딱 잡히지 않는 것이 바로 영국의 모습이다.

종잡을 수 없는 영국의 이런 이중적인 모습은 그저 변하는 일시적인 현상만이 아니다. 현상이라기보다는 오히려 영국의 실체, 본질이 이 이중성에 있다. 영국의 특징은 이런 이중성, 즉 다중성은 아니라고 하더라도 적어도 이중적인, 상호 모순적인 것의 통합이라고 봐야 한다. 영국은 유럽이면서 유럽이 아니다. 미국의 동지면서 미국의 적이다. 또 선진 국가로서는 처음으로 적법한 절차를 밟아 왕의 목을 쳤으면서 남의 나라에 망명해 있는 왕을 모셔온 나라다. 군주제를 보존하면서 또 세계 최고의 의회 정치를 자랑한다. 왕이 있지만 다스리지 못한다. 민주정치의 나라지만 국민들은 아직도 자신들을 '왕의 신민(subject)' 이라고 부른다.

일반 개인의 삶에도 이런 이중성, 모순성이 고루 배여 있다. 세계를 정복할 야심을 품고 있더라도 절대로 야심을 밖으로 드러내면 안 된다고 암암리에 배운다. 영국인들은 아주 호전적인 민족이다. 지금도 전쟁이 나면 세계 어느 나라보다 분명하게 전의를 드러내고 싸움에 끼여들기를 주저하지 않는다. 전쟁이 없으면 축구경기장에라도 가서 '훌리간' 노릇이라도 해야 직성이 풀린다. 그러면서도 '영국신사' 라는 말을 듣는다. 남의 소개가 없으면 절대 서로의 생활권 안에 들지 않고, 점잖아서 감정을 그대로 드러내지 않으며 싸움을 자제한다. 언제나 이웃간에 깍듯이 인사를 나누지만 문제가 생기면 오늘 당장 변호사의 편지가 날아온다. 영국을 위해 기꺼이 죽을 수 있지만, 자기 신념을 위해 영국을 배반할 수도 있다.

영국인이 위선적이라고 느껴질 때는 대개의 경우 심하게 이런 이중적인 면을 느낄 때다. 몇 해 전의 일이다. 런던 대학에서 오랫동안 근무하던 아랍인 교수가 있었다. 그는 영국에서 교육을 받고 영국에서 직업을 가지고 오래 살았기 때문에, 영국 귀화를 생각하고 있었다. 내가 보기에도 그는 이미 너무나 서구화되어 있어서 아랍 문화에 적응하기 어려웠다. 어느 나라, 어느 시대에나, 어떤 규모의 조직이건 간에 크고 작은 권력의 싸움이 있게 마련인데, 교수들 사이의 프로젝트 문제로 심하게 상처를 받자 그는 아랍으로 돌아갈 생각까지 했다. 영국인들이 토의를 좋아하는 것 같으면서도 의외로 비밀이 많고, 개방적인 거 같으면서 의외로 폐쇄적이고, 공정한 것 같으면서 의외로 편파적이라는 것이 10년 이상 영국에서 산 그의 불만이었다.

그렇다고 해서 노골적으로 편파적이고, 노골적으로 폐쇄적인 아랍으로 그가 돌아간 건 아니었다. 영국인들은 뿌리까지 썩었다고 화를 내던 그였지만 영국을 떠나기가 쉽지 않았다. 어느 나라나 마찬가지로 영국에도 문제가 많은 건 사실이다. 뭔가 개혁이 될 것 같으면서도 잘 안 되고, 후딱 해치우면 될 것 같은 일도 천천히, 그러면서도 실수도 많게 이어간다. 토론이 발달하다 보니 말로 떠드는 동안 실질적인 해결 방안을 놓치고, 시간을 놓치기도 한다.

그럼에도 불구하고 이 사회에는 극단적인 주장이나 상호 모순된 이론들을 통합하고 수용하면서 거기에서 조정과 화해를 구하는 힘이 있다. 극단을 거부하는 것이 아니라 극단을 다 수용하면서 그 안에서 해결을 찾으려고 한다. 그러한 가운데 나와 다른 의견, 주장, 신념을 어떻게 대하고, 어떻게 설득하고, 어떻게 맞붙어야 하는지 잘 알고 있다.

또 의견과 의견 제안자를 구별할 줄 아는 힘이 있다. 쉬운 말로 해서 '죄는 미워하되 사람은 미워하지 마라'는 명제가 그대로 실천되고 있다. 이게 말처럼 그렇게 쉽지 않다는 걸 나이 들수록 절감한다. 행위와 행위자, 의견 내용과 의견 제안자를 구별하고, 사람은 사람으로 대하고 행위나 의견은 사람과 분리해서 판단을 내리려고 애를 쓰지만, 그러면 그럴수록 판단에 끼여드는 내 감정을 처리하기가 어렵다. 보통 내가 예뻐하는 사람의 말이 즐겁게 들리고, 밉상스러운 사람의 말은 고깝게 들리는 법인데, 과연 그렇지 않을 수도 있나.

리차드 워커 이야기

우준이가 8학년, 그러니까 우리 나이로 치면 초등학교 6학년일 때 사정이다. 우준이와 같은 학년에 리차드 워커라는 동네 아이가 있었다. 영국 아이들은 우리 나라 아이들과 마찬가지로 친구끼리 서로 이름을 부르는 걸 기본으로 한다. '야, 종민아' 하는 걸로 족하지, '야, 백종민' 하지 않는다는 말이다. 영국 애들도 '어이, 리차드'라고 하거나 '릭'이라고 하면 그만이다. 리차드 워커는 이 경향에서 예외적인 인물이라 내가 이유를 묻지 않을 수가 없었다.

"걔만 왜 이름을 다 부르냐?"

"리차드가 워낙 많거든요. 선생님도 그냥 리차드라고 출석 부르면 우리 반에만 3명이 있어요. 그래서 걔들을 부를 때는 맨날 그렇게 이름을 다 불러야 돼요."

하여간 이 리차드 워커는 겉늙었다고 해야 하나, 나이는 어리지만 하는 짓이 어른 같았다. 우리 관점으로는 불량소년이라 해야겠지만, 그렇다고 누구를 해치거나 행동이 거칠지는 않았다. 어머니께서 일찍 돌아가시는 바람에 리차드 워커는 아버지와 지내고 있었는데, 어떤 관계에 있는지 알 길이 없는 나이 많은 아줌마가 그 집에 함께 살고 있었다. 이 아줌마, 혹은 할머니가 리차드 워커를 돌보아주고 있다는데, 리차드 워커의 친구들은 모두 아줌마를 무서워했다. 컴퓨터 관련 사업을 하는 아버지도 워낙 바빠 집안에서 그와 자상하게 시간을 같이 보내줄 사람이 없었던 모양이다.

리차드 워커는 적당히 알콜 음료도 마실 줄 알았고, 진작부터 담배를 피우고 있었다. "지금 13살인데 도대체 언제부터 담배를 피웠다냐?" 내가 물었지만 우준이는 무심히 "오래되었다고 하대요." 대답한다. 리차드 워커의 아버지는 담배를 피우시지 않으니 더 더욱 어린 아들의 흡연을 반길 리 없었다. 리차드 워커의 아버지는 집안에 계실 때 아들의 소지품이나 방안 검사도 했고, 아들 몸에서 담배 냄새가 나는지 조사하기도 했다. 리처드 워커의 가까운 친구 중에 리차드 무어가 있다. 이 리차드는 담배를 피우지 않았다. 사실 일찍부터 담배를 피우는 리차드 워커가 영국 애들 중에서 예외적인 경우에 속한다. 하여간 다른 리차드는 담배를 피우지 않았지만, 그 부모님께서는 담배를 피우셨다. 그래서 리차드 워커는 아버지의 냄새 검사를 피하느라 리차드 무어네 집에 자주 갔다.

"왜?" 하고 물으니 우준이는 또 무심히 대답한다.

"아, 그 집 부모님들이랑 같이 담배를 피우거든요. 그럼 집에 와서도 리차드 무어 엄마랑 아빠가 담배를 피워서 그랬다고 하는 거지요."

남의 일이니 웃기기도 하지만, 어린 나이에 흡연이라니 괜히 걱정도 되어 리차드 워커의 이름이 오래 남았다.

리차드 워커는 특히 학교 선생님들을 싫어했다. 수업에 불참도 잦았고 별로 학습의욕도 없었다. 그는 특히 역사 선생님을 아주 싫어했다. 노골적으로 수업을 방해하기도 했고, 중얼중얼 선생님한테 욕설도 했다. 자주 혼이 나고, 훈화를 받았지만 소용이 없었다. ‘오늘은 선생님이 너무너무 화를 내시면서 리차드 워커를 교실에서 쫓아냈어요’, ‘오늘은 리차드 워커가 욕하는 걸 들으셨다니까요.’, ‘오늘은 리차드 워커가 점심 때 혼자 남는 벌(detention)을 받았어요.’ 나는 우준이의 리차드 워커 동태보고를 들을 때마다 그저 조마조마했다. 언젠가 크게 터질 시한폭탄을 지켜보는 것 같았다.

8학년의 1학기가 끝나는 크리스마스 무렵이었다. 학교에서 아이들에게 학기 동안의 행동상황과 학습성적 기록표를 집으로 보냈다. 우리가 사는 지역은 8학년이 중학교의 마지막 학년이고 9학년부터는 새로운 상급학교로 진학을 하게 되어 있기 때문에 8학년의 기록표는 그 전에 비해 중요성을 가지고 있었다. 선생님들의 과목별 평가를 읽고, 교장선생님이 써 주신 최종 평가까지 읽는 동안 우준이는 어느 아이가 어느 과목에서 어떤 일을 저질렀다는 이야기를 해준다. 역사 과목을 말하다 갑자기 리차드 워커의 이름이 등장하길래 나는 ‘그러면 그렇지, 그 녀석이 과락을 했겠구만’ 짐작했다.

당연히 과락이지, 아암 그렇고 말고, 선생님께 욕까지 하고, 거기다 들키기까지 하고 그러고도 지가 살아남겠어. 쯧쯧, 어쩌나 그 녀석은……

나 혼자 소설을 쓰는 동안 우준이의 사실보고가 이어졌다. 리차드 워커가 역사에서 B를 받았다는 것이다. 워커도 놀랐단다. 왜 아니겠는가. 나도 놀랐는데. 나는 짐짓 태연을 가장하고 물었다.

"그래, 걔가 그래도 역사를 열심히 했나 보구나."

"글쎄 그런 것 같지는 않던데, 하여간요. 역사 선생님이 얼마나 실망하셨다고요. 리차드 워커가 B까지 받았다고, 선생님도 놀랐다니까요."

다시 놀란 건 나였다. "아니, 그럼 점수를 선생님이 안 주시냐?"

우준이의 대답. "선생님이 점수를 주시지요, 당연히."

나의 질문, "근데 왜 선생님이 놀라? 그건 선생님이 준 점수 아니야, 그럼 선생님이 미리 아셨을 텐데 뭘 놀라서."

우준이의 대답. "그게요. 그러니까 선생님이 그간 점수를 모아보니까, 또 리처드 워커가 지난 번에 에세이를 잘 썼거든요. 그런 걸 모으니까 B가 된 거라 선생님도 모르셨던 거지요."

"그래, 그랬겠구나." 나는 다시 태연을 가장하고 평정을 수습하면서 말했다. 행여 "얘, 선생님이 그래도 리차드 워커를 미워하지는 않으셨던가 보구나" 하는 말이 나올까봐 여러 차례 심호흡을 했던 걸 우준이는 모른다.

나도 선생님이었다. 나름대로 학생들에게 공정하려고 무진 애를 썼다고 자부심도 가지고 있었다. 또 다행히 내가 그다지 중요한 위치를 가진 선생님이 아니라서 최소한 내 불공정과 무례함의 희생자가 적었으리라고 혼자 위로하기도 한다. 그만큼 감정적으로 걸리적거리는 사람에게 공정하기가 어렵다.

리차드 워커의 역사 선생님은 그 녀석에게 좋은 점수를 주고 싶지 않았다는 느낌을 솔직히 전달했다. 마치 리차드 워커가 선생님이 싫다고 노골적으로 드러낸 것처럼. 그 정도의 적대적인 관계라면 그건 정말 과락을 각오한 상황이다. (아닌가?) 그런데 선생님은 그가 그간 해 온 숙제와 시험이 만들어 내는 점수를 건드리지 않았다. 그건 리차드 워커라는 인간과는 다른 대상이라고 볼 수 있기 때문이다. 그건 역사 선생님 개인이 남달리 뛰어나고 훌륭해서 가능한 일이 아니다. 그들이 속해 있는 사회가 상호 적대적인 관계조차 공정할 수 있는 판단의 지침을 가르치기 때문이다. 심지어 우준이조차 그 분리를 당연하게 생각하는데, 난들 그렇게 생각하지 말라는 법 없고, 최소한 그렇게 생각하는 척이라도 해야 할 판이다.

못 말리는 할머니

적대적인 의견이 옳을 수도 있다는 가능성을 열어두면 인간다움을 보장받을 수 있는 기회가 많아진다. 언론과 사상의 자유가 비교적 존중되기 때문이다. 여기에서 '비교적' 이라는 부사가 아주 중요하다. 사람이 하는 일치고 절대적인 건 없다. 심지어 절대적으로 '뚱뚱한 사람' , '키 큰 사람' 은 없다. 인구 평균에 비추어, 건강 기준에서 보아 뚱뚱하다, 혹은 키가 크다는 평가를 내리는 것이지, 다른 인간과 비교가 없다면 '뚱뚱하다' , '못생겼다' , '날쌔다' 는 판단은 불가능하다. '언론의 자유가 있다' 혹은 '없다' 는 사회적 판단은 이보다 더욱 상대적인 개념이다. 다른 나라들과, 다른 상황들과 비교하지 않으면 그 명제의 현실성을 알아볼 수 없다.

영국은 '비교적' 세상 어느 나라보다 이 자유를 많이 누리고 있는 곳이다. 그렇다고 영국에서 아무 말이나 할 수 있는 건 아니다. 왕실에 관한 온갖 험담과 추문을 허용하지만 재위중인 국왕에 대해서는 함부로 말을 해서는 안 된다. 영국은 아직까지도 중세처럼 공무원이나 의원들에게 국왕에 대한 충성서약을 요구한다. 공화정으로 가자는 말도 함부로 하지 못한다. 성공회를 비난할 수 있지만 그렇다고 폐지를 주장하지 못한다. 테러를 조장할 수도 없고, 인종이나 종교, 성별을 차별하는 발언을 할 수 없다. 어린이와 청소년에 대해 성적인 발언이나 표현을 할 수 없다. 내가 아는 한 그 외는 거의 다 허용이 된다.

그 아랍인 교수가 아랍으로 돌아가지 않고 영국에 남기로 작정한 데에도 이 허용과 자유가 많은 몫을 했을 거다. 영국에서는 최소한 '이 나라에 문제 있다' 는 말을 자유로이 할 수 있다. 그게 뭐 그리 대단한 일이냐고 의아해 하는 사람을 위해 오래 전에 준비된 농담이 있다. 소련이 아직도 굳건하던 시절이다. 미국인과 소련이 만나 서로 자기 나라 자랑을 한다.

우선 시끄럽고 자신만만한 미국인이 말한다. "우리 나라에서는 무슨 말이든 할 수 있다."

소련인의 맞장구. "우리 나라에서도 무슨 말이든 할 수 있다."

미국인의 주장. "나는 마음만 먹으면 대통령을 만나 미국의 정책이 마음에 들지 않는다고 말할 수 있다."

소련인의 대응. "나도 마음만 먹으면 스탈린(!)을 만나 미국의 정책이 마음에 들지 않는다고 말할 수 있다."

남의 나라, 남의 정책에 대해서 자유롭게 말할 수 있는 나라는 많다. 어찌 보면 자기 나라가 변변치 못할수록 남의 나라 문제에 괜히 얽혀서 맹렬한 반대 시위와 데모를 하는 나라들도 있다. 의외로 지구상에는 (사회의 혹은 이웃의) 처벌을 두려워하지 않고 내 나라의 작금의 정책이나 문제에 대해 자유롭게 말할 수 있는 나라가 그다지 많지 않다. 영국인들은 이 점에서 비교적 많은 자유를 누린다.

작년이었던가, 젊은 날에 간첩활동을 하던 할머니 사건이 대대적으로 보도되었다. 세계 최고(最古)를 좋아하는 나라답게 이 할머니가 아마 세계 최고령 간첩일 거라는 첨가도 잊지 않았다. 영국 정부는 할머니의 나이가 너무 많아 구속이 불가능하다고 발표했다. BBC는 얼마 후 비밀리에 할머니와 면담을 한 비디오를 보여주었다. 칠순을 넘긴 했지만 여학생처럼 단발머리를 하고 몸이 가녀린 할머니는 여전히 정신이 맑고 몸 움직임도 둔하지 않았다. 할머니는 낮은 목소리로 천천히 그러면서도 담담하고 자신 있게 말했다.

할머니는 젊을 때 핵무기를 연구하는 기관에서 연구자료를 보관, 담당하는 일을 했었다. 당시는 냉전중이라 서방 강대국들은 핵무기 개발에 전력을 기울이고 있었다. 영국이나 소련도 예외는 아니었다. 할머니는 100% 영국인이다. 영국도 정보기관이나 국가 기밀 관련 연구를 하는 기관에 들어갈 때에는 까다로운 신원 조회를 거친다는 걸 감안해 보면 할머니의 신원도 물론 확실했을 것이다. 그런데 이 할머니가 소련에게 영국 핵무기 개발의 정보를 넘겼다. 그것도 별로 큰

대가도 없이. 이유를 묻는 기자에게 할머니는 이렇게 대답했다.

"어느 한 나라가 핵무기를 소유해서는 안 된다고 봤거든요."

여기에서 애국과 매국의 문제를 잠깐 떠나면, 이런 감탄이 생긴다. 대단한 사회적 명망을 가진 것도 아니요, 유달리 공부를 많이 한 사람도 아닌, 그저 그런 한 여자가 자신의 원칙이나 이념을 굳게 믿고 세계를 걱정하고 있다. 또 그 걱정을 그대로 실천에 옮겼다. 또 그의 말을 비난하지도, 조롱하지도 않은 채 국영방송이 그대로 사람들에게 들려주고 있다. 영국인들은 고교 졸업생 중 30%가 대학에 진학한다. 그것도 소위 명문이라는 곳에 학문을 위한 학문을 하자고 진학하는 가학적인 학생은 극소수에 불과하다. 전 국민의 학력이 이렇게밖에 안 되는 나라인 데도 불구하고 매국노 할머니의 정견 발표가 검증 없이 전파를 타도록 내버려둔다. 우리도 이제 이 이상한 섬나라에 산 세월이 꽤 되다 보니 다음 날 뉴스에서 할머니를 처형하라는 피켓이 등장하리라고 기대하지 않는다.

얼마 전 맥밀란 출판사에서 '앤소니 블런트' 전기가 나왔다. 앤소니 블런트는 이 할머니보다 훨씬 더 시끄러운 간첩 사건의 주인공이었다. 1970년대 블런트를 비롯하여 영국 정보부와 외무성 관리 4명이 관련된 소련 간첩사건이 공식적으로 발표되었지만 그들의 스파이 행적은 2차대전이 발발했을 때로 올라간다. 앤소니 블런트가 유명한 까닭은 그저 스파이여서가 아니다. 그는 영국 최고의 미술사가, 감정가였다. 말보로 학교와 케임브리지의 트리니티로 이어지는 고급의 교육을 받았고, 예민한 감식력과 뛰어난 판단으로 런던 한복판의 코트올드 회관의 관장을 역임했었다.

그런 사람이 왜 적국의 스파이가 되었는지 아직도 의견이 분분하다. 대학 재학시절에 공산주의에 경도되었던 것이 이 사건의 출발이 되었지만, 그 못지않게 그에게는 현실적인 사연이 있었다는 증거도 있다. 지금으로서는 학교 동문이면서 역시 소련의 스파이였던 가이 부르게스의 유혹으로 그가 그런 일을 했으리라는 설이 가장 유력하다. 이때의 유혹이란 정치적, 경제적 의미뿐만 아니라 성적인 의미까지 담고 있다. 가이 부르게스는 케임브리지의 개방적인 교수나 학생들 사이에 유별난 매력을 가진 남자로 알려져 있었다. 또 다른 설로는 블런트가 지독한 도박광이어서 늘 금전적으로 갈증이 있었다고 한다. 소련의 스파이로 활동하면서 그는 실제로 상당한 금전적 보상을 받았다.

공식 발표는 1979년이지만 블런트에게 간첩 혐의가 가기 시작한 것은 그보다 훨씬 오래 전 50년대부터였다. 정황증거가 부족하고 블런트 자신의 강한 부정으로 여러 차례 혐의를 벗었는데, 결국 사면을 조건으로 블런트가 자백을 하는 것으로 사건이 종결되었다. 스파이로 확인을 받고 나서도 블런트는 계속 미술품 관련 일을 해 나갔다. 특히 그는 여왕의 미술품 감식자로서 끝까지 공식적인 활동을 했고 여왕과 왕족들에게 귀중한 조언자로 높은 평가를 받았다. 왕족들은 그가 스파이라는 사실을 알고 있었지만 마지막까지 그와 우호적인 관계를 유지했다.

영국 신사

'죄는 미워하되 사람은 미워하지 말라' 는 명제를 이렇게까지 실천에 옮길 수 있기가 쉬운 일은 아니다. 테러 사건으로 흉흉한 요즈음에도 영국에 사는 아랍인들은 오히려 큰소리다. 아랍과 영국 사이에 전쟁이 난다면 나는 아랍을 위해 싸우겠다고 공공연히 주장한다. 어쩔 때는 보고 있으면 짜증이 나기도 한다. 그렇다면 너네 나라로 가면 되지 않느냐는 말이 혀끝까지 맴도는데, 그래도 그 말을 꾸욱 참는다. 영국인들도 참으니까.

케임브리지와 옥스포드의 대학생들의 음주벽이 심각한 지경에 이르렀다고 영국 신문들이 보고한 적이 있다. 여학생들까지 가세해서 과음에 고성방가, 방뇨, 구토, 싸움으로까지 번져가고, 심지어 케임브리지의 어느 대학에서는 교수 휴계실에 학생들이 오물을 쏟아놓았다고 비난이다. 참, 대학생들이 이러다니, 단단히 혼이 나야지. 이 신문, 저 신문을 뒤적여도 모두 다 그런 어조가 아니다. 음주벽은 우리 앵글로색슨의 오랜 옛 전통이라는 역사파가 있는가 하면, 학생들의 추태를 보니 그러고 다니던 나의 학창시절이 떠올라 새삼 그리움이 솟구친다는 낭만파도 있다. 진지하다는 기사라고 해 봐야 겨우 그들을 이해하자는 정도다. 어차피 이들이 나중에 영국을 이끌어갈 거 아니냐. 그 때 그들이 이 시스템에서 느낄 구토에 비한다면 지금 교수 휴계실에 남은 오물은 큰 사건이 아니라고 설득한다. 영국인들이 이러니 영국에 얹혀 사는 우리로서는 꾸욱 참을 수밖에 없다.

영국인들의 음주벽은 아닌 게 아니라 무슨 전통인 것 같다. 작년에는 블레어 총리의 큰아들이 졸업시험 끝난 기념으로 친구들과 과음을 하고 길거리에 쓰러져 있다가 경찰의 보호를 받은 사건이 있었다. 쯧쯧, 수상의 아이가 저 모양이니 수상은 얼마나 창피할꼬, 염려를 했는데 여기에서는 '아버지 따로, 아들 따로' 인지 연좌제적 인식을 가진 인간이 없었다. 수상 역시 담담했다. 기자들의 질문에 오히려 수상은 "10대의 아들을 기르기가 한 나라의 수상되기보다 쉽지 않다"고 말해서 10대 자녀를 가진 모든 영국인들의 동정을 샀다. 하긴 치국평천하(治國平天下)보다 가화만사성(家和萬事成)이긴 동서양이 마찬가지다. 수상도 어렵다는데 우리 아이들이라고 쉽게 크리라고 기대할 수 없다. 영국인 누구나 다 참는 일이라면 영국 사는 우리도 꾸욱 참는다.

영국의 전철, 국철, 지하철은 모두 영국병의 온상이다. 늦게 온다고 투덜대면 아주 안 오기도 한다. 속도가 더디다고 불평하면 가다가 멈추기도 한다. 지하도의 공기가 나빠 입을 막고 있으면 눈으로는 철로 위를 이리저리 달리는 작은 생쥐들이 보인다. 서비스는 나쁘면서 돈만 올린다고 화를 내면 아예 매표 창구는 닫혀있고, 매표기는 고장이다. 국가 관리의 공공 기관을 하나씩 하나씩 팔아치웠던 대처의 솜씨를 따라 전철과 국철이 개인영업자들의 손으로 넘어갔고, 노동당은 거기에 '제 3의 길' 이 있으려나 기대했지만, '제 3의 길' 은 고사하고 자기 갈 길도 못 가고 있다. 그 사이 기차는 멈추고, 사람들은 다치고 죽기도 했다.

지난 여름 영국 날씨치고는 유별나게 더웠던 날 런던의 지하철이 아무 예고도 없이 지하 굴 한가운데에 멈추어 섰다. 늘 그렇듯이, 기계에 이상이 생겨서 검사를 해야 한다는 말뿐 서너 시간이 지나도록 기차는 가지도 오지도 않고 서 있었다. 런던의 지하철에는 '물론' 에어콘이 없다. 찜통에 어두운 지하철에서 영국인과 외국인들이 오로지 그 시간 런던에서 그 지하철을 탔다는 공동 운명 덕분에 서로 더위와 이산화탄소를 나누면서 폐쇄공포증에 가까운 분위기를 느끼고 있었다. 갑자기 나이 든 영국 신사가 느릿느릿 말을 꺼냈다.

"우리가 개가 아닌 게 얼마나 다행이냐. 개였더라면 벌써 동물보호협회에서 나와 법석이 났을 거 아니냐."

그렇게 모두 웃으면서 집으로 잘 돌아갔다.

'이 사람들 아무래도 정신 이상 아니야' 생각하며 아리송해 한 사람들은 우리들뿐이다. 두 손을 불끈 쥐고 지하철 창을 부수고 개선을 요구하며 요금 환불을 주장해도 시원치 않을 마당에 뭔 농담이냐. 지하철에 너무 갇혀 있어서 전투의지가 사라졌는지 모르겠다. 어떤 이유든 간에 영국인들이 참는 데야 우리라고 참지 못할 건 없다. 우리도 꾸욱 참는다. 그러다 보면 지하철은 망가지겠지만 우리는 '관용'의 미덕을 가진 영국 신사가 되겠거니 믿으면서.

Ⅲ
남들 틈에 우리 사는 이야기

변호사가 보낸 법률 상식 중에 '이제 유언장을 쓰실 때' 를 환기시키는 항목이 있었다.
집을 구매한다는 것은 유산계층이 된다는 뜻이다.
즉, 소유주의 죽음이 뒤에 남아 있는 사람들의 생활에 어떤 식으로든
실제적인 변화를 일으키게 된다. 이것을 모르는 바는 아니다.
그렇지만 집 사는 데 유언장 쓰라니 이건 참 기분상 받아들여지지 않았다.
살자고 집을 사는 순간에 죽을 준비를 하라니, 기분 나빠 못하겠다고 남편이나 나는 버텼다.
권고사항일 뿐 의무조항이 아니니까 누구라도 그걸 적극적으로 권하는 사람이 없었지만,
늘 미진한 숙제처럼 남아 있었다.

남편이 영국에 오게 된 건 자기 일에 대한 욕심 때문이었다. 연구소의 상사 한 분은 '한 박사 미쳤냐'고까지 했단다. 이런 왕복여행을 하다 보면 가족은 어쩌느냐, 외국에 간 사이에 한 박사 책상 치우면 어쩌느냐, 걱정을 하셨다. 남편도 이제 '한국에서 자리 보존하고 싶었다면 그때 나오지 말았어야 한다'는 말을 한다. 한국에서는 학교 공부에서고, 직장 생활에서고 엉덩이 질긴 놈이 이기는 건데 그 원칙을 무시하면 벌을 받아야 한다는 이치다. 하긴 우리말에도 이런 가르침이 있다. '절이 싫으면 중이 떠나야지'로 되어 있지, '절을 고쳐야지'라고는 안 한다. 조직이 움직이기보다는 개인이 바뀌기가 쉽다는 이야기고, 어느 나라에도 이런 충고가 없지 않다.

남편은 처음에 박사 후 과정으로, 5년 지난 다음에 대학의 방문 교수로, 서울에 1년 반 있다 또 다음에 한국과 영국의 회사간 공동 연구로 영국에 나왔다. 그가 자기 일을 하는 동안 아이들은 집에서 놀다가, 학교에 들어가고, 졸업하는 과정을 겪었다. 나는 처음에 박사과정 연구생으로 있었고, 다음에는 박사 후 과정을 했고, 다음에 나왔을 때는 개별 강좌들을 들었다.

그때까지만 해도 나는 이 왕복여행이 내게 도움이 된다고 생각했다. 학위를 갖고 나면 반드시 대학 교수를 해야 된다는 우리들의 상식적인 통념을 그대로 신봉하고 있었던 데다, 특히 영문과 교수가 되자면 외국에 나가서 껌이라도 사먹고 와야 된다는 강박관념이 있었기 때문이다. 주변 정황으로 보건대, 껌만 사먹어서는 안 되고, 반드시 영수증을 받아야 한다는 것도 알았다. 박사 후 과정, 방문 교수, 겸직 교수, 객원 교수, 이 교수, 저 교수라는 자리와 이름을 이력서에 넣어야 외국학위 일색인 우리 나라 대학에서 사람대접을 받았다.

이력서를 꽉 채웠는데도 취직이 될 기미가 없었기 때문에 나는 이번 영국행에는 반대했다. 여기에서도 엉덩이가 질겨야 한다는 걸 깨달았다. 97년 말부터 경제 위기가 생긴 탓에 남편도 영국 출발을 망설이는 눈치였다. 그는 97년 말 영국을 떠나기 전에 MBA 과정에 응시했었다. 반드시 해야 되는 과정도 아니었기 때문에, 원서도 자기 멋대로 썼고, 면접도 거만하게 봤고, 시험도 건방지게 치렀던 걸로 알고 있었다. '나 안 뽑으면 손해' 라는 태도였다.

나는 그게 될 리가 없다고 굳게 믿었다. 내게 알리지도 않았지만 그는 일치감치 합격 통보를 받았던 모양이다. 집안 일과 아이 검정고시로 감시의 눈길이 소홀해진 틈을 타서 남편은 학교에다 장학금 안 주면 못 간다고 협박도 했고, 등록금의 반을 면제받았다. 여름 방학이 되자 그의 계획을 발표했다. 나는 그냥 아이들이랑 서울에 남겠다고 했다. 그러다, 날짜가 다가오면서 다시 또 전 가족 이사로 계획이 바뀌었다. 어머니가 돌아가시고 나자 사람 사는 일이 다 허무하면서, 또 다 소중하게 느껴졌다. 아주 사소한 일상이 인생을 만드는 거라면 대학교수라느니, 아이들 입시와 장래라느니, 아파트 값이 떨어졌다는 '대단한' 이유나 거창한 미래보다 지금 가족끼리 모여서 사는 게 더 중요하다는 생각이 들었다.

백화점 버스를 타고 가면서 아이들을 설득했다. 5학년 우준이는 아주 현실적이었다.

"다들 그냥 사는데 우리도 그냥 살면 되지 않나요. 엄마랑 아빠는 너무 욕심이 많은 거 같아."

아이 말이 맞았다. 바로 가면 20분도 안 되는 거리를 백화점 버스
가 돌아 돌아 1시간을 채워 가는 동안 에어콘 바람이 시원한 버스 차
창너머 서울의 여름이 뜨거웠다. 비지땀이 나게 하는 우리들의 여름
을 그리도 싫어했는데, 그걸 떠나 시원하고 맑은, 그래서 더 마음이
허전한 나라로 가다니. 나는 아이의 손을 잡고 미안하다고 했다. 굳
이 우준이가 남고 싶다면 다시 아빠와 이야기해 보자고 했다. 갑자기
아이는 그냥 가겠다고 말을 돌렸다. 그리고는 질문.

"가면 차 몰 거지요?"

우린 서울 사는 동안 한 번도 우리 소유의 차가 없었다. 남편은 연
구소에서 그럴듯한 액수의 차량유지비를 받을 수 있었는데, 고집스
럽게 차를 사지 않아 한 번도 그 유지비라는 걸 받아보는 영광을 누리
지 못했다. 나는 나대로 게으른 탓에 운전면허도 없었고, 지하철역
근처에 살아서 서울 나들이에 아무 불편이 없었다. 단지 왜 차를 안
사느냐는 남들의 질문에 대답이 궁색했을 뿐이다. 그런데 남자아이
들의 자동차 사랑은 대단했다. 우리 집에 없으니까 그 갈증이 더한
것 같았다. 우준이의 자동차 사랑은 가히 정열적이었다.

"이번에도 또 포드나 뭐 그런 거 몰 건가요?"

우준이는 크고 큰 차를 가져보는 게 소원이다. 런던 시내에 살면서
리무진도 많이 봤고, 재규어 정도는 익숙했기 때문에 폼나고 멋있는
차에 대한 욕구가 날로 세련되어졌다. 우리야 언제나 평범하고 단순
한 차, 고장나도 부품 구하기 쉬운 중고차를 골랐으니, 기껏해야 폭스
바겐이나 포드, 복스홀 정도가 고작이었다. 고장나도 고치기 좋은 차
들은 또 부품 조달의 민첩성을 자랑하는지 고장도 잘 났다. 우리 차

가 길에 퍼져 있는 걸 수차례 경험하면서 우준이 자존심이 많이 구겨졌었던 건 알고 있었다. 우준이는 볼보(Volvo)에서 가족용 차가 새로 나왔는데, 그건 예전 볼보보다 크지도 않고 멋있다고 했다. 그래, 이번에는 볼보 사자. 아이들은 그 정도의 약속과 기대에서 타협을 찾고 행복해 했다.

9월 학기에 맞추어 영국에 오니, 학교가 너무 시골이라 차 없이는 파 한 뿌리도 구하기 어려웠다. 이리저리 보고 다니다 구한 차가 피아트(Fiat), 그중에서 제일 작은 차였다. 그 전까지는 직장의 보조를 받아 생활하는 입장이었지만, 직장을 그만두고 온 처지에서야 그저 차는 자전거보다 나으면 고마웠을 때였다. 우준이의 분노와 슬픔은 대단했다. 우준이는 아빠가 절대로 자기 학교 근처에 차를 세우지 못하게 했다. 자기 '명성(reputation)'에 막대한 지장을 준다는 이유였다.

부모로서 약속을 지키지 못하니 한없이 미안했다. 피아트가 포드로, 다시 효온다이(Hyundai)—영국인들은 현대를 이렇게 부른다—로 바뀌면서 우준이의 야속한 마음도 좀 누그러졌다. BMW를 너무나 좋아해서 렌트카였던 BMW를 열심히 닦으며 '내 사랑 BMW'를 외우던 우준이도 벤츠나 BMW가 늘어선 학교에 우리의 '효온다이' 차를 세워도 '명성'을 크게 염려하지 않는다. 벤츠나 BMW쯤 가볍게 살 수 있는데 한국인이니 '효온다이'를 모는 척 품위를 지킨다. 우리가 '효온다이'를 모는 건 순전히 믿을 만한 국산품에 대한 신뢰 때문이라고 보인 덕분에 남편 직장의 영국인들도 두 사람이나 '효온다이'를 사는 일이 벌어졌다.

영국을 마다하던 아이들이 영국에 적응해 가는 동안 남편은 자신

우준이의 사랑 BMW와 함께

이 무식하게 용감했다고 느끼게 되었다. 절이 싫어 떠난들 중이 어디에 가겠는가. 또 절을 찾아가게 되는 법이고, 다른 절이라고 그다지 형편이 다르지 않다. 계절이 추워지면 그 절에 평생 내 몸을 누일 수 있으려나 의심이 들기도 한다. 외국이란 곳은 살수록 낯설어지니 참 이상하다. 매사에 익숙함을 느끼지 못하게 한다는 점에서 대단히 학습적이지만, 늘 낯설어 하기 때문에 신중해야 하고 피곤하다. 참으로 아이러니인 것은 남편이 직장을 정하고 영국에 살기로 마음을 먹자, 영국이 남의 나라라는 대대적인 각성이 생긴 거다. 남편과 나는 집을 장만하면서 서로 의논도 없이 각자, 따로따로 결심했다. 국물도 없는 이 나라에 뼈를 묻을 수 없다는 건 남편의 결심이다. 해도 없는 이 나라에 뼈를 뿌릴 수 없다는 건 내 결심이다.

1.
영국에 사는 설움

남편이 다니던 학교는 영국에서는 아주 드물게 학교 내에 가족 기숙사가 있었다. 학교 부지는 원래 영국 공군기지였던 곳이라 공군 가족들이 머물던 집들을 그대로 학생용 기숙사로 썼다. 학생들의 선택과 경제력 여부도 집의 규모를 결정하는데 중요한 영향을 발휘했지만, 가족 숫자가 제일 큰 고려 사항이었다. 아이가 둘이라 우린 학생 기숙사치고는 큰 집을 배정 받았다. 그래봤자 침대 방이 3개, 그중 방하나는 겨우 침대 하나만 들어갈 정도인 집이었다.

그래도 학교 소유라 여러모로 편리한 점이 많았다. 우선 근처 지역에 비해서 임대료(rent)가 쌌다. 물론 낡은 집의 수리나 보존 상태는 가난한 임대인들의 관심거리가 아니다. 특히 이런 식으로 학교나 공공기관, 즉 개인 소유주가 없이 계속 임대만 하는 집들의 상태는 그야말로 뜨내기 임대인들의 다양한 생활양식의 실험장이 되어, 우리처럼 실내 공간에 들어서면서 으레 신발을 벗어야 하는 사람들로서는 그 카펫 위에 서 있는 것 자체가 고역이었다.

우리 집도 예외가 아니었다. 방마다 카펫의 색깔이나 재질이 다 달랐다. 영국 집의 일반적인 구조대로 침실은 모두 이층에 모여 있었는데, 모든 방의 카펫이 그야말로 독립 선언이었다. 큰 방의 카펫에는 세 군데나 다리미 자국이 크고 선명하게 나 있었다. 칠칠치 못한 인간들이 살았나 보다 여기고 있었는데, 누군가의 말로는 그건 다 아랍인들의 작품이란다. 아랍인들은 어디에 가든 메카의 방향을 잊지 않으려고 그런 식으로 다리미 자국을 낸다고 한다. 그러고 보면 다리미의 오징어 몸통 같은 모습이 화살표 역할을 해서 좋기는 하겠다. 그런데 왜 3개씩 냈어, 오는 사람마다 다 눌러봐야 된다면 아랍인들 사이에는 경험의 사회화, 정보의 공용화가 안 이루어졌다는 말이고, 지구촌화의 영향으로 그 피해는 결국 우리가 보는 꼴이다.

계단이나 거실의 카펫도 나을 건 없었다. 아무런 촉감도 없이 바로 맨 바닥이 느껴질 정도로 포송포송한 털도 없이 얇은 바닥을 카펫이라고 불러야 하다니, 참으로 부당하다. 부엌에는 조각 비닐을 깔았는데, 이 비닐은 너무나 노골적으로 '나 싸구려다, 왜?' 시비꾼이었다. 여기저기 구멍도 생겼고, 찢긴 곳, 바닥이 들린 곳, 아예 조각이 다 떨어져 나간 부분도 있었다. 유리창은 곧 있으면 골동품으로 넘어갈까 말까 하는 지경이라 분명 문을 닫았는데도 바람이 술술 들어왔다.

일년 후 집을 나오면서 알게 되었는데, 우리 집은 수리 대기 상태였다. 학교는 구역을 정해서 대대적인 수리를 해왔고, 우리 집이 위치한 구역은 우리가 집을 비우자마자 수선으로 들어갔다. 수리가 끝나고 보니, 유리창은 모두 철거되고 이중창으로 바뀌었다. 노골적으로 싸구려였던 부엌의 비닐은 소박하지만 점잖은 비닐이 대신했다. 거실과 계단의 카펫도 바뀌었다. 여전히 촉감이 만족스럽지는 않지만, 그래도 카펫의 면모는 갖추었다. 다 좋아졌는데, 대신 임대료도 그만큼 올랐다.

남의 집 구하기까지

학교에서 정해주는 기숙사에서 살던 한국 사람들은 외국 땅에서 거주지를 구하기가 얼마나 까다로운지 잘 모른다. 유학 오면 그저 모두 다 이렇게 준비되어 있다고 쉽게 생각하고, 집이 더럽다느니, 임대료가 비싸다는 철없는 불평까지 한다. 영국에서 살아 보면 알게 되는 교훈이지만 영국에는 '싸고 좋은 것'은 없다. 싸면 반드시 비지떡이다. 비싸다고 좋은 건 아니지만, 싼 건 의심해 봐야 한다. 학교의 임대 기숙사는 영국에서는 아주 드물게 '싸고 좋은' 경우에 해당한다. 보통 학교나 자선단체, 혹은 회사나 왕실의 '보조(subsidiary)'를 받고 있기 때문에 학생들에게 원래 시장 가격보다 훨씬 싼 가격에 임대를 주는 것이 보통이다. 또 그 학교의 학생으로 입학했다는 재학 사실만 확인하면 별 까다로운 신원 절차 없이 학교 기숙사에 들어갈 수 있다.

우리는 에딘버러에서 2번, 런던에서 모두 3번 집을 임대해 봤다. 에딘버러에서는 아무 것도 몰라서 두 살짜리, 여섯 살짜리를 데리고 학군이 좋아서 제일 비싼 주택가를 골랐다. 배정 가능한 학교가 얼마나 좋으냐에 따라 집 값이나 임대료가 널뛰기하기는 영국이나 한국이나 마찬가지였다. 학교 갈 애라고 해봐야 우섭이가 간신히 초등학교 첫 학년이나 될까 말까한 나이였지만, 비싼 값을 치를 수 있는 사람들이 모여 사는 곳일수록 주변 환경이 조용하고 범죄율도 떨어져서 우리처럼 소심한 외국인이 살기에는 제격이었다.

겁도 없이 비싼 임대료를 내느라 저금을 써 버렸지만 덕분에 오래되고 품위있는 집에서 살아 본 경험은 남았다. 이제는 그 집이 제일 예쁘고, 쓸모 있는 집이었다는 걸 알지만, 서양살이가 뭔지 몰랐던 나는 그때 그 집을 너무 싫어했었다. 천장은 쓸데없이 높았다. 모스크바의 위도에 육박하는 에딘버러에서 난방이 안 된다는 건 너무 고생스러웠다. 그렇다고 반팔 입고 지내던 한국인이 영국인들처럼 냉골에 스웨터를 겹쳐 입을 수도 없었다. 창은 높아 외풍은 마구 들어오는데, 운치 있게 오래된 집 어느 곳이고 바람의 침략을 막을 방풍대비는 되어 있지 않았다. 8월에도 전기 장판을 틀고 자는 곳에서 나는 집이 낡고, 추운 것만 타박했었다.

그 집을 정하기 전까지 우린 꼼짝없이 게스트 하우스(Guest House)에 묵었다. 게스트 하우스는 B&B(Bed and Breakfast), 즉 재워주고 아침밥 주는 영국식 하숙집인데, 민박집보다 비교적 큰 편이고, 하숙방도 보통 3개 이상 갖추고 있는 곳이다. 아이들이 어리다 보니 같이 집을 보러 다닐 수도 없어 남편은 혼자 집을 보러 다녔다. 저녁이면 에딘버러 지도를 두고 그날 다녔던 곳들을 설명하고 밤새 머리를 짰다. 우리보다 한 달 먼저 와 계셨던 문 박사님의 조언이 없었다면 춥고 바람 찬 에딘버러에서 어찌 집 없는 설움을 견딜 수 있었을까 싶다. 문 박사님은 미국에서 유학생활을 하셨기 때문에 미국인처럼 매사 긍정적이고 적극적이셨고, 영국인들의 처리 방식이 둔하고 비합리적이라는 것도 일찍이 간파하고 계셨다.

어느 나라 사람이든 상관없이 이민 가는 사람들에게 해당되는 한 가지 원칙이 있다. 이민간 나라에서 제일 처음 어떤 사람을 만나느냐가 바로 그 사람의 미래가 되고 운명이 된다는 설이다. 처음 새로운 나라에 들어가서 세탁소 하는 동포를 만나 친하게 지내게 되면 나도 세탁소 하기 십상이고, 식품점 하는 사람 만나면 나도 식품점, 학교 선생 하는 이를 만나면 나도 학교 선생 하게 된다는 말이다. 이민이란 부모나 친지로 해서 생기는 진득한 인간관계를 모두 뒤로하고 낯선 땅으로 가는 일이다. 설혹 책이나 여행으로 그 나라의 풍물과 역사, 행정, 교육 따위에 대해 '자-알' 알고 있다고 자신해도 막상 책을 떠나 실제로 사는 일은 너무, 너무 다르다. 사람살이는 책이나 관광 안내의 추상적인 숫자, 정보로 정해지는 것이 아니다. 그 사회에 사는 사람들간의 관계와 인연이 삶의 질과 모습을 결정한다. 도저히 살 수 없을 것 같은 나라에서도 부자나 귀족은 천국 같은 생활을 하고, 젖과 꿀이 흐르는 땅에도 거지와 도둑이 있다.

지금도 우리는 우리의 첫 인연이 문 박사님 가족이었다는 데에 감사한다. 부부가 우리보다 나이가 조금씩 많아서 세월이 주는 지혜도 있었지만, 그 못지않게 두 분 다 평균적인 한국인들에 비해 아주 진취적이고, 독립적이었다. 그리고 따뜻했다. 두 분의 유학 경험과 처신을 보면서 말없이 배운 때가 아주 많다. 남편은 별로 사교적이지 못해서 사람들과의 관계를 어떤 식으로 맺어가고 이어가는지 잘 몰랐다. 난 들 신통한 것도 아니었다. 너무나 뻔한 사실들, 예를 들면, 유학생으로 외국에 나오게 되면 우선 그 학교의 한인회 회장과 연락하고, 아니면 가까운 거주 한인을 찾아야 한다는 뻔한 사실도 문 박사님을 통해서 알았다. 학교의 유학생 회장을 하던 최 목사님을 소개받자 갑자기 에딘버러의 거주분포도와 생활양식에 대한 지식이 대폭 증가했다.

남의 집에 들어가기까지

몇 가지 주의사항을 숙지한 후 거주 지역을 정하고, 부동산 소개소를 찾았다. 몇 군데 집을 보러 다닌 남편은 학군이 좋고 주변이 조용하다는 이유로 그 집을 골랐다. 아이들 덕분에 집을 볼 수 없었던 나는 입주 첫날 4월인데도 덜덜 떨리게 만드는 집의 난방 상태가 영 불만이었을 뿐, 집의 분위기를 감상할 여유가 없었다.

부동산 중개업소에서 준비된 계약서를 쓰고 나면 신원 확인 절차가 따르는 것이 보통이다. 부동산 관계나 금융, 상거래, 학교 입학, 취업 등 대부분의 사회적인 거래를 위한 신원 확인용이라면 보통 두 사람 혹은 기관의 추천이 필요하다. 특별한 경우에는 세 군데의 추천서를 원하기도 한다. 추천인은 당장 소용에 가장 가까운 사람이어야 한다. 학교 입학할 때에는 학교 선생님의 추천이 결정적이지만, 집을 임대할 때는 그 전 집주인의 추천서가 제일 중요하다. 직장을 옮길 때도 그 전 직장에서 추천서를 받는 게 좋다. 하다 못해 하수도 뚫는 사람을 찾을 때에도 그 전에 하수도 뚫어본 사람에게 추천을 받으라고 권한다.

집을 빌릴 때에 가장 좋은 추천서는 그 전 집주인의 추천서와 은행 거래 증명서다. 둘 다 이 사람이 임대료를 잘 낼 수 있다는 점을 확인해 주는 서류가 된다. 처음으로 영국에서 집을 빌리는 사람이야 '이전 임대 경험'도 없고 은행 거래 실적도 없다. 우리 나라에서도 예전에 외국인이 은행 거래를 시작하기 쉽지 않은데, 그건 법률적으로 묶여 있어서였다. 영국의 경우는 오래 전부터 법률적으로 외국인의 은행 거래를 허용하고 있다. 영국에서 은행 거래를 시작하기 쉽지 않은 이유는 법률적인 금지가 아니라, 은행 자체의 신원 확인 절차가 까다롭고 복잡하기 때문이다.

내가 내 돈을 넣겠다고 해도 그대로 받아주지 않는다. 면접 시험 치르듯 은행 직원이 일일이 신원 사항을 물어보고 서류에 기입한다. 그들에게는 낯선 발음의 이름이나 주소까지 모두 은행 직원의 손으로 직접 쓰는 것이 상례다. 신청인은 직원이 묻는 말에 대답을 하고, 서류 작성이 끝나면 사인을 한다. 사인을 한 서류에 대해서는 자신이 전적으로 책임을 져야 하기 때문에 서류를 확인할 시간을 준다. 은행에 구좌를 개설할 때도 물론 추천서가 필요하다. 이 때 가장 흔한 추천서는 그전 은행과의 거래 경력이고, 집을 임대하는 사람의 경우는 집주인의 추천서가 또 그만큼 중요하다. 이러다 보니 집주인은 은행의 추천서를 원하고, 은행은 집주인의 추천서를 원하는 악순환이 생길 수 있다. 런던에서 집을 구할 때 우리가 바로 이 고리에 걸려들었다.

일찍부터 세계의 도시가 된 런던에는 외국인에게 임대사업을 하는 사람들도 많고 소개업자들도 영국의 다른 곳과는 비교가 안 될 정도

로 수월하게 일처리를 한다. 그렇지만 런던이나 유럽의 오래된 도시
들에는 빈집에 몰래 들어가 사는 무단입주자(squatter) 문제가 심각
하다. 일단 무단입주자가 생기면 집주인이 성질 난다고 입주자를 마
음대로 길거리로 내팽개칠 수 없다. 법률적인 절차에 따라 적법하게
처리해야 되는데, 경찰이 충돌해서 입주자를 결국 길거리로 내팽개
칠 때까지는 석 달 이상 걸릴 수도 있다.

　임대료를 못 내는 경우도 마찬가지다. 임대료 독촉이 가고, 또 가
고, 마지막 경고가 가고, 법률적으로 처리될 때까지 석 달이 걸린다.
또 집을 망쳐놓는 사람들도 많다. 집 망치기가 어려운 사업은 아니
다. 청소도 안 하고, 진흙 묻은 발로 침대까지 가고, 소변도 정조준하
지 않고, 목욕탕에 물 튀기고, 비누 튀기고, 실수로(?) 타일도 깨뜨리
고, 오븐에 넣는 음식마다 태우고 스파게티로 예술활동을 하고, 담뱃
재를 카펫 위에 흘리고, 아이는 벽에 손자국으로 자기 집임을 과시하
면 된다. 회복 불가능할 정도로 집을 망친 사람들에 대한 괴담이 집
주인들을 점점 더 방어적으로 만드는 건 당연하다.

　에딘버러에서는 대학의 초청 교수가 편지를 썼고, 한국 연구소의
재직 영문 서류를 냈다. 그때만 해도 에딘버러는 시골이라 그 정도에
서 마무리가 되었던 셈이다. 런던은 이에 비하면 더 복잡해서 살벌하
기까지 하다. 한국의 대기업 회장에게 편지를 보내 신원을 확인할 때
까지는 집을 빌려줄 수 없다는 영국 촌사람도 있었다. 집이나 크면
이해나 하지, 간신히 침대나 들어갈 방 3개를 가지고 그 난리를 치니
'야, 아직도 자기들이 대영제국인지 아냐' 고 비웃음이 안 나올 수 없
다. 런던 대학 교수가 자기 집을 담보로 보증을 선다고 해도 임대할

수 없다는 사람도 있었다. 필시 광신, 극우파시스트, 인종차별주의자임에 틀림없다.

집주인이 은행 추천을 원할 경우는 우선 은행과 이야기하는 것이 좋다. 영국은 개인보다 기관이 훨씬 말을 잘 듣는다. 은행 계좌 열기가 어렵다고 하지만 집 구하기보다 쉽다. 은행같이 큰 기관들은 신용이나 신원을 확인할 수 있는 통로가 많고, 또 불미한 사건이 발생했을 시 손해를 청구하거나 법률적인 처리를 담당할 준비가 늘 되어 있는데 비해, 개인들로서는 이런 시비가 걸리면 시간과 돈, 에너지의 낭비와 부담이 크게 된다. "야, 너 말고 매니저 불러" 하는 건 술집에서 잘난 척하는 우리 식인데 영국에서도 어려운 일에는 이게 통한다. 물론 말투는 좀더 공손해야 된다.

"저, 매니저와 이야기 좀 할 수 있을까요. 도움이 필요해서요."

은행의 매니저에게 대강의 사정을 이야기하면 가능한 타협안을 얻을 수 있다. 은행의 잔고증명을 발급해 주기도 하고, 간단한 편지를 써 주기도 한다. 이전부터 은행 거래가 있었던 사람은 전혀 걱정할 필요가 없다. 은행마다 은행거래 손님들을 위한 추천양식이 이미 마련되어 있어 신용추천서를 얻는 데 그다지 시간이 걸리지 않는다.

신원 확인이 끝날 때까지 일주일, 늦으면 열흘이 지난다. 절차가 끝나고 나면 모든 임대료는 선불이니 우선 첫 임대료를 먼저 낸다. 그와 함께 한 달 임대료만큼의 보증금을 낸다. 이 보증금은 임대인이 집을 더럽게 썼다든지 집안의 기물을 파손했을 때를 대비해서 소개업자가 임대기간 만료까지 보관하게 된다. 주인이 직접 집을 임대하는 경우에는 당연히 주인이 보증금을 보관한다. 주머니에 일단 들어간 돈이 다시 나오기는 어려운 법이라, 일단 주인에게 들어가면 보증금을 다시 환불받기 쉽지 않다. 그러다 보니 평소에는 친하게 지냈다가도 만료가 되어 집안 검사를 할 때는 이 트집, 저 트집을 잡아 보증금을 돌려주지 않는 사례가 비일비재하다.

배짱 세고, 영어 잘하고, 타고나길 싸움도 좋아하는 사람이 아니라면 영국식의 중재 사회의 관례를 존중해 주는 게 이런 피해를 줄이는 길이다. 우리는 집주인이나 세입자나 똑같이 소개료를 내지만 영국에서는 집주인이 훨씬 많은 소개료를 낸다. 세입자는 서류 작성이나 사무처리에 따른 비용을 지불하는 정도로 그치는 게 보통이고, 세입자에게 일체의 비용을 청구하지 않는 경우도 많다. 집을 살 때도 마찬가지 원리가 적용된다. 집을 파는 사람은 소개료를 내지만 집을 사는 사람에게는 소개에 관계된 일체의 비용이 면제된다. 집을 100채를 보러 다니건, 1채를 보러 다니건 소개업자는 늘 고마워한다. 물론 속으로야 끌탕을 하겠지만, 1000채 보고 안 사겠다고 해도 '고맙다'고 한다. 중개업이 발달한 나라일수록 당사자간의 직접 대화의 기회는 없어진다. 〈크레이머와 크레이머〉와 같은 할리우드 가족 영화라든가 할리우드 배우들의 이혼담을 들어본 사람들은 이혼 담당 변호사들이 이혼 당사자들을 배제시킨 채 결혼과 이혼을 포함한 모든 친밀한 인간관계를 기괴하게 뒤틀어버리는 대가로 얼마나 큰돈을 벌고 있는지 짐작할 수 있을 거다. 사실 변호사나 소개업자, 중간업자 등 이해 당사자들간의 문제를 중재하는 직업들에는 이런 부정적인 면이 없는 것이 아니다. 그렇지만 우리의 화려한 임대 경험으로 보면 절도 있고 적법하게 운영되는 중개업은 이해당사자들을 박살내지 않고 문제를 풀어준다는 아주 긍정적인 면을 가지고 있었다.

남의 집 사는 설움

모든 서류 절차가 끝나고 보증금과 선불 임대료를 내고 나면 열쇠를 받게 된다. 그리고 인벤토리 리스트(inventory list), 소위 집안 세간목록서가 도착한다. 영국인들은 편지를 얼마나 좋아하는지 웬만한 서류나 기록은 다 편지로 우송된다. 영국에 와서 살려고 하는 사람은 반드시 영문 편지 쓰기에 숙달되어 있어야 한다. 심지어 우리 집에서 좀 세게 넘어지면 코 닿을 곳에 있는 동네 소개소에서도 우표를 붙여 편지를 보낸다. 필시 이메일과 인터넷시대에 적자를 면치 못하는 영국 우체국을 먹여 살리자는 범국민적인 운동이 있는 게 분명하다.

소개업이 세련되다 못해 대기업으로 발달한 런던에서는 세간목록만 확인하고 검사하는 '인벤토리 체커(inventory checker)'가 있다. 주인의 편도 아니고, 세입자의 편도 아닌 제 3자, 즉 이해당사자가 아닌 중개인이 또 다시 끼여든다. 입주할 때는 주인이, 집을 나갈 때는 세입자가, 아니면 그 반대로 입주할 때 세입자가, 집을 비울 때는 주인이 그 비용을 부담하고 인벤토리 체커를 고용한다. 크지 않은 집일 경우 우리 돈으로 5만원에서 10만원 정도의 목록 검사 비용을 내는데, 여러 차례 남의 집을 살다보니 우리는 이 돈이 아깝지 않다는 것을 배웠다.

우선 세간목록이라는 종이를 받아들어도 도무지 그 영어를 이해할 수 없을 때가 많다. 침대 생활을 하니까 이제 매트리스(mattress)라는 단어 정도야 상식이니 'mattress protector' 라는 물건은 아마 이 나달 나달 낡은 천인가 보다 맞추어나갈 수 있다. 그런데 발란스(valance), 스로우(throw), 화장실의 3-suite, 폿푸리(potpourri)쯤 되면 영어 단어 시험이 된다. 한 사람은 사전을 뒤지고, 한 사람은 물건을 뒤져서 겨우 맞춘다. 하루에 방 하나씩, 그것도 세간살이도 많지 않아야 그 정도다. 침대, 커텐, 벽 상태, 바닥 상태, 등, 등갓, 손잡이, 문, 가구가 모두 적혀 있고, 그에 대한 상태도 기록되어 있기 때문에 행여 기록과 다른 걸 그대로 지나갔다가는 게으름과 무관심에 대해 보증금으로 값을 치뤄야 한다.

에딘버러의 집은 우리가 들어가기 전까지 아이 없는 의사 부부가 살았다. 두 사람 직업이 그렇다 보니 집에서 식사하는 일이 거의 없었다고 했다. 기껏해야 냉동식품을 사다가 마이크로 오븐에 돌려서 먹는 게 전부였기 때문에 그 집은 아예 마이크로 오븐을 전기 오븐레인지 위에 올려두고 있었다. 오븐은 전혀 불도 켜지 않았다는 이야기가 된다. 원래 집이 낡았으니 아무리 청소를 한들 두꺼비가 와서 헌 집을 새 집으로 바꾸어갈 리도 없었던 데다, 의사라는 사람들이 남의 목숨 구하느라 바빠 자기들은 청소도 안 하고 살았기 때문에 우리가 그 집에 입주했을 때 사정은 울고 싶을 지경이었다. 신을 벗고 살아야 하는데 카펫은 물청소도 할 수 없으니 그게 바로 진퇴양난, 딜레마의 상황이었다. 목욕탕도 더러운 물이 고인 상태 그대로였다. 목욕 처음 하는 사람이 그 청소를 하겠거니 버텼는데, 도무지 우리 집 남자들은 애 어른 없이 목욕도 안 하고 아주 행복하게 지냈다. 욕조와 변기를 청소할 때는 욕지기가 나서 몇 번이고 집밖에 나섰던 기억이 난다.

그런데 우리는 그냥 참 더러운 인간들이네 소리만 했지, 아무 곳에도 그 기록을 남기지 못했다. 목록에 적힌 대로 세간들이 있었기 때문에 세간목록서에 사인을 했다. 그 부동산 소개소는 우리들에게 직접 목록 점검을 하라고 했고, 아직도 영국 전역에는 이런 관행이 많다. 대신 집을 비울 때는 소개소에서 목록 검사를 한다. 임대료를 받을 때마다 상냥하게 웃던 소개소 할머니는 마지막 세간 검사에서는 아주 싸늘했다. 집 청소가, 특히 목욕탕 청소가 불결하다는 이유였다. 청결, 불결은 마치 '쾌, 불쾌' 만큼이나 애매한 용어다. 어떤 사람이 어디를 어떻게 보느냐에 따라 그 정도가 달라질 수 있다. 처음 집에 들어올 때 '이 화장실의 꼬라지가 어땠는지 아느냐', '너희는 우리에게 오히려 돈을 내야 된다' 고 했지만, 그건 다 헛소리가 되었다. 아무 데도 그런 사실을 명기하지 않았기 때문이다. 오히려 그때 그런 불평을 왜 하지 않았느냐고 우리를 나무라기까지 했다. 결국 5만원이 넘는 돈을 보증금에서 빼는 것으로 끝나고 말았다.

런던 소개소의 세간 검사원은 소형 마이크와 녹음기를 가져왔다. 우리가 보는 동안 일일이 다니면서 집안 상태와 세간을 녹음했고, 일주일쯤 있다가 녹음을 정리해서 보내주었다. 우리가 특별히 지적했던 부분들이 다 기록되어 있었다. 카펫이 너무 더럽다는 불만을 받아들여서 집주인은 카펫 물청소를 해주기로 약속했다. 그런 게 있었구나, 기뻐한 것도 잠시였고, 막상 전문청소원이 들이닥치자 후회막급이었다. 물청소 아니라 홍수청소를 한들 무슨 소용이 있나, 청소원 자체가 그 두터운 운동화를 그대로 신고 있는데. 그때 이후 우리는 결심했다. 그저 영국인들은 집에 안 들이는 게 상책이다. 발을 자르기 전에는.

　런던에서 잘 넘어갔다 싶었는데 학교 가족 기숙사를 나올 때도 같은 실수가 벌어졌다. 학교는 세입자가 직접 세간 검사를 하게 했다. 에딘버러의 경험을 살려서 일일이 기록을 했다고 생각했는데, 매트리스에 얼룩이 있었던 것을 적지 않았다. 퇴사 검사를 받던 날 학교 직원 할머니는－문제에 걸리는 사람들이 왜 전부 할머니지?－매트리스의 오점을 지적했다. '그런 오점 남길 애들 없다'로 시작했던 항변이 학교의 세입자 관리에 대한 불만으로 갔다. 직원 할머니는 자기가 보관하던 기록을 보여주었는데 그건 우리들의 목록과는 달랐다. 왜 그걸 우리에게 보여주지 않았느냐, 왜 너희는 다른 서류로 관리하느냐, 왜 세입자의 말을 믿지 못하느냐, 싸움을 했지만, 어쩌면 싸운 덕분에 2만원 정도에서 청소비를 내는 것으로 끝이 났다. 서양에 오래 살면 싸움닭이 된다고 하는 건 이런 이유 때문이다. 우리는 '싸웠다'는 동사를 쓰는 상황에 대해 서양인들은 '의견을 제시했다', '자기 입장을 밝혔다', '주장했다', '토의했다'는 동사를 쓰는 걸 보면 그들은 싸움닭 정도가 아니라 타고난 투견들이요, 맹수들임에 분명하다.

학습－1: 굿(good)

　그래도 이 지겨운 목록 검사를 거듭하면서 배운 바가 없지 않다. 가장 큰 소득은 영국인들이 'good'이라는 표현을 쓰는 현실을 분간하게 된 점이다. 영국의 난민 수용소보다 나을 게 없었던 학교 기숙사는 '화려한' 카펫 상태도 '굿', 다리미 자국 있는 이층 방의 카펫도

‘굿’이었다. 조각난 부엌 바닥도 ‘굿’이고 갓 끝의 장식 실밥이 풀려서 원래 형태가 사라진 전등갓도 ‘굿’이었다. 에딘버러의 집은 전통을 자랑하다 보니 역사적 풍모를 자랑하는 물건이 많았다. 그릇들도 반세기가 족히 되었음직했다. 상표는 그럴듯했던 그릇들이지만 군데군데 금도 가고 이도 빠져 있었다. 이 그릇들의 상태는 ‘굿’이었다.

뭐니 뭐니해도 ‘굿’의 절정은 그 집의 세탁기였다. 고풍스런 그 집에는 100살이 넘었을 게 분명한 세탁기가 있었다. 목록표에 ‘세탁기’가 있다니까 온 집안을 다 찾아 헤매었지만 도무지 세탁기를 찾을 수 없었다. 결국 부엌 선반 아래 빈 공간에 세탁기와 몹시 유사하게 생긴 물건이 있네 생각했는데 알고 보니 그게 100살짜리 세탁기였다. 엔지니어인 남편은 이런 원조 세탁기를 보다니 산업혁명의 나라에 왔다는 실감이 든다고 감개무량이었다. 엔지니어야 이 역사적 현장에 감동할지 모르지만 그걸 가정용품으로 써야 하는 소비자 입장에서는 기가 막힌 일이었다.

세탁할 때마다 세탁기라고 우기는 이 물건을 끌어다 수도꼭지 가까운 곳에 둔다. 세탁물을 통 속에 넣고 ‘세탁’ 표지에 버튼을 맞춘다. 세탁기에 달린 호스를 꺼내 싱크대 수도꼭지에 끼운다. 물론 손으로 끼워야 한다. 우리 집의 100살짜리 세탁기는 찬물에만 끼우게 되어 있었다. 이제 수도를 틀면 세탁이 되는 건지, 세탁기 통이 광풍을 일으키며 마구 흔들렸다. 더 하다가는 세탁기 분해되는 꼴을 보겠다 생각될 즈음 세탁을 멈춘다. 물론 내 손으로 버튼을 돌려 멈추는 것이다. 그리고 세탁기 통 속의 물을 바가지로, 혹은 물통으로 퍼 올려서 싱크대나 하수구에 버린다. 다시 세탁하길 원하면 같은 일을 반복하면 된다. 말이 세탁기지 자동이 아니었기 때문에 세탁 시작부터 세탁 끝까지 인간과 세탁기가 혼연 일체가 되어 동일 장소에 남아 있어야 했다. 그런데 이 세탁기의 상태가 '굿'으로 되어 있었다.

영어권에 일이 년 다녀온 사람 중에 '굿'에 매료된 사람들이 간혹 있다. 특히 아이들 성적표를 받아 보고 '굿'이라는 표현이 많은 것에 깊은 감동을 받는다. 역시 칭찬으로 아이들을 가르친다는 서양교육이 다르다느니 우리 아이들이 한국에서는 요모양 요꼴이지만 서양에만 가면 남다르게 잘한다는 과대망상까지 병으로 얻어온다. 오래 전에 미국에 유학간 인미의 '썰렁한' 말이 이 병을 치료하는 데에 도움이 좀 될 거 같다.

"애들은 무조건 '굿'이잖아요. 잘하면 '굿 잡(good job)', 못하면 '굿 트라이(good try)'이니 어쨌든 굿(anyway good)이지요."

서양 사람들은 칭찬을 잘한다. 우리는 워낙 칭찬에 인색한 문화에 살다 보니 칭찬을 들으면 나한테 혹시 돈이라도 꾸겠다는 거냐, 월부 책 안길 일 있나 염려할 정도로 칭찬에 의심을 많이 한다. 그러면서도 서양인들의 칭찬에 대해서는 아무런 의심이 없다. 거기에 번역 실력을 자랑하고자 하는 욕심까지 끼여들어, '굿'을 '좋다'로 번역하고는 그냥 좋아한다. 좋은 번역은 단어를 단어로 바꾸는 단순한 일이 아니라 문화를 문화로 바꾸는 일까지 포함한다.아주 쉬운 단어일수록 쓰임새가 많아 다양한 용법을 가지기 마련이다. 쉬운 단어, 기초적인 단어일수록 의외로 번역이 어려운 건 이런 이유 때문이다. 영미 문화권에서 '굿'은 그냥 그저 그런 사교용 장식품이다. 성적표에는 백지 메꾸기용으로, 대화에서는 침묵 메꾸기용으로, 사람 사이에서는 교제 진행중임을 알리는 극히 평범한 사회적 표시에 불과하다.

칭찬이 비난보다 교육적 효과가 있는 건 말할 필요가 없다. 그렇지만 칭찬의 교육적 효과만 일방적으로 강조하다 보면 이면의 비교육적 기능을 잊을 수가 있다. 칭찬만 받고 자란 아이는 칭찬에 중독이 된다. 계속 칭찬 받기를 원하니까 칭찬 받을 일을 하게 되는 것이 칭찬의 순기능이라면, 칭찬 받기만 원하니 칭찬 받을 일 외에는 하지 않고, 칭찬 받지 못하면 좌절하고 의심하고, 칭찬 받지 못하면 일의 만족을 얻지 못하는 역기능도 있다. 그리고 칭찬의 강도도 점점 커져야 한다. '굿' 정도 들어서는 그저 시큰둥해 한다. '엑설런트(Excellent)', '화뷸러스(fabulous)', '환타스틱(fantastic)', '고져스(gorgeous)', '원더풀(wonderful)', 투더풀 떠들어야 진짜 좋다는 칭찬인가 보다 여긴다. 그것도 온갖 호들갑을 다 떨고, 놀라는 시늉을 해야 된다. 아무 광란의 몸짓 없이 점잖게 영미인들이 '굿' 이라고 하면 그건 대개의 경우 100년짜리 세탁기에 쓰는 '굿' 이라고 보면 된다.

영국에서 집 사기

남편이 정해진 수업기간을 끝나고 졸업하자 우리 가족은 더 이상 학교의 기숙사에서 지낼 자격도, 이유도 없었다. 그런데 남편은 졸업 후 학교 프로젝트에 관여했기 때문에 먼 곳으로 이사갈 형편이 아니었다. 아이들도 이미 근처 학교에 다니던 중이라 영국 시골이 크게 다를 게 있겠느냐는 생각으로 학교 근처 마을로 이사를 나왔다. 물론 그것도 임대였다. 잠깐 지내다 가겠다던 그 집에서 1년 반이 넘도록 살았다. 그 동안 남편은 학교에서 회사로 직장을 옮겼다. 아이들의 학년도 올라가서 입시에 돌입하는 나이가 되었다. 서울로 가련다 노래를 불렀고 두 번이나 서울에 갔지만 우리 아이들의 학력 저하로 조국의 국력이 떨어질까 두려워하는 친지들은 아무도 우리의 귀국 계획에 찬성하지 않았다.

임대 기간이 끝나가자 아이들을 위해서도 떠돌이 생활을 청산하자는 마음이 굳어졌다. 영국 대학은 줄만 서면 들어간다고 생각하는 사람들도 있지만, 줄도 똑바로 서려면 나름대로 시간이 걸리고 공이 드는 일이다. 아이들을 끌고 너무 왕복여행을 했던 데에 미안한 마음도 들었기 때문에 한 학교에서 입학하고 졸업하는 경험을 남겨주는 게 부모의 도리라는 비장한 각오도 생겼다. 또 남편은 어차피 이 사회에 살 거라면 이 사회의 운전시스템에 들어가서 함께 돌아보는 게 좋다는 더 비장한 발표도 했다. 그 해 6월부터 집을 보러 다닌 것이 임대 기간을 연장해 가면서 11월까지, 모두 30채의 집을 구경했다.

내 집 구하는 설움

정원을 그림처럼 꾸며둔 영국인들이 정작 집안에서는 어떻게 사는지 공부하기에 이보다 더 좋은 경험은 없었다. 동물을 사랑하다 보니 집을 동물원처럼 생각하는 이들도 많았다. 영국인들은 비 내리는 거리를 개와 함께 산책하고 들어오면, 개는 소파에 앉아 있고, 자기는 바닥에 앉아 차를 마시면서 동물 사랑을 몸소 실천한다. 고양이 기르는 집은 더 기묘했다. 우선 손님에게 고양이를 먼저 소개시켰다. 창

틀에서 조는 괭이는 그래도 양반이고, 냉장고 위에 늘어져 있거나, 담장 위에 쪼그리고 서커스 훈련을 하는 괭이까지 집안 구석구석 그들의 자취가 그득했다. 거기에다 DIY(Do-It-Yourself)로 일을 하는 것이 영국인의 기본 태도이다 보니 집안의 수선이나 관리가 어설펐다. 벽마다 다른 색을 자랑하고 미숙한 도배를 감추기 위해 싸구려 그림들로 가득했다.

인터넷으로 또 주변 이웃들로부터 어떤 집을 봐야 하는지, 어떤 주의사항이 있는지 숙지를 했지만, 역시 우리가 가장 중요하게 본 점은 남향이냐, 또 그 집이나 주위의 느낌이 따뜻하냐는 것이었다. 결국 다시 말하자면 순전히 내 기분에 따라 고르겠다는 심사였고 영국에서 한국 집을 고르겠다는 배짱이었다. 우준이는 '이름 있는 집'을 고르라는 주문을 했다. '호도나무 집(Walnut Tree House)', '장미 오두막집(Rose Cottage)', '고양이(The Cat)' 등등 문 앞이나 벽에 집의 명패를 걸어둔 집들이 좋다는 이야기였다.

장고 끝에 악수는 한국에서만 두는 게 아니다. 임대 만료가 가까워오고 해가 바뀌려고 하자 마음도 급해졌다. 새로 나온 집은 남편 말에 따르면 이 마을 '읍내'에 위치하고 있어 우체국 가기에도 좋았고, 가게도 걸어서 갔다올 거리에 있었다. 거기에다 남향이어서 밝고 따뜻했다. 방 숫자도 적당했다. 너무나 관리가 안 되어 있었지만 뭐 그정도야 사람을 불러 고칠 수 있다고 생각했다. 우리 불행의 시작은 이렇게 단순한 발상에서 나왔다.

모가지를 졸라매는 모기지

영국에서는 돈 한푼 없이 집을 구할 수 있다. '모기지(mortgage)'라는 장기저리의 주택융자가 있어서 직업이 확실하거나 부동산 보증이 있으면 최대 100%까지 집 값을 융자로 받을 수 있다. 우리 상황에서 보면 이상적이라고들 하지만, 여기에 따르는 책임도 크다. 'Mortgage'라는 영어 단어는 '사냥감의 죽음을 알리는 나팔소리, 곧 죽음'을 뜻하는 'mort'와 '약속, 약속을 맺다, 책임 있게 단언하다'라는 의미의 'gage'가 합쳐져서 만들어진 단어다. 이렇게 말을 풀고 나면 목숨을 담보로 맺은 약속이라는 의미의 모기지 계약이 영국인들에게 얼마나 큰 무게를 갖는지 느끼게 된다. 대체로 정년 퇴임을 만기 상환기로 잡고 있기 때문에 '모기지'는 문자 그대로 사람이 살아 있는 한 놓여날 수 없는 덫이다. 아서 밀러가 「세일즈맨의 죽음」에서 모기지 상환의 책임에서 벗어나고 아들에게 집을 남기기 위해 죽음을 택하는 늙은 세일즈맨의 상황을 설정할 수 있었던 것도 바로 이 때문에 가능했다. 남편은 이렇게 사람을 졸라매니 이건 '모기지'가 아니라 '모가지'라고 투덜댔었다.

영국 집 구매의 전후사정을 모르는 우리들로서는 일단 어느 정도 예산안에서 집을 먼저 구하는 것이 순서라고 생각했는데, 영국의 집 매매 원칙은 그 반대였다. 집을 보러 다니기 전부터 자신의 융자 가능 금액을 알아보고, 어느 융자회사의 상품이 유리한가를 정해두는 게 바른 순서였다. 그러면 원하는 집을 흥정할 때도 훨씬 유리하고, 집을 사는 시간이나 절차도 절약할 수 있다.

소개소를 통해 어떤 집을 사겠다는 의사를 전하면 소개소는 주인과 가격 흥정을 끝내고 가계약(Subject to contract) 사실을 알려준다. 물론 편지로 전해준다. 편지 내용에 구매자가 융자를 받는다는 조건, 소개소에서 융자까지 알선해 준다는 조건까지 명시되어 있다. 우리는 처음에 융자소개업자의 도움 없이 인터넷으로 융자를 받을 생각이었다. 그런데 일반 은행뿐 아니라 집 융자 전담 회사(Building Society)의 융자상품을 모두 합하면 3000 종류에 육박한다는 것을 알았다. 상품에 따라 이자 차이도 컸고, 상환 조건도 각양 각색이었다. 우리는 외국인이고 직장생활을 한 기간이 짧아 일반적인 분류항에 들기가 어려워 불리할 수 있었다. 결국 좀더 개인적인 접근이 필요하다는 걸 알았다.

부동산 소개소마다 융자 담당 알선업자들이 있다. 우리는 키이스(Keith)를 소개받았다. 키이스는 전화로 약속을 하고 우리 집에 여러 차례 들러 남편과 나를 상담했다. 영국에서는 결혼한 부부인 경우 반드시 부부 공동으로 융자받기를 원한다. 셋이 모여 앉아 융자 회사의 지원 서류를 만들어 보냈는데 두어 번 거절이 왔다. 외국인이고 영주권이 없다는 이유가 컸다. 우리는 융자가 안 나오면 그 집을 안 사면 그만이었다. 돈을 낸 것도 없으니 아무런 손해도 없었고, 도덕적 법적 책임도 없었다. 단지 시간을 그저 버린 것뿐이다.

오히려 급해진 쪽은 계약을 성사시켜 중개료를 받아야 하는 소개소였다. 우리가 이사 들어가려는 집의 주인은 길 하나 건너 조금 큰 집으로 옮길 예정이었다. 조금 큰 집의 식구들은 뉴질랜드로 이민을 갈 작정이었다. 이렇게 몇 집이 서로 사고 파는 관계로 얽혀 있는 경우를 영국에서는 '연결되어 있다(chain)'고 한다. 부동산 광고에서 '아무

연결이 없다'는 걸 자랑하기 위해 '노 체인(No Chain)'이라고 강조하는 이유는 돈만 내면 언제든 이 집을 비워줄 수 있음을 보증하기 때문이다. 키이스의 경험으로는 스물한 가구가 이 고리에 걸려 있었던 적도 있었단다. 키이스는 겨우 두 집이 체인에 걸린 경우니 그다지 어려운 건 아니라고 스스로 위로했지만, 가계약이 되자마자 뉴질랜드 이민행 가족이 12월의 싼 비행기표를 구해둔 것이 화근이었다.

또 무시무시한 사실은 영국에서는 변호사가 참석한 가운데 서류에 도장을 꾸욱, 아니 이건 우리 나라 상황이고 영국적으로는 사인을 확실히 하기 전까지는 언제라도 계약을 취하할 수 있었다. 즉, 집을 사는 사람이나 파는 사람 모두가 도발성 계약 파기를 할 수 있었다. 이유를 댈 필요도 없었다. 그냥 사기 싫어서, 혹은 팔기 싫어서라고 말하면 그만이었다. 심지어는 조금 더 돈을 주겠다는 사람에게 집을 팔기 위해 거래를 파기할 수도 있었다. 소위 '가줍핑(gazuping)'이라는 짓을 하는 건데, 스코틀랜드에서는 이런 상행위를 불법으로 금지하고 있지만 잉글랜드에서는 아직도 처벌 대상이 아니었다. 이렇게 믿을 수 없는 구조에서 원래부터 믿을 수 없는 인간들끼리 집을 사고 팔려니 키이스의 불안도 적지 않았을 거다. 은행에서 연락이 안 오자 초조하던 차에 나는 키이스에게 물었다.

"우리가 그냥 그 집을 포기해도 되지?"

키이스의 정색. "아니 무슨 일이 있나?"

"아니, 그냥. 그저 호기심에서 묻는 거지. 그게 가능하다고 하길래 원칙상 어떻게 되나 궁금해서."

키이스가 안도하면서 또 의심하면서 웃었다.

"그럼 언제든 포기할 수 있지. 대신 뉴질랜드 간다는 친구가 총을 들고 오겠지, 아마."

별별 꾀를 다 쓰다가 결국 융자 허락을 받은 곳은 지금까지 거래해 오던 은행이었다. 영국도 연말이면 부동산 거래가 뜸하고 융자 은행들도 처리사안이 줄어들어서 '다행히' 일찍 허락이 나왔다는데 그게 만 한 달 보름이었다. 그 동안 우리는 한 번도 융자 은행에 가지도 않았고, 누가 담당인지 얼굴도 본 적이 없었다. 모든 서류와 문의는 편지로 주고받았다.

은행은 융자를 확정하기 전에 구매할 집의 상태를 검사했다. 건물의 보수 상태가 너무 나쁘면 융자를 받을 수 없는 건 당연했다. 가옥 상태를 검사(survey)하는 사람, 즉 건물감정사(Surveyor)는 매매 당사자와 아무 관련이 없는 사람으로 융자 회사에서 지명하는 것이 보통이다. 감정비용은 계약에 따라 다르지만, 은행보다는 융자신청인이 담당하는 경우가 많다. 건물감정사는 감정 기록을 은행에 보내고, 또 우리에게도 편지로 같은 서류를 보냈다.

학습-2: '진행형'

이즈음에 한국에 있는 친지들이 '집 샀다면서?' 물어보면 제일 어색했다. 10월에 집을 골라 1월에 융자가 확정되고 이사를 가기까지 만 석 달을 지내고 있는 동안 '집 샀다'는 말을 할 수는 없었다. 매매

과정에 많은 돌발 변수가 있어서 집의 열쇠를 받지 않는 한 매매 완료
는 아니기 때문이다. 그렇지만 친구들이나 친척들은 한 달, 길어야
두 달 정도면 매매가 끝나는 우리 사정에서 물어보니 내가 머뭇거리
면 그걸 더 이상하게 생각했다. 어떤 이는 영국에 집을 살 정도로 우
리가 큰 돈이나 가지고 있는 줄 오해까지 해서 잠시 부자인 척 즐겁게
오해를 즐기기도 했다.

오랫동안 집을 사면서 고생하고 얻은 건 영어의 진행형이 의외로
용도가 많다는 사실이다. 영국에 있으면서 물건을 사거나 집을 구하
면서 'I am buying it'이라는 말을 곧잘 들었다. 나는 물건을 사는 데
에 왜 진행형이 필요한지, 진행형이 그렇게 중요한 차이를 만들 수 있
는지 미처 몰랐다. 돈을 주고 물건을 사는 1, 2초 여유만 상상하고 있
는 입장이어서는 모든 구매 관계는 완료형이면 족하다. 즉, 샀다(I've
bought a house), 혹은 사지 않았다(I haven't bought a house) 사실
만 알리면 된다고 생각한다.

그런데 집을 정하고 나서 융자를 신청하고, 또 융자를 받았다고 하
지만, 보험과 정산이 남아 있는 동안이라면 집 샀다는 완료형을 쓸 수
없다. 아직도 집을 사고 있는 중이다. 영어 문장의 진행형만이 이 때
의 사정을 표현할 수 있다. 그리고 다른 일들에서와 마찬가지로, 이
진행형이 완료형으로 되기까지는 반드시 변호사가 끼여들어야 했다.

완료형을 만드는 사람

우리 나라 TV 드라마에는 부잣집 마나님이나 영감님의 위세를 시

청자들에게 환기시키는 몇 가지 대화 장치가 있다. 즉 '아줌마한테 과일 좀 내라고 하세요', '정원사가 왜 나무 손질을 안 했지', '조 기사 왔나' 가 그런 경우에 해당한다. 사건 진행과는 무관하면서 장면비용도 들지 않고 등장인물의 사회적인 위치를 강조하는 기능을 하는 대사들이다. 아니, 최소한 그런 기능을 한다고 연출자들은 믿고 있는 대사들이다. 더 빈번한 용도로 사용되는 대사 중에는 '주치의' 와 '변호사' 가 들어 있다. '주치의이신 김 박사님께서 오셨습니다' 라고 비서가 알려준다든지 '김 변호사를 불러오게' 라고 하면 웬지 드라마의 분위기가 갑자기 고상해진다.

영국에서는 웬만한 사람이면, 웬만한 일이면 다 변호사를 부른다. 정확하게 말하면 싫든 좋든 변호사를 찾게 되어 있다. 가난하든 부자든 법치국가니 변호사를 모르고는 살 수 없다는 말이다. 변호사비를 감당할 수 없는 극빈 계층이 되면 '법률무료조언' 대상이 되어 변호사의 도움을 무료로 청할 수도 있다. 자잘한 일상까지 깊숙이 변호사가 개입되다 보니 변호사의 종류도 다양하다.

변호사의 종류

영국에서는 우리처럼 모든 변호사가 다 법정까지 나갈 수 있는 건 아니다. 영국에서 법정에 나가 의뢰인을 변호할 수 있는 자격을 가진 사람을 '법률가(lawyer)' 라고 부른다. 미국식 영어로는 'attorney' 가 영국식 영어의 'lawyer' 에 해당한다. 아이들한테 끌려서 안젤리나 졸리가 출연한 황당한 〈라라 크로포트〉를 보는 영광을 얻었다. 영화에서 안젤리나 졸리는 영국 귀족의 딸로 되어 있었다. 물론 아버지는 크로포트 경이다. 악당으로 나온 남자는 자신의 직업을 암시하는 말을 흘린다. 졸리의 대답.

아하, 법률가시군요.(Aha, you're lawyer.)

라라 크로포트가 영국인이라는 걸 강조하기 위해 졸리가 영국식 발음을 배웠다던데 그 못지않게 표현에도 영국식을 따르려고 했던 흔적이다.

법률가 중에서 상급법원에 출두하여 가발을 쓰고 법복을 입고 의뢰인을 대변하는 변호사를 '법정변호사(barrister)'라 한다. 토니 블레어 수상의 아내인 셰리 블레어 여사의 직업이 바로 이 법정변호사다. 일반인들과 더 친숙한 법률가는 법정변호사가 아니라 사무변호사다. '사무변호사(solicitor)'는 의뢰인에게 법률 조언을 하고 재판에 필요한 서류나 사례들을 준비해 주는 일을 한다. 그렇다고 해서 사무변호사들이 우리 나라의 법률서사나 변호사 조수, 혹은 견습 변호사와 같다고 오해해서는 안 된다. 그들의 서류나 편지는 엄연히 독립된 법률가의 활동이다. 사무변호사 중에는 일반인들의 사소한 분쟁이나 사무, 예를 들면 이사나 집 구매, 유언 관계 사무, 가족 문제 등을 취급하는 민간변호사들도 있지만 기업체들간의 분쟁만 전담하는 대규모의 기업담당 변호사들도 있다. 특별한 사례가 아닌 한 사무변호사는 법정에서 활동할 수 없지만, 법정투쟁까지 가지 않고 해결될 수 있는 많은 문제들을 담당한다. 대처 수상은 수상이 되기 전 세무법 전문의 법정변호사 자격을 얻었는데 남편 데니스 대처는 대규모 부동산 거래 전문의 사무변호사로 알려져 있었다.

집 매매에는 반드시 사무변호사가 개입해야 하는 게 영국의 관례다. 처음에는 집 매매에 변호사가 필요하다는 사실에 마음을 졸였다. 우리 형편에 부를 변호사가 어디 있을 거며, 도무지 어디에서 변호사를 구할지 막막했다. 그런데 굳이 일찍부터 변호사와 인연을 맺은 특별한 사람이 아니면 영국인들도 집 구매와 변호사 인연을 동시에 시작한다는 걸 알았다. 부동산 소개소마다 매매 담당 변호사들과 연락을 취하면서 손님들의 거래를 완결하도록 도와준다. 우리들의 드라마에서처럼 '김 변호사를 부르게나' 거드름을 피울 필요도 없었다. 아주 일상사가 되다 보니 변호사들도 개인들의 평상적인 매매 계약에는 심드렁했다.

영국이나 미국에서는 변호사 개인이 혼자 법률 사무실을 운영하는 경우가 거의 없다. 몇 사람이 함께 파트너가 되어 공동 법률 사무실, 소위 펌(firm)을 만들어 법률 서비스를 한다. 이렇게 공동 운영의 경영을 도입하기는 의사들도 마찬가지고, 치과의사들도 마찬가지다. 혼자 개업을 할 수도 있지만, 몇 명의 전공의들이 함께 모여 한 건물을 사용하면 각자의 병실에서 개별 시술을 하면서 사무처리나 시설을 공동으로 이용하는 장점이 있다. 이름 있는 공동 법률 사무실은 전국적으로 같은 이름의 분소를 만들어 다양한 분야를 담당한다.

유언장을 쓰라고?

변호사는 은행 융자가 확정되기 전부터 매매 계약에 관여하고 있음을 알리는 편지를 보낸다. 은행은 은행대로 융자가 확정되면 그 사실을 알리는 편지를 보낸다. 어떤 계약 사항이 있는지 통보해 주고, 어떻게 갚아 나가야 하는지, 갚지 못할 때는 어떤 위험이 있으니 비상 시를 위한 보험을 권하는 편지도 온다. 그런데 정작 융자받은 돈은 구경도 할 수 없다. 그 돈은 모두 거래를 위임받은 변호사에게 가 있기 때문이다. 변호사는 융자가 확정되면 그 사실을 통보하는 편지를 보내고 융자금의 입금이 확인되면 그 사실을 알리는 편지를 또 보낸다. 이런 식으로 겹겹의 편지를 받는 동안 집을 사기 위해 빌린 돈은 집을 사는 데에만 쓰도록 감금되어 있다. 편지를 보내는 중간 중간 아무 일이 없으면 변호사 사무실에서는 '잠깐 법률 상식'도 편지로 보냈다. 우리가 보기에 매매 담당 변호사가 하는 제일 큰 일이 '편지 보내기'였다.

변호사가 보낸 법률 상식 중에 '이제 유언장을 쓰실 때'를 환기시키는 항목이 있었다. 집을 구매한다는 것은 유산계층이 된다는 뜻이다. 즉, 소유주의 죽음이 뒤에 남아 있는 사람들의 생활에 어떤 식으로든 실제적인 변화를 일으키게 된다는 것이다. 이것을 모르는 바는 아니다. 그렇지만 집 사는 데 유언장을 쓰라니 이건 참 기분상 받아들여지지 않았다. 살자고 집을 사는 순간에 죽을 준비를 하라니, 기분 나빠 못하겠다고 남편이나 나는 버텼다. 권고사항일 뿐 의무조항이 아니니까 누구라도 그걸 적극적으로 권하는 사람이 없었지만, 늘 미진한 숙제처럼 남아 있었다.

유언장을 작성할 것이냐 말 것이냐, 또 유언장 작성에 누구의 도움을 받을 것이냐도 순전히 당사자에게 달려 있다. 변호사를 통해서 유언장을 만들 경우 부부나 동거자의 경우 보통 10만원 이상의 비용을 지불하게 된다. 독신은 개별 유언장을 작성하지만 큰 사유가 없는 한 부부는 '공동유언장(joint will)'을 작성한다. 유언장 없이 사망했을 때는 주정부가 재산처리에 관여하고 미성년 아이들의 양육을 정한다. 사회보장이 잘되어 있다는 건 달리 말해 사회의 결정이 개인의 선호를 넘어설 수도 있음을 의미하기도 한다. 우리 집처럼 아이들이 미성년, 18세 미만일 경우에는 유언장이 특히 중요하다. 유언장 작성의 안내를 읽으면서 집을 사는 일이 이렇게 큰 일이었나 갑작스러이 두려움이 들었다.

변호사는 융자가 확정되면 그 집의 가옥 대장을 떼어서 소유현황을 확인한다. 집을 파는 사람 역시 모든 일을 변호사에게 일임하고 있기는 마찬가지다. 상대방 변호사는 정확하게 파는 물건이 어디까지인지 서류를 작성한다. 크게는 부엌의 레인지는 두고 갈 것인지, 침실의 장롱은 붙박이였는지부터 시작해서 작게는 커텐봉을 두고 가는지, 화장실 변기 뚜껑을 가져가는지, 벽에 달린 옷걸이를 떼어 가는지, 전등갓을 남겨두는지 일일이 정리를 해서 우리 편 변호사에게 보낸다.

편지만 주고받던 변호사를 처음 본 날이 결국 그 변호사와의 마지막 면담 날이 되었다. 매매 계약서를 쓰고 나면 그를 다시 볼일이 없기 때문이다. 약속시간에 가자 변호사는 은행 융자서류, 토지와 가옥 대장, 상대방이 남긴 물건들의 목록을 보여주면서 그에 대한 설명을 했다. 최종적으로 그 집에 생길 수 있는 문제를 알려주었다. 그리고 원치 않는다면 계약을 하지 않아도 무방하다는 점을 주지시켰다. 말하자면 매매 계약을 철회할 수 있는 마지막 기회였다.

영어도 힘든 판에 법률과 산수, 문서와 계약이 이어지니 우리는 둘 다 어지러울 지경이었다. 어지러움증을 내색할 수는 없지만 모르는 걸 그냥 넘어갈 수도 없으니 질문과 대답으로 많은 시간을 보냈다. 조그마한 집 하나 사면서도 꼼꼼하지 않으면 실수할까 두려웠다. 공동 융자를 받았기 때문에 집의 소유도 부부 공동이라 우리는 함께 계약서에 사인을 했다. 변호사 비용은 물론 그 전에 정산을 했는데, 그에 포함되지 않았던 비용들에 대한 청구서가 나중에 편지로 왔다. 그리고 며칠 후에 계약이 확정(complete)되었음을 알리는 변호사의 편지가 왔다. 부동산 소개소에서는 어느 날 그 집 열쇠를 받아갈 수 있다는 편지가 왔다. 융자가 확정되고 나서도 만 8주가 더 걸린 뒤에서야 비로소 집을 샀다는 완료형 표현이 가능했다.

변호사, 내 친구

그 후 살아 보니 거북살스럽던 변호사를 찾아야 할 일이 많아졌다.

그 집으로 이사가서 공사업자와 문제가 벌어진 것이다. 한국 사람들과 일하면 훨씬 빠를 거라는 주변의 말 한마디를 듣고, 일찍 월세 집을 떠나 내 집에 들어가고 싶은 욕심이 발동했다. 멀리 런던 남쪽에 있는 한국 건설업자와 계약을 했던 것이 화근이었다. 남편은 외국에 나와 있는 한국 사람끼리 친하게 지내는 건 괜찮지만, 비즈니스를 하면 안 된다고 여러 불행한 사건들을 들먹이면서 반대를 했다. 그래도 집에 남아 있는 사람이 나 혼자일 때가 많고, 결국 공사를 지켜봐야 되는 일은 내 일이 될 때가 많으니 양보를 했다. 그리고는 처음부터 끝까지 거짓말과 부실공사에 휘말렸다. 남편은 자다 말고 벌떡 일어나 계단에 앉아 화를 삭이기도 했다. 대사관에 항의도 했지만, 원래 예상대로 그건 대사관 사안이 아니었던 모양이다. 마지막까지도 한국인끼리는 영국법에 의지하지 말자고 부탁까지 했는데 도무지 알아듣지 못하니 할 수 없이 법률적인 절차를 밟을 수밖에 없었다. 그래서 또 변호사를 찾아갔다.

자식을 기르는 사람은 송사를 하지 말라는 말이 있다. 가까운 친척부터 친구들까지 모두 이런 법률적인 접근에 반대했다. 유일하게 재판도 불사해야 한다는 사람은 출판사를 하시는 독신의 여자 사장님뿐이었다. 교회에 열심히 다니는 분이니 그분에게는 다른 가치 기준이 있는지도 모른다. 같은 사안에 대해 영국인들은 모두 당연히 소송을 해야 한다고 주장했다. 처음에는 울화에서 시작했다가 편지나 계약서 번역과 서류 작성의 번잡한 과정을 치르면서 몇 번이고 그만두고 싶었다. 그러다 반쯤, 혹은 반 이상 영국화가 된 아이들에게 우리가 나른하고 게을러서 잘못과 타협했다는 인상을 줄 수도 있다는 자각이 들었다. 변호사를 포기하지 못한 이유 치고는 희한하다.

남편은 직장 계약 관계로 변호사를 찾았다. 예민한 사안은 아니지만 변호사의 조언을 들으면 실수를 하지 않을 것 같았다. 주변 사람들도 정확한 정보를 줄 수 없을 때는 변호사를 찾으라고 한다. 마땅한 변호사를 소개하기도 한다. 그러다 보니 벌써 변호사만도 세 사람이나 알고 있다. 남편도 갑자기 변호사 친구들에게는 싹싹하게 인사를 보낸다. 심지어 남의 일에도 변호사를 권하는 지경이 되었다.

우준이와 같은 학년 친구들이 이번 할로윈에 장난 삼아 아프가니스탄의 탈리반이 보냈다는 편지를 몇 집에 던졌다. 놀란 할머니가 경찰에 신고하는 바람에 동네 아이들 셋이 경찰의 방문을 받았다. 혹시 무슨 전과 기록으로 남을까 전전긍긍하는 엄마를 보고 다른 사람들은 그럴 리 없다고 위로했다. 영국인이 아닌 내가 말했다.

"변호사한테 한번 물어봐라. 그게 제일 낫지, 괜히 막연한 기대하지 말고."

다른 영국 아줌마들도 모두 이구동성으로 그래 그게 좋겠다 떠들면서 변호사를 소개했다. 변호사들은 최초 면담을 무료로 해주는 게 보통이라 아줌마는 당장 전화로 그 사정을 이야기했다. 경찰서 출두 명령이 떨어지지 않는 한 심각한 사안으로 진행되지 않는 것이니 아직 변호사가 개입하지 않아도 된다는 위로를 받았다. 아줌마는 간신히 진정했다. 그리고 변호사와 접촉하라고 했던 내게 고마움을 전했다. 이쯤 되면 나도 영국에 살만큼 살았다는 얘기가 되나.

2.
3인조 사건

　증인과 심문, 검사, 편지, 기록, 변호사만이 문제의 사건을 해결하는 유일한 방법은 아니다. 갈등의 소지 자체를 아예 원천 봉쇄하는 방법도 있다. 언론을 통제하면서 문제가 공론화되는 걸 막으면 된다. 또 의견의 교환 없이 일방적으로 지시를 내리고 지시 준수 현황만 검사해도 된다. 변호사가 군데 군데마다 필요한 곳에 살다 보니 남편은 변호사를 포함한 모든 중간 개입자들을 '악어' 라고 부르기도 하지만, 그렇다고 해서 악어의 필요성과 고마움을 모르는 바는 아니다. 악어보다 무서운 걸 겪었기 때문이다.

변호사면 다냐, 반장이어야 다지

　서울 사람 대부분이 그렇듯이 아이들이 어렸을 때 우리는 서울의 아파트 촌에 살았다. 그 단지는 모두 평수가 고만고만해서 20대, 30대 부부가 많이 살았다. 30여 평이 안 되는 곳이 대부분이었고, 집집마다 우섭이, 우준이 같은 아이들이 있었다. 복도식 아파트라 문만 열면 이웃과 부딪쳤다. 나나 남편이나 밖에 일이 있으니 이웃을 사귈 겨를이 없었다. 어린아이들을 키우고 있으니 또래들 엄마도 알고 싶었는데 반상회에서 간신히 얼굴 보는 인연으로는 정겨운 아줌마 모임에 넣어주지 않았다. 당시 내가 아는 소문이라고 해봐야 우리 동의 반장 아줌마가 아주 대단하다는 정도였다. 오며 가며 수위실이나 아파트 입구에서 큰 소리로 떠드는 반장 아줌마를 보기만 해도 그 기운과 입심이 보통이 아니라는 걸 알 수 있었다.

　비가 주룩주룩 오던 현충일이었다. 며칠 전 반상회에서부터 반장 아줌마는 기염을 토했다.

　"현충일에 꼭 국기 다세요. 지난 번 보니까 우리 동이 제일 국기를 안 달았더라. 그렇게 게양 점수가 나쁘다니…"

　모두 고개를 숙이고 흡! 하고 들었다. 그런데 그날 따라 비가 오고 있으니 남편은 국기를 달 수 없다고 했다.

　"반장이 국기 달라고 했는데…"

　내가 나즈막이 비굴한 목소리로 말을 했지만 반장 아줌마를 본 적이 없었던 남편은 반장의 과도한 권위를 인정할 수 없었다. 그런데다가 남편은 반장보다는 교과서가 중요하다고 믿고 있던 사람인지라, 비오는 날 절대로 국기를 걸 수 없다는 항목을 옛날 국민학교 교과서에서 봤다고 밀어붙였다.

나도 그런 항목을 교과서에서 본 것 같았고 또 뭐 그리 대단한 일도 아니려니 안심하고 있었는데 갑자기 방송이 나왔다. 나는 지금도 아파트마다 당연시하는 이 안내 방송을 이해할 수 없다. 개개인의 사생활이 있게 마련인 가정집에 저녁 해질 무렵이면 '7동에 오영남이라는 다섯 살짜리 남자어린이를 보신 분' 부터 시작해서 '새로 온 관리소장입니다' 까지 매일, 그것도 오전, 오후로 주민 출석 부르듯 방송을 하는 건 아무리 오래 살아도 납득이 안 가는 일이다. 그날도 방송은 우리 의사와 상관없이 아파트 안으로 퍼져 들어왔다. 반장 아줌마의 걸걸하면서도 낮은 협박이 깔렸다.

"지금도 국기를 달지 않은 집들이 있습니다. 203호, 305호, 709호…"

서로 얼굴을 쳐다봤지만, 반장도 아닌 처지에 대책이 있을 리 없었다. 남편은 비감한 목소리로 "달면 되지" 하면서 국기함에서 태극기를 꺼내 아파트 창 너머 국기봉에 걸었다. 아직도 비가 오고 있었는데, 방송을 끝낸 반장 아줌마는 어느새 딸과 함께 아파트 뒤뜰에 나와 우산을 쓰고 문제되는 집의 태도를 확인하고 있었다. 부들부들 거실로 들어선 남편은 잘 놀고 있는 아이들에게 갑자기 짜증을 냈다.

"야, 너네들 절대 장모가 동네 반장이면 안 된다. 알았지?"

반장이라는 자리의 문제가 아니라 개인의 성향이나 심성 나름이라는 걸 우리가 모르는 바 아니다. 영국 오기 전에 살던 아파트의 반장 아줌마는 우섭이와 같은 반 친구 엄마였는데 반장이라는 자리를 봉사와 헌신으로 알고 미안할 정도로 상냥하고 친절했었다. 그 아줌마가 반장 자리를 내놓자 우리는 지금 이사가게 된 게 오히려 다행이라고 생각할 정도였다.

영국에는 동네 반장이 없다. 교구(Parish)나 지방(Local) 의원(councillor)들이 불만을 접수하는 일을 한다. 시간에 걸쳐서 진행 사항과 해결 여부를 알려주는 이들이 그들이다. 이해가 걸린 일이 생기거나 분쟁의 소지가 있는 일이 있으면 변호사들에게 간다. 반장이 없어도 그럭저럭 운영이 되고 있다니, 아마 국기 게양하는 날이 없어서인가 보다. 영국은 국기 게양을 공식적으로 지정하는 날이 없다. 관공서가 아닌 한 국기 게양은 개인의 선택이다. 비가 많이 와서 그런가. 그렇다면 역시 반장보다 교과서가 힘이 센 거였나.

마을 끝자락에 오래된 농장에는 그 농장의 나이만큼 오래된 영국기, 유니온 잭(Union Jack)이 밤이나 낮이나 늘 걸려 있다. 농장 이름도 '옛날 농장(Ye Olde Farm)'이라고 옛 영어로 표기되어 있다. 농장의 영국기는 해적선이나 유령선에 나부끼는 깃발마냥 낡을 대로 낡아 이리저리 구멍나고 찢겨져 있다. 이층 버스 차창에 걸리적거리기도 한다. 버스 타고 지나갈 때마다 늘 우리 동네 반장이 떠오른다. 반장이 있었다면 이걸 어떻게든 정리를 했을 텐데.

또 다른 해결방법

'주먹이 법보다 가깝다'는 말이 현실성을 가지고 있는 곳이라면 또 다른 해결방법이 가능하다는 걸 느낀다. 어린아이들 사이에서 일어나는 자잘한 갈등과 문제는 법이나 사회의 문제로 수렴될 정도가 아니라고 보기 때문에 '또 다른 해결방법' 이 개입될 여지가 많다. 왕따 문제도 그렇다. 가해자나 피해자가 다 미성년자들이고 문제 역시 사소한 심리적인 갈등 차원으로 보일 때가 많아 법의 제재가 끼여들 여지가 적다. 그러면서도 피해 당사자의 인생을 암울한 회색, 혹은 완전한 검은색으로 만든다. 범죄 행위는 아니면서 분명한 가해 행위인데 그걸 어떻게 법적으로 도움을 청하기가 어렵다.

외국에 살면서 학교에서건 직장에서건 '왕따' 경험을 당해보지 않은 사람은 없을 거다. '왕따' 는 우리와 다른 취향, 다른 태도, 다른 가치관, 혹은 다른 옷을 입었다는 이유만으로도 아이를 따돌리는 행위를 총칭한다. '따돌리는' 방법도 가지가지다. 말을 걸지 않고, 친구들 모임에 끼여주지 않고, 그 아이 근처에 가지 않는 소극적인 방법부터 좀더 적극적으로 나서서, 아이가 지나가면 흉을 보면서 야유를 하거나, 발을 걸어 넘어뜨리기도 하고, 심지어는 집단으로 덤벼들어 심하게 때리기까지 한다. '왕따' 라는 말의 어원이 어디인지 모르지만, 어감이 코믹해서 그나마 그 경험의 살벌한 느낌을 완화시키려나 모르지만, 그걸 겪는 사람으로서는 평생의 상처로 남을 만큼 큰 사건이다.

영국에서도 '왕따', 혹은 '학교 폭력(school bullying)' 의 문제가 심각하다. 기숙 학교의 전통이 강하다 보니, 아이들만 모인 공간에서 힘 겨루기가 심했다. 일본의 학교에서 이지매로 아이가 죽고, 폭력이 난무하는 기사가 나면서 지난 해부터 영국에서도 이 문제를 더욱 공식화했다. 우리 집 아이들이라고 진공에 사는 게 아니니 왕따와 학교 폭력에 완전히 면제되어 있기는 어렵다. 게다가 두 아이가 워낙 문화

도 다르고 언어도 다른 곳에 지내다 보니 그런 저런 '가슴 아픈' 사연
들이 생기기 마련이고 또 그걸 극복해 나가는 과정도 배워야 한다.
우섭이는 신사 '조폭' 의 솜씨로 인생의 색깔을 바꾼 적이 있다.

3인조 사건

우섭이가 겪은 왕따 사건은 10여 년 전으로 거슬러 올라간다. 그때
우섭이 나이는 여섯 살, 한국 나이로는 일곱 살이었다. 서울에서 초
등학교는커녕, 유치원도 한번 다녀본 적이 없는 단계에서 우섭이가
처음 공교육에 발을 들여놓은 곳이 에딘버러의 작은 공립초등학교였
다. 말도 못하는 우준이와 6살밖에 안 되는 우섭이를 데리고 있었으
면서도 좋은 학군을 찾았으니 우리도 갈 데 없는 한국인이었던 모양
이다. 온통 백인뿐인 이 학교에 흑인 아이가 하나 있었고, 그리고 우
섭이가 아시아인으로 들어왔다. 만 4세부터 공교육의 현장을 겪었던
스코틀랜드 아이들은 능숙하게 선생님과 어울리고, 학교 생활에도
적응을 했지만 우섭이는 낯선 땅에서 낯선 사람들과 어울려 마음 고
생을 많이 했다.

그 와중에 캐시(Kathy)와 존(John), 그리고 지금은 이름을 잊어버
린 아이 하나까지 합쳐서 세 명이 유독 우섭이를 괴롭혔던 모양이다.
생긴 것도 달랐지만, 영어를 못한다는 게 제일 큰 이유였을 거다. 우
준이는 말보다 주먹이 앞서는 나이였지만, 우섭이 나이 정도면 이미
아이들이 언어사용에 따라 친구들의 등급을 나눌 만한 나이였다. 연
필도 빌려주지 않고, 노는 시간에 끼여주지 않고, 아침에 코트를 걸어

둘 때도 치근대고, 점심 시간에도 괴롭힌다고 했다. 언젠가 선생님께 정식으로 말씀을 드려야겠다고 고민을 하고 있었다.

그 사건의 와중에 아이들의 외할아버지께서 잠깐 와 계셨다. 할아버지는 천하의 가장 귀한 손자를 '서양것'들이 괴롭히는 걸 참으실 수 없었다. 좀더 사례를 모아 선생님을 찾아야겠다는 우리들의 점잖은 계획을 비웃으면서 할아버지께서는 아이와 함께 문제 해결의 빠른 길을 찾으셨다. 영국식으로 007 살인 연습이고 한국식으로는 '조폭' 입문쯤 되는 주먹 훈련이 있었던 모양이다.

"이런 일에는 그저 주먹이 제일이다. 한방 날려야 된다. 그것도 한방 날려서 딱 피를 봐야 되니까 꼭 코를 쳐라. 알았지?"

그게 할아버지의 지령이었단다.

순하디 순해서 우섭이가 떠난다는 이야기에 눈물을 흘리셨던 선생님도 부모를 소환하지 않았고, 아이들 중 누구도 다쳤다는 소문을 들었던 적이 없으니, 과연 우섭이의 활극이 어느 정도였는지 알 길은 없다. 어린아이의 보고도 믿을 수는 없다. 그런 대로 우섭이의 모험담을 재구성해 보면 이렇다.

그날도 역시 예의 그 3인조가 우섭이를 괴롭히는 중이었다. 우섭이는 돌아서면서 물었다.

"You know Tae-Kwon-Do?"

이건 때리더라도 선전포고하고 때려야 신사라는 할아버지의 지령에 따른 질문이었다.

그 3인조가 뭐라고 대답했는지 지금까지 아무도 모른다. 대답을 기다린 질문이 아니었으니 뭐라 했었던들 상관없다. 우섭이는 존의 콧

등을 가격했고, 존이 바닥에 주저앉았다. 캐시가 뭐라고 했다고 하는데, 그건 또 중요한 게 아니다. 하여간 세월이 갈수록 그 무용담이 부풀어져서, 존이 피를 흘렸다, 캐시가 무서워 비명을 질렀다, 어쨌다 살이 붙었지만, 이런 저런 장식을 다 떼고 그 이후의 완화된 사정만 보면 우섭이의 무협활극이 아주 없었던 건 아닌 모양이다.

우섭이의 3인조 해결 방법은 결코 영국식이 아니다. 다행히 그렇게 넘어갔었기에 망정이지, 아니면 부모가 경찰에 소환되는 일이 벌어질 뻔했다. 아무리 부모지만 미성년자를 제대로 교육시키지 않았다는 것이 확인되면 부모가 아이의 친권과 양육권을 행사할 수 없다. 사회 보호기관으로 아이를 데려가고 그곳에서 인정하는 양부모에게 위탁 양육을 시킨다. 영국에 사회주의가 심하게 적용되던 시절에는 이 과정에서 친부모와 자녀를 무리하게 떼어놓는 일들이 있었다. 일부러 찾아서 맡긴 양부모가 아동 학대에 양육비만 챙기는 악질이어서 아이의 인생을 황폐화 시킨 사례들도 발견된다. 그런 부작용이 있다는 걸 알지만 그렇다고 해도 이들은 친부모만이 운명적으로 아이의 최선의 보호자라고 믿지 않는다.

특히 상대방에게 신체적 폭력을 가한다는 건 아주 위험한 사건이 된다. 아이가 맞으면 변호사나 경찰의 도움을 받을 수 있지만, 누구를 때리면 그 전까지 상황이 어떠했든 정황이 아주 불리해진다. 어린 아이라고 해도 예외는 없다. 부모까지 개입이 되어 가정교육의 실패를 자인해야 하고, 아니면 아이가 정상이 아니라는 등, 극한 상황에 몰렸다는 등 별별 변명을 다 만들어내야 한다. ‘차라리 맞아라’고 아이들을 가르치는 건 이 때문이다. 그렇다고 영국 아이들이 싸움질을 못하는 건 아니다. 영국이라고 조폭이 없는 것도 아니다. 영국 애들이나 어른들은 평소에 잘 견디다가도 싸움이 생기면 물러서지 않는다. 잘 참은 사람이 잘 싸우는 법인지, 성경 말씀이 새삼스럽다.

'온유한 자는 복이 있나니, 땅을 물려받으리라.'

우섭이만 학교에서 이런 갈등을 겪은 건 아니다. 우준이도 학교를 다니면서 이런 류의 경험을 하게 된다. 그건 서울이라고 예외가 아니고, 외국이라고 예외가 아니다. 이런 점에서 보면 학교나 감옥이나 비슷하다. 교정과 교육을 위해 비슷한 부류를 모아 두면 반드시 이런 갈등과 문제가 일어난다. 같은 일을 겪으면서 나이 어린 우섭이는 샛길로 운 좋게 지름길을 걸었다면 우준이는 고스란히 '군자대로행(君子大路行)'을 실천했다. 우준이에게 문제가 생겼을 때는 할아버지도 안 계셨으니 우리끼리 견디어야 했다.

시골 사는 서울 사람

런던에 살던 동안에는 우섭이도 우준이도 너무나 인종적으로 다양한 분포를 자랑하는 학교에 다니다 보니 유엔 대표 같은 느낌은 받았을지언정 인종차별이라는 경험은 없었다. 그러다 이 시골, 2만 명 주민 중 유색인은 마을 우체국에 인도인, 중국집에 중국인 가족뿐이고 1만9천9백9십 명이 앵글로 색슨이든 노르만이든 온통 백인인 마을에서 살고 있으니 한국인의 인종적 독자성이 새삼스럽다. 이미 고등학생이 된 우섭이는 자신이 아웃사이더더라고 미리 작정을 하고 있었으니 오히려 마찰이 없었다. 하지만, 서울에서 초등학교 5학년을 마치지 못하고 온 우준이야 여전히 자신도 친구들 중 하나라고 생각하는 나이였다.

외국에 살면서 유독 시골이 불편한 까닭은 거주민 대부분이 타문화에 무지한 백인들이라는 데에서 기인한다. 백인 우월주의에 영국 중심주의, 거기에다 거주민 대부분이 노인층이다보니 새로이 사귈 만한 사람도 없고 새롭게 자극을 줄 일도 없다. 그에 덧붙여 세계 어느 나라라고 해도 예외 없는 시골 본연의 특징이 작용해서 더 어렵게 만든다. 아이들이 학교 다니면서 친구를 사귀기 힘든 이유는 바로 이런 '시골성' 때문이다. 그건 한국의 시골이라고 예외가 아니다.

즉 시골 사람들은 한번 정착하면 그곳에서 몇 대를 이어 산다. 청개구리 노래마냥 '아들 손자 며느리'가 다 모여 산다. 마을 아이들은 같은 산부인과 병동 출신이고, 같은 유치원, 같은 초등학교에서부터 같은 고등학교까지 함께 다닌다. 대학 갈 나이가 되면, 즉 만 16세 혹은 18세가 되어서야 대학 갈 아이들이 마을을 떠나지만, 대학에 가지 않는 아이들은 근처 도시에서 직장을 구하거나 마을에서 일을 하면서 여전히 무리를 이루고 산다. 애인도 이 근방에서 구하고 결혼도 동네 교회에서 한다. 자국인이라도 타지인이면 이런 긴밀한 구조에 끼여들기 어렵다. 하물며 말도 다르고 문화도 다른 외국인이야 말해 뭐하겠는가.

여동생이 '닭이라도 치면 좋겠다' 던 이 한적한 시골 학교에 우준이가 전학 온 때는 11살, 7학년 때였다. 7학년이라면 아이들이 적어도 7년 이상 같은 학교를 다녔다는 말이 된다. 그것도 시골의 좁은 교

영국 시골의 전형적인 가게 모습.
마을 주민들 중 재간있는 사람들의 제작품을
팔거나 골동품 등 소소한 일상용품들을 파는 곳.

제 범위로 학교 생활을 했다는 이야기가 된다. 우준이야 너무나 친구를 사귀고 싶었겠지만, 이미 친구관계가 다 형성된 사회에 끼여들기가 쉽지 않았다.

어린아이들일수록, 또 어른 중에도 어린아이 같은 사람일수록 자신을 주변인들과 동일시하는 인식 습관이 있다. 쉽게 말해 자나깨나 만나는 사람이 백인이다 보면 자신도 백인중 하나라고 생각하는 거다. 지구상 생물의 시각구조로는 자기 자신을 바라볼 수 있는 생명기제를 가진 존재는 없다. 거울이 필요한 이유는 그래서 생긴다. 그런데 늘 눈으로 보는 사람들이 그들이다 보면 그들이 '우리'라고 생각한다. 나도 '그들 중의 하나'가 되고, 결국 나는 '우리 중의 하나'라고 생각하는 이상한 착각이 생긴다. 우준이가 7학년에 전학 오던 시기는 이런 식으로 전형적인 자아정체성 이전의 변별력 미발달 증후를 보이던 때였다.

'옐로우 보이'

이곳 남자아이들은 친구가 뭔가 마음에 안 드는 짓을 하면 '게이(gay)'라고 놀리거나 '옐로우 보이(yellow boy)'라고 놀린다. 흔히들 서양에서는 동성연애자에 대한 사회 태도가 우리보다 우호적일 거라고 지레 짐작하는 수가 많은데 영국의 시골에서는 아직도 '게이'라는 말이 큰 욕이 되는 실정이고 어른들 역시 동성연애 사건이나 소문에 대해서는 극도로 말을 삼가한다.

'옐로우 보이'는 영국 식민지 역사와 관계된 비속어다. 영국이 인도를 비롯한 주변 지역을 식민지로 했기 때문에 영국에는 유독 인도, 파키스탄인들이 많이 살고 있다. 프랑스에 흑인이 많이 살고 있는 이유와 비슷하다. 영국인들이 'Asian'이라고 하면 대부분 인도, 파키스탄인들과 동남아시아인들을 통칭하는 경우가 많다. 우리 나라를 포함해서 중국을 비롯한 몽골계통은 '극동(Far Asia)'이라고 구별해서 부른다. 일본은 물론 그냥 '일본'이다. 어떤 경우에는 일본이 'Far Asia'의 대표 단수가 되기도 하지만, 인구상으로 보나 지리상으로 보나 중국의 극동 대표성에 시비를 걸 사람은 없다. 인도, 파키스탄 사람들이 많다 보니 인종간의 문제가 불거지면 거의 모두 영국인과 인도, 파키스탄의 아시아인들간의 갈등에서 나온다. 그러다 보니 그 지역 출신의 피부색을 강조하는 비어가 많다. 이 중 '옐로우'는 누구라도 오해할 수 없는 단어다.

전후 사정을 모르고 있던 우준이가 어느 날 '옐로우 보이' 사건을 들려준다. 우준이 친구 밀란은 늘 웃고 다녀서 마음에 드는 아이다. 공부도 아주 잘했고, 장난도 잘 쳤다. 그런데 아이들은 밀란이 시도 때도 없이 웃는다고 이상스럽게 생각한다. 웃으면 안 되는 상황에서도 씩 웃으니까 아이들이 밀란을 '옐로우 보이'라고 불렀다. 물론 밀란은 백인이다. 나는 짐짓 모른 척 물었다.

"왜 그애가 옐로우냐? 그애는 화이트(white)지."

우준이의 대답. "그냥 애들이 그래요."

우준이는 다행히 어른의 말에서 색깔이 가진 편견을 모르고 있다. 나는 가능한 아이들이 그걸 배우지 말기를, 최소한 늦게 배우길 바라는 마음에서 이야기했다.

"그애는 옐로우가 아니지. 옐로우는 우리지. 우리가 인종적으로 황인종, 즉 피부색이 노란 쪽이고 애들은 흰 편이니까 화이트, 백인종이고, 흑인종은 피부가 까맣잖아."

우준이의 대답. "아하 그렇구나. 난 내가 화이트인 줄 알았는데."

근처 학교에 유학 왔던 젊은 새댁의 반응. "우준이가 뭐 옐로우냐, 브라운이지(brown)이지. 그러길래 자주 씻으라고 했지."

다행히 그날 사건은 그렇게 농담으로 끝이 났다.

사건의 현장에서

이렇게 우준이는 자신이 친구들과 다를 바 없다고 여기니 여러모로 부딪치는 부분이 많다. 말하자면 '텃세' 센 아이들이 보면 남의 영역을 존중하지 않는 일이 생기는 셈이다. 운동에도 끼여들고, 공부 시간에도 나서고, 게다가 덩치도 영국 아이들에 비해 크다 보니 알게 모르게 우준이에게 적의를 품은 아이들이 있었다.

그러다 결국 일이 터지고 말았다. 노는 시간에 운동장에서 우준이와 같은 반 반장이 서로 붙어 싸우게 되었다. 사실은 우준이가 일방적으로 맞았다. 그것도 2대나. 우준이 말로는 2대고, 이웃집 아이 말로는 3대라고 했다.

아이가 다친 데는 없었지만 그냥 넘어갈 수는 없었다. 어떻게 하나, 고민을 했다. 동네 사람들 중에 이곳에 오랫동안 살고 있는 다른 유럽인들에게 주로 물었다. 이건 무조건 항의해야 한다는 중론이었다.

그것도 엄마 혼자 가서는 안 되고, 반드시 남편과 같이 가야 한다. 시골 사람들이라 아직도 남자가 끼여드는 걸 더 큰일이라고 생각한다 등등. 여러 모로 항의 문장을 궁리하고 제스처를 연습한 다음 학교에 전화를 걸었다. 전화를 받던 선생님도 이미 그 사건을 알고 있었다. 교장 선생님 면담이 정해졌고, 교장 선생님은 담임이 함께 있어야 하니 담임 선생님과 상의한 후 시간을 알려주겠다고 했다.

이튿날 정해진 약속 시간에 남편과 함께 아이 학교를 찾았다. 남편은 화가 부글부글 끓어오르는 걸 간신히 참고 있었다. 교장 선생님과 담임 선생님을 만나고 나서야 우리는 이게 그냥 짜증과 비난의 차원이 아니라는 걸 알았다. 교장 선생님은 담임 선생님과 우리들이 주고받는 말을 다 기록했다.

담임 선생님의 말씀. 가능한 중립을 지키려고 했다. 그래서 증인을 3명 불렀다.

선생님은 정말 '증인(witness)'이라는 표현을 썼다.

'한 명은 반장이랑 친한 아이, 한 명은 우준이랑 친한 아이, 한 명은 중립.' (중립도 있나? 이건 내가 속으로 한 말)

증인 1은 이렇게 말했고, 증인 2는 이렇게 말했으며 증인 3은 이렇게 말했다고 꽤 객관적인 어조로 담임 선생님이 말씀을 해 나갔지만, 분명 담임 선생님은 반장 편이었다. 예컨대 담임 선생님의 논조는 이랬다. 문제가 생겼을 때 우준이가 주변에 계신 선생님께 뛰어가서 일렀어야 싸움이 안 생겼다. (얻어맞다가 잠깐! 하고 선생님께 달려갈 수도 있나?) 반장은 전혀 악의가 없었다. (그걸 어찌 아나?) 반장한테 벌을 주었다. (당연하지!) 증인들의 말로는 반장이 한 대 쳤다고 하든가, 아님 안 쳤다고 하더라.

그 순간 갑자기 남편이 나섰다.

"아니, 맞은 당사자가 두 대 맞았다고 하는데, 정작 맞은 당사자 말은 안 믿고, 증인들의 말만 믿으십니까?"

갑자기 선생님이 당황하는 빛이 있었다.

그 틈에 준비한 말을 했다. 영국인들은 평소에는 조용하지만 일단 손에 마이크를 잡으면 마이크와 혼연일체가 되는 병이 있기 때문에, 잠깐이라도 끼여들 틈이 있으면 때를 놓치지 말아야지, 잘못하면 일방적인 연설만 듣기 십상이다. 각본에 없이 흥분한 남편과 선생님이 정신을 가다듬는 틈을 놓치면 영영 내 차례는 오지 않는다.

"사실 우준이를 놀리는 아이들이 있다는 걸 알고 있었습니다. 그렇지만 어리니까 괜찮아지려니 기다렸지요. 그런데 아이들끼리 신체적인 폭력을 가하는 일이 생기니 너무 놀랍군요. 우리 나라에서는 이런 일을 상상할 수 없거든요(!) 아이들끼리 치고 박고 싸우다니, 그런 건 있을 수 없습니다. (이건 거짓말 아니지?) 그런데 영국에서는 이런 일이 흔한 모양이지요?"

교장 선생님, "아닙니다. 정말 이런 일은 처음이예요."

담임 선생님, "정말 처음입니다."

"그래요. 그렇다면 정말 이상하군요. 왜 우준이에게만 이런 일이 생겼을까요?"

결국 영국인의 자존심과 한국인의 자존심 때문에 서로 인정하고 싶지 않지만 어떤 차별이 있었다는 걸 받아들일 수밖에 없는 상황이 되었다. 교장 선생님은 조회시간에 이 사실을 공고하고 아이들에게 주의를 주기로 했다. 나는 담임 선생님께 고맙다는 말을 잊지 않았다. 미리 사건을 전화로 알려주신 덕분에 훨씬 덜 놀랐다면서 "너무나 고맙습니다"는 인사도 했고, 교장 선생님은 그것도 적으셨다. 머리에서 김이 모락모락 날 정도로 화가 나서 목이 메여 있던 남편조차 목을 끄덕이며 동조를 했다.

서양 사람들은 우리들보다 칭찬에 예민하다. 자나깨나 칭찬을 들어서 물릴 만도 한데, 오히려 거기에 중독이 되었는지 칭찬을 듣지 않으면 불안해 한다. 우리 같으면 도리어 민망해 할 사건에서도 칭찬해 주기를 기다린다. 학교를 찾았을 때에 비해 상담을 끝내고 나올 때 담임 선생님의 표정은 훨씬 좋았다. 집에 돌아와 화를 터트린 남편도 학교 문 앞에서는 담임 선생님과 기분 좋은 양 악수도 했다.

반장은 며칠 동안 점심시간 보류(detention)를 당했고, 우준이는 나름대로 분을 삭였다. 그렇다고 우준이가 일상에서 겪는 사사한 갈등이 해결된 건 아니다. 아이들은 어른보다 솔직하고, 그래서 또 의외로 잔인하다. 무리를 이루면 더욱 잔인해진다. 『파리 대왕』을 읽어본 사람이라면 아이들의 무감각과 잔혹함이 어디까지 갈 수 있는지 안다. 우준이도 나름대로 생존의 방식을 깨달아 가는지 친구를 많이 사귀려고 열심이다. 여차할 때를 대비해서 증인을 많이 모아야 한다는 현실을 알기 때문에 우리도 우준이의 교제를 긍정적으로 보고 있다. 어려운 과정을 겪으면서 아이들이 더 단단해지겠지 믿고 있으면서도 오히려 그걸 지켜보는 부모가 힘들 때가 많다.

학습 3 - '탱큐'

언제나 제 3자가 개입되기 쉬운 문화에 살다 보면 사람 사이에 일정한 간격을 유지하게 된다. 우리는 가까운 사람끼리 똘똘 뭉쳐서 다른 집단 사람들을 따돌리는 악습을 가지고 있다지만, 대신 그만큼 사람 사이의 간격이 끈적일 정도로 긴밀하다. 나와 얼마나 가까우냐를 확인하기 위해, 또 우리 사이에 아무런 간격이 없고 '남이 아니다' 는 걸 확인하기 위해 학생들의 말썽 많은 동아리 신고식부터 기업들의 복잡한 술잔치, 친척이나 이웃간의 계모임, 동네 반상회 등 벼라 별 기발한 장치가 다 있다.

영국인들 역시 '클럽' 활동 좋아하기는 세계 어디에 밑지지 않지만, 영국인의 '클럽' 은 우리들의 친구모임이 아니라 공통 화제나 기술을 중심으로 모인, 말하자면 아마츄어든 프로든 전문인 모임이다. 2시간 만나기로 하면 딱 2시간 만나는 게 보통이고 뒤풀이, 앞풀이, 옆풀이 뭐 그런 게 별로 없다. 한마디로 '썰렁' 한데, 대신 사람 사이에 조용함이 있다.

서양 사람들은 친절하다든지 미소를 잘 짓고 예의바르다고 볼 수도 있지만 이건 너무 일방적으로 후하게만 본 경우일 때가 많다. 우리들은 친한 사람에게 친절하다. 친하지 않은 사람에게는 불친절하다. 이렇게 단순한 사교 스타일을 가진 사람들은 그 역도 사실이라고 쉽사리 믿는다. 즉 누군가 나에게 친절하게 대하면 나와 친밀감을 느낀다고 생각한다. 물론 전 세계 어느 나라 없이 불친절하게 대하는 사람은 분명 나하고 좋지 않은 관계에 있는 사람이다. 그렇지만 친절과 미소의 관계는 반드시 그렇지만도 않다. 서양인의 친절은 상대방에게 적의를 가지고 있지 않음을 표시하는 최소한의 외부 표현일 뿐이다. 그러다 보니 우리말에서보다 영어에서는 남과의 거리를 강조하고 그 거리를 지켜주기 위한 언어사용이 빈번하다.

'탱큐(thank you)'가 바로 그런 영어다. 영국 영어에는 미국 영어에 비해 이 표현이 의미 없이 괜히 쓰이는 경우가 많다. 웬만한 일은 모두 탱큐로 끝난다. 버스표를 끊자고 기사 아저씨에게 말하면서도 끝은 '탱큐'다. 버스표를 주면서 기사 아저씨도 '탱큐'다. 상점의 점원만 탱큐를 하는 게 아니라 손님도 물건을 자기 돈 주고 사면서도 탱큐라고 한다. 아프다고 신음하는 환자를 계속 치료하면서 의사도, 치과 의사도 '탱큐'라고 한다. 이 말을 연거푸 들으며 살다 보면 사회생활이 훨씬 순조로운 느낌이 드는 건 사실이다. 그렇지만 그렇다고 해서 그들이 진정으로 따뜻하고 친절한 사람이라고 오해하면 큰 실수다.

그런 실수는 영어를 그대로 우리말로 옮기는 과정에서 오는 것 같다. '탱큐'를 단순히 우리말의 '감사합니다'로 번역하면서 그 표현이 쓰이는 상황도 같이 묻어온다고 천연덕스럽게 상상한다. 우리가 '감사합니다'를 쓰는 경우는 언제일까. 학교 선생님께, 의사 선생님께, 부모님께 등등, 모두 나보다 연령이나 직위, 관계가 위에 있는 사람들, 내게 분명하게 뭔가를 베풀어 주지 않았다 하더라도 과거든 미래든 그런 은혜의 소지를 가진 사람들에게 쓰는 말이다. 그러다 보니 아이들에게 '고맙구나' 라고 쓰는 경우는 드물다. 상점 점원의 '감사합니다' 에 '감사합니다' 로 인사를 남기기도 어색하다.

영어에서 '탱큐' 가 쓰이는 상황을 유심히 보면 '탱큐' 가 '감사합니다' 의 뜻만 가진 게 아니라는 걸 깨닫게 된다. 그런 감정의 조각을 담은 말이라기보다는 '이상입니다' , '자 이제 끝이니 그만 가시지요' 를 완곡하게 표현하는 말로 쓰일 때가 많다. 버스표를 꺼내주는 기사의 '탱큐' 는 '자, 이제 표를 가지고 자리로 가시지요' 의 의미로, 점원에게 '탱큐' 로 대꾸하는 손님은 '이제 볼일은 끝냈습니다' 의 의미로 받아들이는 것이 더 옳다.

지난 해 여름, 런던 시내 한복판의 나이트클럽에서 IRA가 폭탄을 터트린 사건이 있었다. 워낙 IRA의 대규모 테러를 겪었던 영국인지라 아무 사상자 없이 건물파손으로만 끝난 사건은 하루만에 신문방송의 보도 관심거리에서 벗어났다. 그나마 이 사건이 방송의 주목을 받은 이유는 손님 중 한 사람이 우연히 비디오 카메라를 돌리다 이 현장을 담아두었기 때문이다. 즐겁게 춤추며 떠들던 사람들이 갑자기 터지는 굉음에 놀라 한쪽 구석으로 몰려가고, 건물의 창문이 산산조각이 되는 장면이 TV에 방영되었다. 창문 쪽에 미리 숨겨둔 폭탄이 터진 걸 알게 된 종업원들은 다행히 침착하게 사건을 수습하고 손님들을 대비시켰다. 그 와중에 들린 영어.

"Back away from the window.

Everybody back away from the window.

Thank you!"

우리말로 옮겨서 "모두 창문에서 물러나 주십시오, 감사합니다"로 바꾸고 싶은 유혹을 잠깐 진정하자. 이렇게 번역을 하고 나면, 영국 인들은 어떤 상황에서도 "감사합니다"를 말할 수 있을 정도로 친절 하더라, 혹은 나이트클럽 종업원까지도 테러리스트와의 싸움에서 죽 음을 두려워하지 않더라면서, 역시 영국인은 대단한 민족이라고 재 차 확인하려고 든다. 그렇지만 이런 상황에 '감사합니다'를 장황하 게 말하는 사람이라면 어느 나라 사람이고 제정신이 아니다. 여기에 서 '탱큐'는 마치 'please'처럼 종업원의 숨가쁜 명령을 완화하는 기 능을 한다. 그리고 권고 사항은 이상임을 알리는 역할을 한다.

'모두 창문에서 물러나세요.'

그 정도의 번역이면 '탱큐'의 효과는 남아 있다.

3.
저 푸른 초원 위에 하얀 집

친지들과 이야기를 나누는 중에 영국 집들은 모두 초록 잔디를 가지고 있으려니 상상한다는 걸 알았다. 우리말에는 색깔을 나타내는 명사가 분명하지 않을 때가 많다. 실제로 초록 잔디라는 말보다는 파란 잔디라느니 푸른 초원이라는 말을 자주 쓰는 걸 보면 초록색의 용도관리가 그중 제일 열악한 것 같다. 파란 잔디일지 초록 잔디일지 모르지만 잔디는 우리의 원수였다. 그게 보기에는 좋아도 관리하기가 아주 어려운 물건이다. 물론 되는 대로 내버려두어도 된다. 그렇지만 여름철 2주일만 지나면 정글이 된다.

잔디는 가라

잡초도 많아지고 또 점점 질겨진다. 『잡초는 없다』는 제목의 좋은 책이 있는데 영국에서 잔디를 관리해 보면 분명히 잡초가 있다는 걸 인정할 수밖에 없다. 잡초는 일단 한번 자리를 잡으면 그 근처에 다른 화초들이 자라는 걸 허용하지 않는다. 그냥 자기 뿌리만 늘려간다. 죽였다고 생각해도 어느새 또 살아나서 근처에 꽃들을 죽여간다. '버터컵(buttercup)' 은 영국 잔디의 공적 1호다. 우리말로 미나리아재비라고 한다지만 실제로 우리의 미나리아재비도 이렇게 질기고 못되었는지 의심스럽다. 영국인들은 버터컵이 일단 생기면 잔디를 다시 바꾸어야 한다고 본다. 그만큼 생명력이 질기고 뿌리가 깊어서 잔디를 망가뜨리기 때문이다. 잡초의 뿌리를 근절하기 위해 뿌리 밑둥에 화염방사기를 쏘기도 하지만, 그래도 살아났다는 게 우리 옆집 아저씨 말이니, 이 정도 되면 잡초가 아니라 '터미네이터' 라고 불러야 한다.

에딘버러에서 처음 렌트할 때 우리도 파란 잔디가 깔린 집을 택했다. 다행히 정원 창고에는 관리용 기구들이 다 준비되어 있었다. 앞 정원만 잔디였고, 뒤는 돌을 깔아 처음에는 잔디가 적다고 섭섭했었다. 여름도 짧은 스코틀랜드에서 잔디와의 싸움을 시작했으니 그래도 운이 좋은 편인 건 잔디를 깎으면서 알았다. 아니 정확히 말하면 잔디 기계로 잔디를 밀면서 알았다. 100년짜리 세탁기를 모셔두었던 집답게 그 집의 잔디 기계도 생긴 것만 밀대 기계처럼 생겼지 완전히 수동으로 밀어야 했다. 온 정원 바닥을 체중으로 밀면서 다니니 금세 땀으로 찼다. 그래도 낫을 들고 나설 수는 없으니 그걸 기계인 양 이웃들 보기에는 힘겹지 않은 척 해냈다.

잔디는 깎는 것 못지않게 깎고 난 뒤가 문제다. 그 다음에 정리를 해야 하기 때문이다. 깎은 걸 그대로 두면 잔디밭에 벌레가 생겨 '아름다운 영국정원'의 매력이 없어진다. 요즈음에는 깎은 잔디 모으는 기계도 나와 있는데 그 집에는 그게 없었다. 3살짜리 우준이를 포함해서 우리 식구는 모두 밀레의 이삭 줍는 사람이 되면서 여름을 보냈다. 지나가는 이웃을 보면 원래 풀 향기를 좋아했노라 연기도 간간이 하면서.

이사 온 집에도 앞, 뒤로 정원이 있다. 워낙 관리를 하지 않고 살던 집이라 앞 정원은 정글 잔디가 되어 있었고, 뒤 정원은 소형 쓰레기장이었다. 잔디에 별로 애착이 없었던 우리는 차라리 그 상태에서 잔디를 해치우는 게 낫다고 생각했다. 다른 일로 바빠 세월 가는 걸 잊고 있었는데, 어느 날부터인가 겨울 잠 자던 동네 사람들이 하나둘씩 보이기 시작했다. 어느 새 꽃피는 5월이 온 것이다.

뒤 정원이야 이웃이 볼 리 없으니 우리만 눈 감으면 되는데, 분주히 꽃을 사다 나르고 하루가 다르게 바뀌는 이웃의 정원을 보고 있으니 우리 앞 정원의 현실이 끔찍했다. 가시 덩쿨이 서로 감겨 땅에 깔리고, 누군가 계획 없이 심어 두었던 튤립 두 송이가 한 귀퉁이에서 쓰러져 있었다. 잔디는 마치 듬성듬성 기계충 자국이 난 시골 아이들의 머리모양처럼 여기저기 빠져 맨땅이 드러나 있었다. 맨 앞에 나무 두 그루는 얼마나 큰지 키가 집의 2층을 넘어서 있었다. 창문 앞으로는 목련이 있었다. 영어 발음으로는 마그놀리아(magnolia)라 더할 수 없이 신비했지만, 창문 앞에 바짝 붙어서 꽃잎을 내내 떨어뜨리니 그 신비도 싫었다. 거기에다 정원 한복판에는 문제의 공사업자들이 괜히 일하는 척하느라 만든 구덩이까지 생겼다. 우섭이 말로는 딱 관 하나 들어갈 만한 크기였다.

자갈밭에 굴러도

4월까지는 그럭저럭 날씨가 더러워 매일 비, 어느 날은 눈도 오고, 진눈깨비도 오니까 그냥 넘어갔다. 그러다 5월이 왔다. 늦봄이자 초여름, 영국인들이 찬란한 여름(glorious summer)이라고 떠드는 시간이 온 것이다. 우리한테는 '가장 잔인한 달'이었다. 영국인들은 드디어 철을 만나, 정원병이 도져서 다들 바깥에 나와 잔디를 깎는다, 나무를 다듬는다, 꽃을 심는다 난리였는데 우리 집 정원은 정글도 아니고, 쓰레기통도 아니고, 정체불명이었다.

남편과 나는 원래 계획이었던 '주차 도로(driveway)'를 포기하고 자갈을 까는 게 제일 싸겠다는 결론에 도달했다. 공사업자에게 호되게 당했으면서도 여전히 육체 노동에 엄두가 나지 않던 나는 남편 몰래 다른 업자를 불러 견적을 받았다. 2주만에 날아온 견적은 가로, 세로 7미터, 7미터 정원에 3500파운드, 우리 돈으로 700만원을 요구했다. 그렇다면 이건 아무 갈등이 없는 상황이다. 우리가 하는 수밖에.

그래서 우리 식구는 모두 정원과 사생결단 싸움에 들었다. 이 책, 저 책을 보니 자갈 까는 일은 의외로 쉬워 보였다. 일단 잔디를 거둬낸다. 정원의 흙을 고른다. 땅을 평평하게 하고 수평을 맞춘다. 제초제를 뿌린다. 잡초가 나지 않도록 정원 전체를 검은 비닐로 덮는다.

다음에 자갈을 4cm 두께로 깐다. 이것이 연구 결과 얻어낸 자갈 정원의 구조였다. 이쯤이라면 해 보자 각오를 다졌다.

우선 천리 길도 한 걸음부터라고 계획 시행 첫 날 식구 중 가장 부지런한 남편이 나섰다. 출근 전에 한 삽 뜨고 간다고 했다. 정원에서 잔디 파는 모습을 부엌 창 너머로 보고 있으려니 저절로 한숨이 나왔다.

'참, 쯧쯧, 뭘 해 봤겠어. 저리도 삽질도 못하고, 원. 결국 내 일이겠군.'

모두를 직장으로 학교로 보내고, 강건한 모습으로 나섰다. 돌아오기 전까지 삽질을 끝내야지, 결심을 했다. 그런데 이게 웬일, 영국 땅에는 삽이 들어가지 않았다. 영문학 전공에 문학기행기 내고 그 비슷한 책도 쓴다고 잘난 척을 하면서 그걸 몰랐다니. 삽에 올라타고, 정원 여기에 삽을 대도, 저기에 삽을 대도 이 삽이 전혀 땅에 들어갈 조짐을 보이지 않았다. 아무래도 이건 이상하게 생긴 이 삽 탓이다.

공사책임자인 남편이 전화를 했길래 한 마디 했다.

"당신 이거 삽이라고 샀수? 이건 삽이 아니라 숩이네."

"숩?"

"삽 비슷하지만 삽이 아니니까 그렇게 불러야 되지 않겠어요. 삽이 필요하니까 삽을 사서요."

정원에서 삽질을 하고 있는 남편과 두 아들

마지막으로 작은 화단을 정리하는 모습

난들 스페이드(spade)와 쇼블(shovel)의 차이를 진작부터 알았던 건 아니다. 사전에서는 똑같이 삽이라고 번역되어 있으니 그저 그러려니 여겼다. 그런데 쇼블로 땅을 판다고 설쳐보고 나서야 끝이 뾰족한 스페이드는 땅을 파는 삽이고, 끝이 평평하고 네모난 쇼블은 흙을 나르는 삽이라는 걸 깨달았다.

노예의 숫자를 늘리려나 보다 흐뭇해진 남편이 가옥 거주자 숫자대로 스페이드, 삽을 사왔다. 그날 저녁 길고 긴 여름날에, 옳지 잘 되었다, 이제 뾰족한 삽이 왔으니, 정원아 기다려라 이젠 넌 끝났다고 달려들었다. 네 사람이 각자 한 귀퉁이씩 맡고 삽 위에 올라 탔는데, 어느 곳에서고 흙 판다는 보고는 없었다.

결국 이웃에 짐(Jim) 아저씨가 등장했다. 그의 말로는 영국 땅은 삽으로 파는 게 아니란다. 특히 잔디는 포크(fork)로 판다고 한다. 포크로 찍어누르면 그대로 잔디가 무슨 떡 모판처럼 뜯겨져 나온다. 그걸 치우고 나면 근처 땅들이 좀 부드러워진다. 그때 삽을 써서 흙을 파고 정돈을 한다. 그러다 보니 포크레인이 생겼구나, 아는 척을 한 다음 다시 식구 수대로 포크를 샀다. 그리고 일주일 이상 포크와 삽질을 했다. 아이들은 부역에 끌려나온 학도병마냥 학교만 갔다 오면 땅을 팠다. 처음에 정원이 코딱지만하다고 실망했던 애들이 나중에는 정원이 거인 콧구멍만하다고 울상이었다.

삽질에서 지쳤던 나는 칼질을 전담했다. 다른 사람들이 땅강아지가 되어 있는 동안 나는 나무를 잘랐다. 칼도 썼지만 톱도 썼다. 삽 종류만 다양한 게 아니라 톱 종류도 다양하다. 잔가지를 자를 때, 중간 가지, 큰 밑둥을 자를 때마다 쓰는 게 달랐다. 알고 보니 나는 타고난

톱장이였다. 가지를 자를 때는 25도 기울어지게 자르는 게 기본이라고 하던데, 나는 배운 적도 없으면서 딱 그렇게 잘랐다. 이소룡인들 나처럼 무기를 쓸 수 있으랴. 나는 숙련되게 칼과 톱을 바꾸며 이 나무 저 나무를 정리했다. 워낙 기둥이 굵은 나무들이라 잘라낼 수는 없어 밑둥과 잔가지들을 다듬었다. 우리 집 나무들이 환경보호차원의 계획나무가 아닌 것만 해도 다행이었다. 그렇게 되었더라면 '나무 의사(tree surgeon)'의 진단을 받아야만 나무를 다듬거나 처단할 수 있다. 우리 집처럼 나무가 크고 연조가 오래되어 있으면 아마 나무 병원이 와야 했을지도 모른다.

모두가 하기 싫어하는 지저분한 정원 구석은 공사책임자 남편이 치웠다. 그리고 5월말 부슬부슬 비가 내리는 날 점심이 지나 주문했던 자갈이 왔다. 모두 5톤이었다. 4톤까지는 괜찮았는데, 마지막 1톤을 둘 공간이 없자 운전사 아저씨는 그걸 이웃집 주차 도로에 남겨두었다. 그렇다면 그 집에 사는 총각 대런(Darren)이 주차를 못하게 되니 이렇게 난감할 수가 없었다. 대런이 퇴근하기 전까지 1톤을 없애야 했다. 학교에서 돌아오는 애들을 보는 순간 비상 호르몬이 나오는 걸 느끼고 1톤 자갈을 1시간에 날라치웠다. 바람도 불고 비도 오는데 그 일을 했으니 결국 심한 감기에 걸리고 말아 큰 고생을 했다.

자갈을 다 깔고 나니 이웃에게 인사를 많이 받았다. 그간 우리 집은 이 동네의 환경불량대상 1호였던 모양이었다. 훨씬 나아졌다는 인사가 대부분이었다. 그런데 그 가운데 가시가 있었다. "근데 너네 이걸로 끝낼 거니?" 묻는다. 원래 영국인들은 자갈을 깔아도 화초 장식을 많이 한다. 우리는 그냥 자갈을 쫘-악 깔았더니, 그야말로 해변이 따로 없었다. 순한 짐 아저씨도 고민인 모양이다. "뭔가 심을 거지? 화분을 놓을 거냐?" 몇 개 화분을 사다 놓으면서 간신히 여름을 보냈다.

뜨거운 자갈밭의 고양이

자갈은 밟기에도 좋고, 주차에도 좋고, 관리도 필요 없어 좋은데, 단 한 가지 단점이 있다. 고양이들이 자기네 운동장으로 안다는 점이다. 그 동물들은 자갈밭을 화장실로 사용한다. 거기에다 우리 집이 남향이 되다 보니 동네 고양이들이 다 들락거린다. 남편은 물총을 산다고 그러고, 우준이는 비비탄을 한국에서 들여와야 한다고 그러는데, 그런 날에는 확실히 경찰 신세를 지게 된다. 동물학대니까. 수퍼나 DIY 가게에만 가면 남편은 고양이 쫓는 약을 찾아 사라진다. 그리고 나타나서는 온통 고양이 끌어들이는(cat-friendly) 것만 있다고 불만이다. 후춧가루를 조금 변형시킨 제품이 있지만 이건 바람 센 이 나라에서는 별 효과가 없다. 그렇다고 집집마다 고양이를 두 마리, 세 마리씩 키우며 자식처럼, 아니 자식보다 아끼는 사람들에게 어떻게 하면 고양이를 내쫓을 수 있냐고 물을 수도 없다. 안 그래도 개고기 먹는 나라에서 왔다고 감시가 삼엄한데 고양이까지 쏘아대면 누가 우리와 놀아주겠는가. 우리도 동물을 크게 아끼는 양 필사적인 표정 관리를 하고 있다.

그러니 고국에 계신 동포 여러분에게 묻는다.

혹시 고양이 쫓아내는 비법 아시는 분 없으신지.

변신 냄비

우리 나라 사람들의 성질을 두고 '냄비기질' 이라고 한 근원지는 어디인지 모르겠다. 우리들 자신인가, 아님 일본인인가. (역사성을 가진 우리들의 자기 비하치고 그들이 개입되지 않은 게 없으니까), 아님 영국제인가. 진원지가 어디이든 냄비기질의 특성에 대해서 모르는 이가 없다. 일찍 보르륵 끓어올라 넘쳐날 지경이 되지만, 불만 끄면 또 쉽게 가라앉는 냄비처럼 우리들은 사소한 문제에도 앞뒤 안 보고 사생 결단하듯 달려들었다가 곧 시큰둥해진다고 한다.

영국인의 기질을 굳이 그릇에 비유하자면 바닥 두꺼운 검은 솥단지쯤 된다. 불이 잘 오르는 것 같지 않아 몇 시간이 지나도 그저 그대로인 듯한데 서서히 소꼬리를 뭉근하게 만들어 놓는 설렁탕 집의 솥과 많이 닮아 있다. 웬만한 사건으로 영국인들의 놀란 얼굴을 보기 어렵다. 소위 '스티프 어퍼 립(stiff upper lip)', 곧 꽉 다문 입술은 영국인들의 전형적인 모습이다. 아이들조차도 표정 변화가 많지 않다. 가까운 식구끼리는 그렇지 않겠지만 외부인, 특히 외국인한테는 이런 자기 관리에 빈틈이 없다. 배운 사람, 안 배운 사람, 가진 사람, 못 가진 사람에 관계없이 이건 똑같다. 식인종이 나타나지 않는 한 뛰는 법이 없다. 기차가 전복해서 수십 명이 화재로 죽고 다치는 사고가 터져도 침 튀기며 화내는 사람이 없다. 그러니 지하철이니 버스가 운행중간에 예고 없이 내리라고 한들 분노나 좌절의 내색을 할 이유가 없다. 마치 미리 알고 있기라도 한 듯 스스럼 없이 자리에서 일어난다. 그런데도 나라가 망하지 않고 뭐가 되고 있는 걸 보면 이건 필시 솥단지 심성임이 분명하다.

냄비 한국 사람들이 솔단지 영국에서 제일 적응하기 어려운 것이 '느긋함'이다. 즉 '기다림'이다. 영국인의 국민취미는 '줄서기'라는 말이 있다. 런던처럼 관광객이 북적이는 곳은 예외지만 그외 영국 어디에 가든 영국인들은 줄을 선다. 둘이 있어도 줄을 선다. 나보다 나이 많은 분에게 줄을 양보하고 싶어도 웬만한 영국 노인들은 굳이 내가 너보다 늦게 왔으니 네가 나보다 앞에서야 한다고 줄서기의 원칙을 양보하지 않는다.

줄서기가 국민취미로 발달하다 보니 영국인의 줄서기에는 나름대로 몇 가지 원칙이 있다. 우선 어느 곳에서든 여러 가닥의 줄을 만들어 이해분쟁의 소지를 만들지 않는다. 우리 나라에서는 화장실에 들어서면 각자 화장실 문 앞에 가서 기다린다. 운이 나쁘면 큰일 보는 사람을 기다리느라 열 사람이 일 보고 가는 동안 여전히 그 문 입구를 지키고 있어야 한다. 영국인들은 화장실 문 가까운 곳에서 모여 기다린다. 나는 일을 보러 왔을 뿐이지, 어떤 문을 열고 들어가는 건 중요하지 않다는 걸 분명하게 보여준다. 누군가 문을 열고 나오면 일찍 온 사람 순서대로 들어갈 수 있으니까 그날의 운수를 나무랄 필요가 없다.

다음 원칙은 앞사람과의 간격을 너끈하게 유지한다는 점이다. 이건 특히 현금인출기를 사용하는 사람들의 줄서기에서 확연하다. 누군가 인출기를 사용하고 있으면 그의 비밀번호와 작동 상황이 보이지 않는 곳으로 가능한 멀리 떨어져 기다린다. 그도 못 미더워 일부러 돌아서 있는 사람도 있고, 괜히 땅바닥을 째려보는 사람도 있다. 그러다가도 앞사람이 일을 끝내고 가는 건 신통하게 알다니, 필시 영국인들은 사팔임에 틀림없다. 또 다른 원칙은 내 차례가 왔다고 서두르지 않는다는 것이다. 창구가 비어 있어도 창구직원이 '다음 손님'을 부르던가, 눈을 맞출 때까지 지그시 기다린다. 다음, 일단 자기 차례가 되면 지금까지의 모든 기다림을 일시에 보상받으려는 듯 끈질기게 자기 몫을 챙기는 것이 영국인이다. 웬만하면 혼자 정리해도 될 서류도 꼭 그 창구 앞에서 챙기고, 인출기의 돈도 그 자리에 버티고 세어 본다. 아무리 줄이 길어도 자기 용건을 마칠 때까지 누구의 방해도 용서하지 않는다.

영국인들이 줄서기를 선호하는 이유는 그들이 무슨 가학적 변태성욕을 가지고 있어서도 아니고, 원래 영국 신사라는 유전인자가 박혀 있어서 그런 것도 아니다. 영국인이라도 지루한 줄서기를 좋아할 사람은 없다. 그렇지만 줄을 길게 서고 나면 꼭 내 차례가 오고, 내 차례가 되면 내 몫의 시간과 혜택을 온전하게 받을 수 있고, 또 이 경험이 배신되는 적이 별로 없다면 문명인으로서 줄서기를 마다할 사람은 없다. 오래 기다리고 있더라도 영국인들이 별로 당황하지 않는 이유는 여기에 있다.

그런 사정을 모르는 바는 아니지만 외국인들에게는 그들의 지나친 이 기다림이 매니악의 수준으로 보일 때가 있다. 영국에서는 소파를 '살 수 없다.' 단지 '주문할 수 있다.' 침대니 가구니 덩치 큰 물건들은 모두 다 '주문한다.' 당장 들고 올 수 있는 경우도 없지는 않다. 전시물건을 할인 판매한다든지, 벼룩 시장에서 헌 소파를 구한다든지, 거리 시장에서 싸구려 소파를 사게 되면 바로 들고 올 수 있다. 그렇지만 일반적인 상거래에서는 시간이 걸린다. 소파나 가구가 집에 도

착하기까지 주문 후 12주 이상 걸린다. 6개월 걸린 집도 있었다. 침대
는 그보다 좀 빠르게 구할 수 있다고 하는데 기본 4주에서 6주 이상
걸린다. 카펫이든 비닐이든 바닥을 깔겠다고 하면 보통 한 달 기다리
면 아주 성적이 좋은 경우다. 운전면허증을 신청하면 내게 오기까지
기본 4주를 기다려야 한다.

　영국 체재기간 동안 비자 연장을 하자고 내무성에 여권을 보낸 적
이 있다. 시간이 오래 걸린다 길래 직접 찾아가서 서류를 제출했다.
그때가 9월이었다. 기다린다고 떠난 임이 오지 않듯, 아무리 기다려
도 우리 여권은 오지 않았다. 통화를 해도, 팩스를 보내도 담당자는
매일 바뀌어서 내 사정만 되풀이했을 뿐 마땅한 위로도 사과도 없었
다. 늘 그렇게 걸린다는 말뿐이었다. 연말이 되니 이러다 한국으로
돌아갈 시간이 되어도 여권이 없어 못 가겠다는 불안이 들었다. 다시
또 전화 전쟁을 치르고 간신히 천사 안내원이 나타났다. 그가 알려준
바로는 여권처리 기관에 조직 개편(영국은 조직 개판 만드는 조직 개
편이 많다. 그런 나라 또 있나?)이 있어 예년에 비해 좀더 걸리겠다고
했다. 그래도 곧 처리될 테니 너무 염려 말라는 위로를 처음 듣고 새
해를 맞았다. 신정도 가고 구정도 가는 동안 우리조차도 기다림의 열
정이 사그러들었다. 4월을 앞에 두고 이제 한국 갈 시간이 다가오는
데 차라리 공항에서 여권이나 찾아가는 게 낫겠다고 결심을 굳힐 무
렵 낯선 우편물을 받았다. 그 주소를 본 것 같기도 한데 여기가 어디
냐, 내용물이 뭔데 이렇게 자기 모양도 없이 지 멋대로냐, 투덜대며
열어보니 거기 우리 여권이 들어 있었다. 장장 만 6개월, 우리식으로
하면 2년이 걸렸다고 엄살을 떨 일이다.

　집을 구하면서, 아이를 학교에 보내면서, 선생님과 면담 약속을 하면서, 대학 교수를 만나면서, 의사와 치료 약속을 하면서 우리도 이제 영국 생활의 에센스, '기다림'에 단련되어 가고 있다. 지겹고 지루해, 소리를 지르다가 어느날 우리가 이 느림과 더불어 살고 있다는 걸 깨달았다. 그걸 실천하는 데 뭐 그리 어려운 훈련이 필요한 것도 아니다. 그저 마음 한번 바꾸어 먹으면 된다. 그래 좋다. 너희들이 그렇게 느리다면, 나라고 못할소냐. 나도 느리면 되지. 한쪽에서 일이 진행되는 동안 난 내 일을 할 수도 있겠다는 자각이 든다. 어차피 그런 일들은 몇 주씩 걸리는 법이고. 또 오래 걸릴수록 예스의 가능성이 많아지는데, 그 동안 나는 또 내가 할 수 있는 일을 처리하면 된다.

　날씨가 늘 축축하고 일정해서 영국에서는 꽃들도 거의 시들지 않는다. 게다가 워낙 계절별 꽃들이 정리가 잘 되어 있어서 꽃 하나 갖다 두면 별 손질 없이 찬 날씨가 되어도 꽃을 피운다. 일찍 피고 일찍 지는 게 아니라 피어서 오래 오래 그대로 있는 게 영국의 시간이라면 우리도 거기 맞추어 살아야 한다. 코끼리처럼 매사 천천히 느릿느릿 시간을 보내면 죽음도 그렇게 천천히 오려나 믿으며 우리 식구는 이제 삼중 바닥 초합금 강철 냄비가 되어 영국인들도 질리게 게으름을 부리며 살고 있다.

4.
여행의 노래

어릴 때 우섭이는 할아버지, 할머니와 함께 지낸 시간이 많았다. 우리 부부가 둘 다 바빠 아이를 친정에 자주 맡겨야 했기 때문이다. 어린아이와 노인 두 분이 계시니 누가 학교를 갈 일이 있는 것도 아니고 출근에 급한 것도 없어, 늦게 자고 늦게 깨는 일이 잦았다. 특히 TV 좋아하는 할아버지와 함께 자는 바람에 우섭이는 늦은 시간까지 바둑도 보고, 권투도 보고, 심야 골프도 보다가 애국가가 나오고 TV 종영이 확인되어서야 잠이 들었다. 애국가가 나오면 할아버지께서는 손자를 세워 놓고 노래가 끝날 때까지 경례를 시켰다. 우섭이는 그게 뭔지 몰랐겠지만 모두 박수를 치고 좋아하니 애국가 노래에 맞추어 끝까지 경례를 하고 서 있었다. 그 세월이 길다 보니 나중에는 누가 안 시켜도 그 노래가 울리면 자동적으로 일어나 경례를 했다.

우섭이가 서너 살 무렵 아이와 함께 버스를 탔다. 아이들이 늘 그렇듯이, 우섭이도 차를 타고 이것저것 묻더니 어느새 차의 흔들림에 따라 잠이 들었다. 무심히 차창을 보고 있는데, 팔에 안겨 자고 있던 아이가 갑자기 보시락 보시락 팔을 빼어 자기 머리에 대었다. 여전히 눈을 감은 채 자고 있었는데, 영락없는 경례 모습이었다. 아뿔싸. 버스 라디오에서 스포츠 중계에 앞서 애국가를 내 보내고 있었던 것이다.

'아유, 애가 완전히 파블로프의 개가 됐구나.'

내 사랑, 애국가

영국에서 기행문을 쓴다고 식구들을 꼬셔가며 여기 저기 다닌 적이 있다. 남편이야 운전사니 어쩔 수 없이 가야 되었지만, 제법 큰 아이들은 부디 그 문학 여행에 저희들을 데려가지 마세요, 살살 빌었다. 우준이는 지금도 어디 가자면, "또 뻔쓰네 가지요?" 불평을 한다. '뻔쓰'는 스코틀랜드의 시인 번즈(Burns)를 우준이식으로 혐오에 차서 발음한 이름이다. 나는 아이들한테 이 책을 내면 베스트 셀러가 될 거니까 너희한테 적어도 인세의 10%를 주겠다면서 아이들을 꼬였다. 이 약을 먹은 척해야지 아니었다가는 맞을 일밖에 없겠다 싶었는지 결국 두 아이가 동승하여 여행길을 나섰는데, 아이들이 없었으면 얼마나 쓸쓸하고 허전했을까 싶을 정도로 그들 덕을 봤다.

늦은 밤에 불빛도 없는 한적한 시골길을 우리 차 혼자만 달릴 때는 무섭기까지 했다. 특히 스코틀랜드는 그랬다. 하늘과 땅이 지평선으로 닿아 있고, 넓게 파노라마처럼 퍼져 있는 하늘에는 검고 커다란 구름들이 낮게 드리워져 있다. 밤이 되면 이 구름들의 모양이 어찌나 괴이쩍고 무시무시한 모습으로 차 앞 유리창을 가득 채우는지, 옛날 스코틀랜드에서 마녀 사냥이 극심했던 이유를 새삼 이해할 것 같았다. 아주 미미한 여명으로 드러나는 나무들도 이상스럽게 불길한 모습들을 하고 있었다.

아이들은 엄마의 관심거리지 자기들 관심거리는 아닌 데를 종일 돌아다니고, 눈 빠지게 구경한 덕분에 차만 타면 녹초가 되었다. 기운이 없으니 형제간에 길게 싸우지도 못했다. 그럭저럭 해 볼 만한 일을 다 해 보고 나면 이 두 사람은 노래를 했다. 처음에는 독창으로 시작했다가, 곧 합창이 되고, 제창도 했다. 한국 동요도 부르고, 가요도 부르고, 팝송도 불렀다. 운전석과 조수석의 앵콜도 받았다.

그런데 이상스럽게도 공연의 끝은 언제나 애국가였다. 그것도 4절까지 불렀다. 어린 우준이는 가끔 더듬거려서 형한테 구박을 받았지만, 어째든 형제는 용감하게 애국가를 가요 부르듯 불러 제꼈다. 우준이는 지금도 단연 애국가가 세계 최고의 국가라고 주장한다. 이유인즉슨 '고드(God) 뭐 그런 소리'를 안 하기 때문이다. 그러고 보면 서양의 국가들은 모두 나라 사랑에 '고드'를 들먹인다. 우준이의 불가지론에 근거한 세계시민주의로, 우섭이의 유년기 조건반사로 해서 10살이 되기 전까지 두 형제의 히트곡은 단연코 애국가였다

나나 애들 아빠는 모두 '국기 하강식' 세대였다. 저녁 5시경에 국기를 하강하면서 애국가가 흐르면 학교든, 거리든, 공원이든 공공 장소에 있을 때에는 하던 일을 멈추고 그냥 서 있어야 하는 이상한 세대

였다는 말이다. 처음에 멋모르고 이게 애국이라더라 따라하다가, 어느 날 문득 왜 우리에게 이런 훈련을 시키는가 의구심이 들면서 그런 집단주의적인 발상이 싫어졌다. 그렇다고 모두 다 서 있는데 나 혼자만 딴일 하기는 끔찍할 정도로 힘들었다. 딱 한 번 그 규칙을 깬 기억이 있다. 학교 곳곳마다 깃대처럼 뻣뻣이 서 있는 사람들 사이를 지나 적막강산 같은 그 고요를 깨면서 혼자 교정을 걸어 내려왔다. 그때 기분이 너무 섬뜩하고 불안해서 아주 하찮게라도 남과 다르게 살기가 너무나 어렵구나 절감했었다. 나나 남편이나 바로 그런 사람들이다 보니 애들이 애국가를 부르면 웬지 차를 세우고, 가슴에 손을 얹어야 될 것 같은 불안감이 들었다. 결국 우리도 '파블로프의 개' 였었나 보다.

새 노래

나이가 들면서 아이들도 애국가와 가요는 다르다는 걸 알게 된 눈치다. 이제는 어디에서도 애국가를 부르지 않는다. 그렇게 유창하던 가사도 4절까지 줄줄 외우지 못할 때가 있다. 우섭이가 15살 되던 해, 가족끼리 다시 자동차 여행을 했다. 문학 기행이니 뭐니 하는 오염된 목적 없이 그저 여행에 나섰다. 피아트를 몰던 때라 조금 큰 자동차를 임대하기로 예약했다. 새 차니까 분명 CD 플레이어가 있을 거라고 짐작하고 캠퍼스의 한국 가족에게 15장의 CD까지 빌렸다. 두 아이의 면목을 생각해서 테이크 댓이니 스파이스 걸도 챙겼지만, 70년대의 흘러간 노래가 위주였다. 그 집 새댁은 혹시 모른다면서 '부부가 함께 부르는 (말도 안 되는) 노래' 하고 김건모의 아무리 들어도 무슨 소리인지 모를 노래 테이프를 덤으로 빌려주었다.

막상 차를 몰고 여행에 나서려고 보니 이 차에 CD 플레이어가 없었다. 렌트카에 CD 플레이어가 반드시 있어야 하는 것도 아니니 일찍 확인하지 않은 우리 탓이 컸다. 빌려온 CD를 모두 남겨두고 집에 있던 팝송 테이프 몇 개와 새댁이 빌려준 테이프를 들고 떠났다. 비틀즈도 있었고, 엘비스도 있었다. 여행 내내 아이들은 애국가를 부르지 않았다. 대신 테이프 듣기를 좋아했다. 처음에는 팝송을 들었다. 그런데 부활절 기간에 영국을 돌면서 비틀즈도 시큰둥했고 엘비스도 지겨워졌다. 아이들은 김건모 노래조차 곧 마다했다. 그러면서 70학번의 이상한 정서에 감염이 되었는지 비상용으로 넣어준 '뽕짝모음'을 자꾸 듣겠다고 했다.

여행을 마칠 무렵에는 그 테이프를 얼마나 들었는지 모든 노래를 다 마스터했다. 우리 가족은 '그대 그리고 나'도 가족합창으로 불렀다. '꼬마 인형을 가슴에 안고 기다리겠다'는 터무니없는 소리도 했다. '그래, 다시 시작하는 거야' 떠들면서 남의 차를 신나게 추월하기도 했다. 급기야 테이프가 늘어져서 그걸 돌려줄 일이 걱정이었다.

여행에서 돌아와 오랫동안 묵혀두었던 옛 노래들을 꺼내 들으면 좋겠다는 생각이 들었다. 런던으로 가는 도로는 주말이면 사고도 많고 교통 지체도 잦아 몇 시간이고 밀릴 때가 있다. 나는 침착하고 편안하게 만드는 효과가 있어 그 길에서는 대개 모짜르트 듣기를 좋아했다. 그날은 가족 여행의 뒤풀이로 잊고 있던 우리 노래를 틀었다. 갑자기 여가수의 높고 청아한 목소리가 가슴으로 뛰어들었다. 큰 트

럭이 앞을 가로막고 모든 차들이 기어가는 도로에 여름의 석양이 낮게 깔려 있는데, '봉숭아 꽃 물들이며'에 갑자기 눈물이 났다. 우리 왜 여기 있는 거냐. 묵혀 있던 마음속의 슬픔과 외로움이 봉숭아꽃에 다 묻어 났다.

우리는 왜 여기 있는 걸까. 지금도 묻고 있지만 잘 모르겠다. 하긴 누구라고 자신이 왜 여기 있는지 주저 없이 답할 사람이 있을까. 젊을 때는 그리도 확실할 거 같던 나들이 길이었는데, 막상 모퉁이를 돌아보니 낯설기만 하다. 대단한 고집으로 위세를 부리던 '인조인간, 남의 말 안 들어, 3호'도 그런 모양이다. 그래도 이것이 길의 끝이 아니려니, 길이 끝나는 곳에 길이 또 있겠거니, 그 길도 갈 만한 길이려니 믿고 싶다.

김인성의 영국문화 시리즈 ❶

그대가 꿈꾸는 영국,
우리가 사는 영국

초판 1쇄 발행일　2002년　4월 15일
초판 2쇄 발행일　2005년 11월 25일

지은이　김인성
만든이　이정옥
만든곳　평민사
　　　　서울시 서대문구 남가좌2동 370-40
　　　　전화: (02)375-8571(代)
　　　　팩스: (02)375-8573
http://www.pyungminsa.co.kr
E-mail: pms1976@korea.com

ISBN　89-7115-368-7　　03810

정　가　8,000원